后浪

迷楼

梅子 编

刘以鬯 著

四川人民出版社

作者和夫人罗佩云女士（1957 年摄于香港）

香港书展首位年度作家刘以鬯先生（2010年7月，摄于创作成就展览专场）

蛇

许仙……见到蛇。

他见到的蛇。其实不是蛇。

他跑在地上的一条绳。不能是一条……

那绳原来是西边当作�6蛇。当他七岁时，走宗瓦上提踏……草

掀草隐角有一条白蛇，眼前一阵窄是一……

醒转，蛇已不见。

中说他变了……空晴……

那细作。纸……

那……白蛇……树枝、……

短篇小说《蛇》初稿手迹，定稿时开篇重写

目录

第三辑　微型小说

编者的话

"不写近三四十年的香港文学史则已，要写便须要先着力写好刘以鬯（1918—）这一笔。"1987年5月，香港文学学者黄继持先生（1938—2002）在《"刘以鬯论"引耑》中如是说。他这样断言，自然不是信口开河，而是凭借以下丰厚的事实：首先，刘先生自1936年5月10日，发表小说处女作《安娜·芙洛斯基》开始，直至新世纪初叶近七十年间，有六七千万言笔耕不辍的成果披露于报刊，从中先后董理结集的三百余万言著作，包括了小说、散文和评论，逾四十种（译作除外），有些被译为英、法、意、法兰德斯、日、韩等国语言，夯实了作者在现代香港文坛上的地位，使任何一位研究香港文学的人，都无法从他身边绕过。其次，他在20世纪40年代末至新旧世纪交会的半世纪间，作为香港文苑一名辛勤"园丁"，给披荆斩棘、艰难行进的香港文学队伍培育了大批新苗和生力军。

文学是生活的反映，香港文学是香港生活的反映。若仿黄继持先生，说"不想了解近半个世纪香港的生活则已，要想了解便须着力读好刘先生的相关篇章",能否成立? 我以为可以。眼前这本《迷楼》便足以支持这一判断。

本书是刘以鬯先生的小说精选集,收入了3题中篇、15题短篇和12题微型(极短篇)。作品展示的时间背景,倘着眼于执笔,则跨越了将近一个甲子(1942—2000年),自40年代始,每个10年,都结有硕果;倘着眼于想象,则贯穿现当、观照古今。而涵盖的空间背景,则包括了中国大陆及港澳地区,也有新加坡、马来西亚等地,甚或某些乌有之乡。你若有心驰骋其间,咀嚼之余,比较归纳之后,想来必会看出这位香港现代杰出作家之一,在创作上的重要特点。

他的关心总落在身处之所的社会现实和人们的生存状态,如:上海的抗战(《露意莎》),中国香港的"偷渡过台"(《不,不能再分开了!》)、"九七回归"(《1997》),新加坡的暴动戒严(《赫尔滋夫妇》),马来西亚的心火风情(《热带风雨》)等;不论涉及隋代帝王隋炀帝(《迷楼》)、近代军阀袁世凯(《北京城的最后一章》),还是文学经典《西厢记》(《崔莺莺与张君瑞》)、《西游记》(《蜘蛛精》)、《红楼梦》(《他的梦和他的梦》)、民间故事与传说《白蛇传》(《蛇》)里的生活场景,均以饱满酣畅的笔力描绘之。尤其是香港,因为超过一甲子作息于斯,成了他创作取之不尽、用之不竭的源泉。这种情况,不仅在他那一代由中国内地南来、如今已是香港文坛前辈的作家群里罕有;即便在其后自四面八方、循各种途径进入这海隅宝地,目下正心志活跃、意气风发的写作人中也不多见。所以有此，与刘先生永不衰退的童心、好奇心很有关系；直至百岁边上，每到一处，他照例专注留心周遭物事，对新鲜美丽的东西格外兴趣盎然。有志创作的人，应可由此受到启迪。

他的创作追求，用八个字可以概括："与众不同""有所发现"。他在《我怎样学习写小说》里曾说："我在求新求异时，并不'拒绝一切小说的传统'"，"我不反对现实主义的基本原理，主要因为'所有小说都会以某种方式与现实主义的一般原则相联系。'""为了体现个人的风格，我尝试将现代主义和现实主义结合在一起。"于是，我们看到了姿彩纷呈的结构：将一个写作人的生存境遇、内心状况与虚构的情节相结合的《蟑螂》；没有故事，但人物相随紧扣的《链》；似乎无人，其实人隐细节之中的《吵架》；反映人性丑恶而又矛盾的《一个月薪水》；从经典翻出新思，如令幻想中的假象重回现实的《蛇》、用间接内心独白重现人性的《蜘蛛精》、揭示文艺家和文艺创作与梦关系微妙的《他的梦和他的梦》等。还有，触面宽泛的微型小说，也一样各有机杼，爱情、亲情、人情；赛马、赌狗、营商；租房、请客、治安等，港人生活的"典型项目"，无日不在上演，在作者笔下却是花样讲究，诸多惊奇；过程尽管曲折怪异，结局大抵蕴涵情味。所以有此，与刘先生修哲学出身、情思丰沛大有相干；直至百岁边上，每独处遐想，虽未克操觚，依旧常有创新冲动。有志创作的人，也应可由此受到启迪。

为使读者有所参考、增加亲切感并减少谬失，编者特撰本文置于书前，还在正文前加上作者手迹照、相片；同时，甄定作品版本后，改正了一些手民之误。

书名的选取，固然因为有现成篇名提供了援用的方便，但更由于它彰显的"高耸形象"，恰可暗喻作者独立思考、矢意突破创作陈规、引人着迷且登临欣赏进而决志步其后尘的业绩。这本选集倘能增进读者对香港文坛这位饮誉遐迩前辈的了解，编辑与出版的付出，当是值得的。

梅子

2017 年 5 月 31 日夜，于香港。

第一辑　中篇小说

露薏莎

一

长街被雪毯覆盖着，很冷。风在狂笑。街灯暗淡，景象寥落。我踏雪独行，怀着漂泊者的心情，想找一个热闹的所在去买点刺激。时近中宵，应该是熄灯就寝的时候了。我走进"伊甸"——一家有酒有歌有女人的夜总会，拣了一个黝黯处的座位坐下，倾饮威士忌，一杯，两杯，三杯……感性渐次麻痹。

二

当我的故事再一次"淡入"的时候：突然有一串夏威夷的手腕珠，像一支箭般飞到我的桌上。

乐队演奏的"拉康茄"遽然停止，舞池里的男男女女相继回到他们的座位。酒吧间的聚光灯集中照我，全场的绅士和淑女热烈鼓掌。我有点腼腆了，无法用理智去解释这过分陌生的际遇。这时候，一个全身热带装束的半裸的西洋舞女，从舞池里走到我面前，站在桌旁，凝视我。

全场更兴奋地鼓掌，夹杂着喊叫声。美丽的西洋舞女如同白玉雕像一般站在我的面前。

这个白种女子，有一对大眼睛，脸色黧黑，小嘴含情，头戴"千利达"的珍珠帽，腰间围着七彩的玻璃纸裙，上身是湖色的丝马夹，脚穿银色高跟鞋。

她对我微笑。

"站起来吻我。"她低声说。

"？"我有点莫名其妙。

"吻我！"她重复这个奇特的要求。

我站起，犹豫不决，不知道是否有权这样做。但等不及我用理智来处理行动，她扑到我的身上，轻轻吻了我一下。

她逃往化妆室。

全场喧哗，一种调侃的喧哗。

四隅电灯熄灭，乐队开始演奏狐步舞曲《啄木鸟之歌》，绅士随着淑女走下舞池，一对又一对。

十分钟过后，她换了一套乳白而衣袋和袖管镶着蓝绸的法兰绒便服，婀婀娜娜走到我面前。

"不邀我坐下？"她问。

"是的，"我站起，"请坐。"

她把手提包往桌上一放。我拉开凳子，请她坐下。她回过头来，以狐媚的笑容表示谢意。从她的发鬓间，我嗅到一阵香气。

"喝什么？"我问。

"寇拉莎。"她说。

我向侍者要了寇拉莎。

"抽烟？"我打开烟盒，摊在她面前。

"谢谢你。"

她取了一支帕尔摩尔，我给她点上火。她吸一口，边吐烟雾边问：

"不跳舞？"

"厌倦了。"

"厌倦了？"她陡然痴笑起来，笑得很媚。她说："同我跳舞你永远不会厌倦，来吧！"

未经我同意，就稚气地拉我去跳圆舞曲。十几步圆舞后，在我的耳朵边，她悄悄地问："刚才为什么不吻我？"

"吻？"我想了一想，"我不一定有这个权利。"

"为什么没有？"

"你也许在做梦？"

"也许。"

她用她涂着粉红色蔻丹的手指点了我的嘴，仰起头，笑了。她说："如果你不是装傻的话，让我告诉你：我是伊甸夜总会雇用的表演女郎，刚才所表演的节目叫作《午夜》，依照场主的意思，舞终时我必须将手腕珠丢去，哪一位男宾客取得，就有权吻我。"

"这是你的职业？"我用揶揄的口吻问。

她低声答："这是第一晚。"

《蓝色多瑙河》已在提琴上流过。

回到座位，我问她："很想知道你的芳名？"

"露薏莎。"她说。

三

露薏莎是一个可爱的女孩子，当我继续同她跳了一曲《风流寡妇》和一曲《意大利花园》之后，我开始对她发生爱恋了。我自问不是一个轻浮的男人，那样迅速堕入情网，相信并不完全是由于她外表的美丽。

这时候已是午夜一点四十五分。露薏莎说她有"戒严派司"[1]，一定要我伴她到沪西伊文泰或者帕薇苓花园去玩"Bingo"。

我说："沪西的日本宪兵讨厌得很。"

"沪西"在太平洋战事尚未爆发的时候，是一个三不管地带，租界上的英美法军也没有军队驻防在那里。在名义上，它叫"越界筑路"，既不是租界，也不是日军可以擅自驻扎的地方。它是一个特殊区，租界上的居民可以去；郊外日军占领区的居民也可以来，没有严格的封锁线，只有几个日本宪兵和伪兵站在路口，

---

1 即通行证。——编者注

荷着枪，无端抓人，乘机敲诈。因此大多数居民是不大愿意去的，但是由于环境特殊，这地方却开设了几家情调非常别致的夜总会，赌钱，吸大烟，甚至女人赤裸了胴体公开表演舞蹈，都不受限制；而类似这样的夜总会在租界上是禁止开设的。所以每天晚上，总有一大批绅士淑女们甘冒被敲诈的危险去到那里享受几小时的荒唐。现在，纵然日军已经进入租界，越界筑路的特殊性并未消除。露薏莎很喜欢这地方，一定要我陪她去玩个痛快。她说：

"你又不是'抗日分子'。"

我说："我是中国人。"

露薏莎不高兴了，她说自从上月八号日本兵攫夺租界以来，沪西越界筑路的地位同法租界很少有分别。

"你是一个懦弱者。"她说。

"难道你不曾听过虹口日本宪兵司令部因为要封锁思想，在一个月以内，杀害了三千多个中国知识分子？"

"我不要听你讲这些血的故事！"露薏莎噘着嘴不说话了。

沉默。有意无意地听了两支勃罗斯。

过了一会，我说："你看，外面下大雪了。"

我拉开窗帘邀她看，她不看。

"怕不怕冷？"我问。

"不怕。"

"那么，"我说，"到帕薇苓花园去。"

露薏莎听这句话，扑哧笑了起来。我付了酒账，为她披上大衣，朝外走去。她挽着我的手臂走下大理石楼梯。

外边漫天雪羽。银色的霞飞路，美丽得好像圣诞节的祝福画片。阒寂，寒冷，除了偶尔传来一二声安南巡捕的咳嗽外，什么声响都没有。露薏莎一边嘱咐印度门警雇"银色出差汽车"；一边敷脂抹粉。两三分钟后，印度门警撑着雨伞来迎我们上车。

在车厢里，我问。

"不觉得疲倦？"

她摇摇头。

我笑了。我说："你是一个夜游神。"

"不是所有夜出活动的人都是坏的。"她说。

"你喜欢夜？"

"我不是坏人。"

"你是一个聪明的女孩子。"

"我不算愚蠢，除非……"

"除非什么？"

"除非环境逼我失去聪明。"

"环境也曾逼你失去过聪明吗？"

她点点头，向我要了一支香烟，我替她点上火，我说："很想知道一点你的过去。"

顿了一下，她坦白叙述往事。她告诉我，她父亲是一个帝俄时代的男爵，曾经在歌剧院唱过歌。一九一七年革命爆发，如同其他的帝俄贵族，被流放到荒瘠的西伯利亚，最后，又逃亡到满洲里，在哈尔滨同一个中国女子结婚。这个诚笃的女人，养育了一男一女，男的叫卢钦茨基；女的就是露薏莎。当露薏莎九岁的时候，日本人侵占沈阳，侵占全部东北。在极度困难的状况下，母亲因为拒绝日本兵的无理要求而牺牲在侵略者的刺刀下。

说到这里，车子已驰过愚园路到达帕薇苓花园。付钱，下车，我挽着露薏莎走进这上海夜生活的游憩场所。

露薏莎要我为她买"热狗"。

然后，我们就坐到"苹果摊"上。

我们一共买了四张"卡特"，输了。第二次，我们又买了四张，露薏莎竟中了 Bingo。她高兴得几乎跳了起来。

我接过奖金，露薏莎提议去打考尔夫。

"这是一种很有意义的玩意。"她说。

"是吗？"

她眯着眼睛向我一瞅："它象征生命。"

"为什么？"

"生命不就是机会和运气的产物吗？"她反问。

"露薏莎，"我说，"你们的遭遇太惨了。"

"但是，"她说，"卢钦茨基更惨……"

提到卢钦茨基，她忽然失口地不再说下去了。我猜想她的哥哥正在遭遇厄运。对于这件事，我有点好奇，因此追问一句：

"卢钦茨基怎么样？"

"哦，没有什么。"她耸耸肩。

"你必须告诉我，露薏莎。"

露薏莎倏然改变容色，露出忧虑的神情。经过一番审慎的考虑后，终于说出了卢钦茨基的不幸的遭遇。

那是太平洋战争爆发后的第三天，日本人派特工人员去和卢钦茨基接洽"白俄侨民问题"。卢钦茨基是白俄侨民联合协会的秘书，日本人知道他在会里的地位，便以种种可能加在他身上的危险要挟他，要他设法使所有在沪的白俄侨民"赤诚地与日本当局合作"。卢钦茨基是生长在东北的，对日本人的"合作"相当熟习。他懂得日本话"合作"的意义，更懂得"合作"后会怎样迅速地断送这一群流民的幸福。因此卢钦茨基决然拒绝了，就在这天晚上，当卢钦茨基在亨利路天主教堂做了夜祷出来，被几个不知国籍的暴徒枪杀了。

说到这里，露薏莎眼眶噙着热泪。我取出手帕递给她。

露薏莎是一个非常直率的女性，对于像我这样的中国男人，第一次见面，就肯将这些不必要告诉人的事情全告诉我了，我感到意外，事实上，我可以相信她对我有好感，但是我不敢相信她会在短短几小时内就对我付出真挚的感情。如果不是这样，她绝不可能在一个陌生男人面前说出她的心事；尤其是当时局演变得如此复杂的时候。我直觉地感到这传奇式的邂逅不是偶然的。

她擦干泪水后，陡地抬起头来，用手将垂下来的头发往后一掠，舒一口气说："别提了！我们不要辜负这宝贵的周末。"

喝了两杯浓烈的马推尔后，我们离开帕薇苓花园。街上依旧飘着无休止的雪花；我把我的雨衣遮在我俩头上，露薏莎好像一头驯服的小猫一般，偎在我的怀里。她将她的粉脸靠在我的肩上，开始低哼《圣母颂》。虽然行走在寒冷的雪毡上，我的精神是非常愉快的。我不可能用我的思虑机构去想象这梦一般的境界。我也许喝醉了，也许还没有。总之，对当时的现实环境竟不敢信以为真。我嗅到露薏莎的粉颈所发出来的香味，沉醉了。我怕太阳升得太早。

我们走进全部中亚细亚装饰的"阿里巴巴"，许多高贵人士的目光都被露薏莎的风姿吸引住了，露薏莎故意拣一个黝黯处的座位坐下。我帮她卸下大衣，随即向侍者要了两杯威士忌。

"这些男人真讨厌。"她低声说。

"那是因为你太美的缘故。"

"不要挖苦人。"她故意绷着脸说。

因此我就不说了。但是，我的贪婪的视线却始终不愿意离开她美丽的脸庞。在绿色的灯光下，她的眼睛是那样的灵活，仿佛黄昏出现的星星，不停地闪着诱人的光彩。每一次当她摇摇玫瑰色的耳坠子、眯细眼睛作笑的时候，就会本能地引起我的无法抑制的情欲。

当我注视她的时候，她忽然站起身来，拉我走下舞池。

"跳拉康茄去！"她说。

她站在池边寻找排尾，一面抓住我的手去搂抱她的身腰。然后，我们按着疯狂的锣鼓声一步一步地跳着疯狂的舞蹈。

蛇一般柔软的细腰，像蛇一般摇动起来。

鼓手坐在音乐台的高处，使劲击着非洲土风舞的原始音节。那是一种最浊的音阶，重浊到连你的心脏也会感到麻痹。

光滑的地板上，如同新年舞龙灯般地游着一群狂欢的男男女女。

肥胖的亚美利加黑妇人在麦格风前用金属的嗓子唱《爪蔓依迦情歌》。

全场都震颤了：震颤的银柱，震颤的壁画，震颤的桌子，震颤的酒杯，震颤的黑芭蕉，震颤的花帽，震颤的腿，震颤的肉和震颤的心。

"兴奋吗？"她回过头来问我。

她又痴笑了。

我们继续跳了二小时左右的舞。看过了羽扇舞和魔术表演，也看过了潘家班的绝技。露薏莎和我已相处得十分熟习。

露薏莎时常用俏皮的话语取笑我，看来她好像不知疲惫似的。她的精神特别好，当别人打呵欠的时候，她还是那么兴高采烈。

音乐台上的洋琴手大部分都已走了，只留下一个鼓手和弹钢琴的还在有气无力地敷衍着吹奏。

跳舞的人，一对少似一对。

连侍者们也持着银盘，靠在墙上打瞌睡。

但是露薏莎还亲自点了一曲 *Kiss Me Again*。

舞池里，只存下我们这一对。

露薏莎紧紧地贴着我的面颊，低哼歌词。

"快打烊了吧？"我说。

"忙什么？"她说，"明天反正是礼拜日。"

"现在已经是礼拜日了。"

"别撒谎。"她继续哼着那只尚未奏完的曲子。

"怎么不是礼拜日？你看，窗外已有曙光。"

露薏莎望望窗子："啊！雪停止了。"

"是的，天已晴。"

"我们到兆丰公园去赏雪景好不好？"她还是那样兴奋。

"你不倦？"我问她。

"难道你倦了？"她反问我。

"同你在一起永远不会感到疲倦。"

她扮了一个鬼脸。

四

从"阿里巴巴"出来，我们到一家名叫"黑猫"的酒吧去吃早点。吃过早点，让露薏莎挽着我的手臂，在到兆丰花园去的路上踏雪。长街，到处积着雪和水，仿佛童话里的银世界一般炫目纯洁。北风吹过，墙壁上，不时有荒谬的标语被吹落下来。铁路沿线的菜贩担着冬令的蔬菜，向城中心的小菜场挑去。两个矮小的日本宪兵在铁丝网旁，说是检查行人，其实在敲诈小市民。几个穿着破军衣的伪兵，则拢着袖管，索索发抖。有一辆二十号路牌的无轨电车从雪毡上滑过。

电线上有一群因寒冷而唧啾的麻雀。

我们走到兆丰花园门口，一个脸色苍白的白俄老头子迎面走来，向我们说了一句：

"史特劳乌斯脱伍叶乞！"（俄语："早安"。）

"史特劳乌斯脱伍叶乞！"露薏莎说。

走进这座大城的最大的公园，空气如同果子酒一般，使我们感到清凉。露薏莎深深地呼吸了一下，匆匆奔到一棵大杉树底下，捏一个雪团，向我投来。

我弯下腰，也捏了一团，高高擎起，向她作投掷的姿势。

露薏莎逃，我追。

我们在雪毡上，你逃我追，直到露薏莎奔得力疲时，才让我将她捉住在雪堆里。

露薏莎睁大眼睛望着我，不说话。

我也睁大眼睛望着她，不说话。

不知道应该说些什么或做些什么。

半晌。

露薏莎低声问："你在想什么？"

我说："我在想……我们是不是可以永远在一起？"

露惹莎说："我们从认识到现在，才不过一夜的时间？"

我说："一夜在人的一生中当然算不了什么，可是这一夜你却将我的心窃去了。"

露薏莎垂下头来，双手捏揉着衣角，有点忸怩。

我就近拾取一条树枝在积雪上划了这样的几个字：

"露薏莎我喜欢你。"

露薏莎看我写到"你"的时候，脸颊上立刻泛起一阵红晕。

然后我把树枝交给露薏莎，要求她也写几个字。露薏莎起先还腼腆地摇摇头，但当我把树枝塞在她手里时，她就用银色的高跟鞋把那个"我"字擦掉，然后用树枝再写一个"也"字嵌在中间。

接着，迅速把它擦掉，有点不好意思了。这时，到花园来赏雪的人，逐渐增多。

我们离开大杉树，经过一条小石桥，在桥上看了一回尚未解冻的小溪，便走到花圃去看花朵。花圃设在一个广大的露天音乐场的旁边，在夏天，每逢星期三和星期六晚上，工部局管弦乐队常在这里演奏世界名曲，为一般爱好音乐者解除声音的饥和渴。但是现在，它已被花匠改成菜圃，在从前安置观众座位的地方，纵纵横横，划着许多菜畦。雪，像被子般的盖在菜畦上，一片银色。那座半圆形的音乐台，与我在夏季见到的样子不同。它的后墙已倾圮，垩土剥落，令人感慨。

"夏季常来听音乐吗？"

"听过几次。"

"喜欢哪一位巨匠的作品？"

"我比较喜欢李滋与史卓文斯基。"

"你对音乐很有兴趣？"

"我对新闻事业更有兴趣。"

"你是新闻记者？"

我点点头。

"在哪一家报馆工作？"

"一家英勇的报馆。"

"英勇的？"

"可不是吗？"我说，"连一个副刊编辑，也因为多写了几句公道话，被'七十六号'的特务们枪杀了。"

"你不怕？"露薏莎问。

"我要是不能做一些有益于抗战的事，那才可怕哩。"

露薏莎沉吟一下，问："这张报纸还继续出版吗？"

我摇摇头。

"停刊了？"她问。

"被迫停刊。"

"你现在是失业者？"

"可以说是，也可以说不是。"

"这是什么意思？"

"将来有机会，再告诉你。"

这时候，梵王渡圣约翰大学的教堂里，忽然传来一阵嘹亮的祝福钟声。

"做礼拜去！"露薏莎说。

"你是基督教徒？"

她点点头。

我们出了花园的后门，走进这所教会大学的校门。

教堂里，信徒们都已站起，张着嘴在唱赞美诗篇一百二十首第六节。用管风琴奏出的乐曲极悠扬、袅袅地，一再得到四壁的共鸣。这是一座小礼拜堂，但充满浓厚的宗教气息。

祈祷的时候，露薏莎跪在祈祷板上，用她的纤细的小手蒙着前额。她的眼皮微微合拢一半，褐色的睫毛很长。然后，低声说出祈祷词。我听不清她在祈祷什么，转过头去看她，她脸上泛起红晕。她垂下头，经窗子射入教堂的阳光，射在她的卷曲的金发上，她的景泰蓝的发簪一再反射出摇曳的闪光。

她耸肩啜泣。

我相信她在追忆她的母亲和卢钦茨基。我深怕过分的刺激会刺伤她的不大健康的心灵，站起身，拉着她走出教堂。

走到外边，露薏莎紧靠着我，仍在呜咽。我抚摩她的金发。

露薏莎一边抽哽，一边说："你还不了解我。"

我们在苏州河边闲步。

露薏莎时常用她的银色的高跟鞋，踢着地上的积雪，我把一位法国作家的小说讲给她听，她受了感动，不再流泪。

"我开始更欢喜你了。"她说。

"开始？"

"我不是说更欢喜你了。"

"但是欢喜与爱是不同的？"

"所有的爱情都从欢喜开始。"她说。

我们进入如梦的境界。

晌午。

我们乘公共汽车到"欧罗巴餐厅"去吃午餐。这是一家俄国菜馆，陈设华丽，布置幽雅，全部俄罗斯情调，很辉煌，也很别致。露薏莎用俄语向侍者要了"鲍许"、烤小猪、红酒烩鸡和两杯伏特加。

饭后，露薏莎邀我到她家里去玩。我说，有一些小事必须在下午做好。露薏莎翘起嘴唇，沉着脸，不说好也不说不好。

我答应晚上再到伊甸夜总会去看她。

五

自从太平洋战事爆发以来，虽然已有一个多月，但是上海的一切仍在极度混乱中。几家正义报纸，业已全部停刊。除了《中华日报》《新申报》《新中国报》《国民新闻》等几份专替日本人摇旗呐喊的伪报外，只有历史比较悠久的《新闻报》和《申报》还能继续发行。由于敌方的压力，这两家报馆经过几次改组后，和其他的汉奸报是很少有差别的了。《文汇报》《大美晚报》《神州日报》《大晚报》，不愿继续出版，已将属员遣散。这些被遣散的属员一部分克服了困难，回到大后方去效忠；另一部分仍留在上海继续做抗日工作。我和程柄权夫妇，就是继续留在上海工作的报人。

我们在"鸿发煤栈"的堆货房里秘密设置短波收音机，每天将重庆、旧金山、伦敦等盟方广播记录下来，译成中文，加以编辑，用油印印成小张，分发给街头小贩，让他们利用这油印的报纸去包扎货物，使全市的中国人民能够明了真实的国际情势。这样做的目的，在于击破日方的宣传攻势。我们没有与任何方面取得过联络，也没有经费，但是我们认为这项工作是很重要的，而且是我们这几个人能够做得到的事。我们人手少，主要为了保密。唯其如此，只要有一个人缺席，就会使这一份小小的报纸难产。

当我匆匆地赶到鸿发煤栈的时候，柄权夫妇已经在那里工作了。

柄权坐在一张木椅上，在编排消息。娴淑卷起袖管，坐在小桌边修理油棍。

我扭开收音机，把听筒套在耳朵上。旧金山立刻传来一连串重要的消息："华军开入缅甸"，"波多黎谷对保加利亚宣战"，

"委内瑞拉对日宣战","北非英军占领巴第亚"。

这些消息被迅速记录下来,我将它们递给娴淑,娴淑递给柄权去译。

十分钟后,重庆广播电台忽然中止固定节目,用英语向全世界宣布了第三次湘北会战以及浙东赣北的大捷。

接着,澳大利亚的雪梨电台宣读了同盟二十六国在华府签订共同宣言的内容。

我把宣言一字不漏地记下,交给柄权去翻译,又帮助柄权编排,并将已经排好的版样交给娴淑去写钢板。大家工作得非常紧张,尤其因为柄权的孩子这几天受了风寒的缘故,我们必须要在极短的时间内把报纸印好送出,让柄权夫妇回去照顾他们的孩子。

三小时后,我们终于做完这一天的工作。柄权夫妇把报纸包扎成叠,回家去照顾孩子,我走出后门,在一条陋巷里,偷偷地将报纸递给几个事前等待在那里的小贩和中学生,叫他们到处去分发。

回入煤栈,我舀水洗手,穿上大衣,把堆货房里的东西收拾清楚,拉开门,赶去做一件重要的事。

六

事情是这样的:

昨天下午,在"大新公司"四楼的摄影展览会上,懋先与我曾经有过短暂而秘密的会晤。懋先是一个英勇的地下工作者，"租界"陷入敌手后，他仍在做着反日工作。他是我叔父的朋友，过去与我并不相识，"一二·八"后，他从叔父那里知道我的努力后，坚要叔父介绍与我相识。见过几次面后，他给我的鼓励很大。昨天在"大新"见面时，他告诉我："有一位住在愚园路五百三十三弄十八号的杜太太，必须在明晚七时以前离开那里，否则，也许会有生命的危险！"但他没有做进一步的解释，只叮嘱我设法去通知。"因为，"他说，"我自己另外还有更重要的任务。"当时，我答应懋先一定办到。

现在已是五点半。

我走出鸿发煤栈，走上大街，雇一辆人力车。

上海经过这一次突变后，好像被强奸过的女孩子一般，只有怨怼与愤怒。街角，巷尾，到处架着铁丝网，英美侨民的产业，都被贴着"大日本海军占领"的封条。中、中、交、农的门口，挤满着提款的存户，凶恶的日本兵，拿着插有刺刀的来复枪，随时都可以结束他们的生命。每一家米店的门口，群众携着布袋排队，在侵略者的鞭挞下，抢购少量的平粜米。满城张贴着大红大绿的荒谬标语，东一张"全灭英美远东舰队"；西一张"尊重华人生命财产"……大城进入恐怖时期。大上海的市民们经验了同时正在经验着噩梦似的生活。

人力车抵达愚园路渔光村时，刚下车，枪声倏然划破黄昏的沉寂。

"福安俱乐部"的二楼，忽然有一个青年跳到五百三十弄的石板上，匆遽地，向通往曹家渡的小路奔去。那是懋先。

懋先拼命向小路奔去，滑脚的泥泞，一再使他踣倒。他的腿已中枪，裤管有血，走起路来一拐一瘸，但他仍勉强搬动受伤的腿，跳过篱笆，然后回过身来，从篱笆的罅隙间指出他的手枪，向那个死命追赶着他的日本宪兵猛射一枪，又回过身去，拼命奔逃。日本宪兵未被射中，在后面继续追赶。

三数分钟后，在专门贩售鸦片的"升平谈话室"后院蓦地传出一连串惊心动魄的枪声。

接着是几秒钟的沉寂。

接着枪声又起。

接着又是沉寂。

稍过些时，那个日本宪兵双手兜着后脑勺，踉跄地从篱笆后面跳出来，奔回"福安俱乐部"。——鲜血从他的指缝中流出。

这时候，沪西派出所的伪警已赶到，开始"搜查"行人。

我同车夫站在"乾大昌烟纸店"门口，车夫对我使了眼色。他用最简单的叙述告诉我关于不久以前发生在同一地点的狙击案。那是一个名叫佐佐木的鬼子，被爱国分子击毙后，曾经抓去三十几个无辜的中国平民。五百三十三弄被封锁了三个星期，据报纸的记载饿死的人有二十九名。但是不久，同类的事情却又发生了。"所以，"车夫说，"鬼子一天不滚蛋，我们就一天不会有好日子过。"

我感动得流了眼泪。我说："中国是不可被征服的！"

我被搜查了。

车夫还被伪警们用警棍打了几下。

刚打完，愚园路宪兵的卡车，像两只疯狗似的，迅即开到。卡车上跳下十几个戴着钢盔的鬼子，拿着上有亮晃晃的刺刀的来复枪，搜查行人，并加以种种侮辱。路口，已有铁丝网架起，连十二号路牌的无轨电车都被阻止通行。

我们被"封锁"在里面了。

车夫遍体鳞伤，仍然不肯呻吟。他在担忧：他将同新加坡路的棚户一样有被逼饿死的可能；但我所担忧的只是懋先的嘱咐，以及另一个不相识的朋友的生命。

我不知道懋先是不是已被那个日本宪兵枪杀或者负伤逃脱。

我不知道杜太太是不是已离去。

我不知道杜太太为什么必须离开那里，万一我不能在七点以前通过封锁线，杜太太会遭遇到怎样的厄运？

看看表：六点四十分。

我只有二十分钟的时间去通知那位不相识的杜太太。然而杜太太的住宅却在"封锁线"以外，需要穿过两条小弄堂和一个约莫五十公尺的水塘。

敌兵的搜查工作忽然加紧。听伪警说：那个被懋先击中了后脑的敌宣抚班长藤冈终于不治身死。

一个穿着深蓝色西装的"翻译员"恰巧从我面前走过，我立即拦住他。

我说："我的姑母，住在后边二十八号，病得很重，我必须去看她一次。"

翻译员用憎恶的眼光对我看了一看，摇摇头："你没有看见'萝卜头'吗？"

我堆了一脸笑容，从衣袋里掏出几张钞票，偷偷地塞在他手中。

他皱紧眉尖，搔了一阵后脑勺，低声对我说："跟我到这里来。"

我跟着他走进一座半中半西的小洋房，然后，他又以物价高涨为理由，要求我再付一百块钱给他。"否则，"他说，"就困难得很。"

"我身上只存五十块钱。"我说。

思索片刻，他说："就五十块吧。"

我把钱交给他。

他领我到住宅的后院，越过一条小河，向左，穿过堆满着垃圾和尿粪的方场，转弯抹角，出了"封锁线"。

当我找到十八号的时候，已是七点零五分。

十八号是一幢二楼二底的石库门，所有的窗户都装着厚绒的窗帘，没有灯火，也没有声息。大门紧锁着，一股特殊的沉寂的空气笼罩着，仿佛已经有不少日子无人进出了。很静。青苗农艺园的篮球架底下，搁着两辆写着敌兵的姓名的脚踏车。

两个肥胖得近乎臃肿的日本兵肩上斜荷着来复枪，有说有笑地在喝水壶里的茶水。

我在想：能不能走去敲门？

但是那两个日本兵还站在篮球架底下。

时间不允许我再加考虑。

于是我决定放弃了懋先昨天叮嘱我的敲门暗号。

我踏上石级。

敲门。

敲了一阵，屋内没有应声。

我有点慌了。

回过头去看篮球架下的日本兵，四只凶恶的眼睛正在注视我。

我更慌。

继续敲门。

依旧没有应声。

我怀疑杜太太已离去。

我走下石级。

那扇紧锁着的门，就在生锈铰链的轧轧声中缓缓启开。

"谁？"是一个女人的声音。

回转身去，我看见一位态度稳重装束类似传教士的中年妇人站在门口。我问："杜太太？"

"找她有什么事？"

我说；"我有要紧的事，必须同她面谈。"

"她——"妇人期期艾艾地说，"出去了。"

妇人退了进去，准备关门。

"不，"我立刻挡住那扇行将被她关闭的门，低声说："是懋先叫我来的。"

"懋先……？"

她仔细对我打量了一番，脸颊忽然泛起一阵红晕，很有礼貌地说："失敬得很，杜太太就是我，请里边……"

她将门启开。

我刚要进门的时候，杜太太蓦地将我推倒。一连串枪声，在极近的距离内将杜太太射倒；两个穿着黑衣黑裤的中国流氓，把手枪递给两个敌兵，跳上敌兵的脚踏车，迅即逃出我的眼帘。我才意识到这幕后的牵线人是谁？日本人要在这个时候暗杀一个爱国的抗日工作者是绝不会比踏死一只蚂蚁更麻烦的。

我将杜夫人抱进屋里，但等不及我打电话、找医生，她就死去了。

临终，她对她的女儿作了最后的嘱咐："莲，努力吧，不要畏缩，不要后退，我们要生存，必须击倒日本。"

莲很悲伤，哭得非常哀恸。

我说："不要过分悲伤，哭坏了身体是得不到代价的，令堂为国牺牲，死得光荣，死得有代价，我们必须继承她的遗志，替她报仇，替国家报仇。"

于是我帮莲料理善后事宜。

直到晚上十点钟，才把杜夫人的善后办妥。

在万国殡仪馆门口分手时，我将地址告诉莲。我说："以后如果有什么事情需要我做的话，随时通知我。"

莲表示了她对我的谢忱。

握手。

道了再会。

回到家里。

虽已疲乏到了极点，想睡，却怎样也睡不熟。

杜太太之死，使我极度不安，也很愤恚。

我猜测不出究竟谁出卖了十八号？同时，我对懋先的下落也非常担心。

叔父回来了，神情紧张。

他递给我一封信，说是一个报贩送来的。

拆开信，上面潦草地写着这样几个字：

"病重，请来白利南路三十一弄十六号 B 字门牌灶间一谈。"

离开戒严只不过半小时，我还是搭车到白利南路去。

到了那里，有个衣衫褴褛的老人提着美孚油灯来应门。

在昏暗的灶间里，我见到懋先睡在一张铺着破被絮的木板床上。

他的大腿与左胸被射中了。

碗状的伤口不断流着鲜血。

我噙了眼泪。

"懋先，"我说，"我去找个医生来。"

"不，"他困难地喘息，"见到杜太太没有？"

我点点头。

"那就好了。"苍白的脸色显示他的伤势不轻。

然后他将事情告诉我：杜太太是一位中学校长，丈夫在战争初起时就参加救亡工作，给敌人抓去后，被敌人用锯子锯破腹部。如今杜太太继承了丈夫遗留给她的神圣工作，继续领导爱国青年，在极度困难的环境下，埋头苦干。前天，懋先被送到虹口敌军司令部去充当搬运夫，以一个偶然的机会，懋先发现了敌军在北四川路建设的秘密火药库。懋先私下把火药库的各部分记下，向杜太太要求一位助手，去实现炸火药库的计划。杜太太当即派了一位姓靳的新闻从业员帮助他。不料，在出发之前忽然有一位潜入《中华日报》担任校对的爱国分子来看懋先，说姓靳的已到报馆里去会见一位"助理编辑"，出卖了懋先，并且拟定行刺杜太太的计划。懋先赶到"福安俱乐部"去找周阿凤，企图向她索取一张"通行证"。这时候，姓靳的和那个汉奸编辑恰巧为着这件事走去找敌宣抚班长藤冈，一见懋先，便高声呼喊，说懋先是抗日分子。懋先拔出手枪，一面从窗口跳出，一面抵抗。结果虽然击毙了藤冈，自己也受了重伤。

"朋友，"他说，"一项重要的工作等着你去完成。"

他困难地呼吸着，从他的枕头底下，抖颤地取出一张地图和一支手枪。"朋友,"他重复那句话,"一项重要的工作等着你去……"话没有讲完,死了。

七

由于两夜未睡,疲惫无力,困倦到了极点。回到家,等不及脱衣,便倒在沙发上昏昏睡去。

一觉醒来,已是黄昏。我的性情变得很暴躁,取出一支强烈的土耳其烟,点上火,连吸几口。窗外有尾冬的寒风吹来,恍惚间,我好像仍在噩梦中,我的感性已麻痹,不可能用眼睛、用手、用知觉,用神经系统去证实那一连串太奇特的事情。

现实是一条无情的鞭子,一再抽打我。

我失笑。

我落泪。

最后,我决定到帕萝萝酒吧间去喝烈性的 Vodka。

一杯,二杯,三杯……

我醉了。

行走在充满西欧情调的霞飞路,神志恍惚。雪已停,天仍寒,积雪成冰。街灯发出青中带黄的光,把法国梧桐的影子投在结冰的人行道上。长街极静,行人稀少。"蔷薇花铺"里的犹太老板在打盹。国泰戏院的 5∶30 那一场还没有散。这一天放映的是《谭尼尔·威勃斯脱与魔鬼》,广告纸上,美利坚的市侩艺术家,用一支庸俗的画笔，画了巴黎女郎西蒙西蒙的那只奶油一般的嘴。一个白俄妓女挽着意大利水兵的手臂，从对街走来，发出格格的笑声后，嚷："一切都能用钱买得。"……我醉了。

我走过两座高楼之间的小巷，向安南巡捕借火柴，点上一支帕尔摩尔，然后向报贩购一份夜报。

我走走停停。

身子已失去平衡。

头有点痛。

一辆银色汽车蓦地停在我身旁，车门一开，走出一个白种少女。原来是露蕙莎。

"喂，年轻人！"她喊，"到哪里去？"

我用醉眼注视她。

她对我微笑着。

她戴着一顶西班牙的阔边绒帽，帽圈系着一条苹果绿的缎带，轻轻地在寒风里飘舞。她的鬓角上，插着一朵郁金香，嘴角边还点了一颗狐媚的痣。

"到哪里去？"她重复那句问话。

我答："到……到但丁创造的地狱去。"

"你又喝醉了。"

"我没有醉。"

她笑了，扶着我，用询问的口气说："到我家去躺一会？"

"不去。"

"再喝两杯？"

"不喝。"

"让我唱歌给你听。"

"不要听。"

"你究竟要什么？"

"我要哭！"

"到我家去哭吧。"

她扶我上车。

车子开动时，我真的哭了。

露薏莎用粉臂勾着我的颈脖，低声说了几句抚慰话语。我是十分感动了。

"到底受了什么委屈？"她问。

我不说。

"有人欺侮你？"

我还是不说。

"告诉我，你究竟为了什么事烦恼？"

我直起身子，答非所问：“好吧，到你家去。"

到了露薏莎的家。

露薏莎将我扶进她的卧室。对街“高加索俄国餐馆”的霓虹灯，有桃红色的光芒射进室来，时明时暗。露薏莎扭亮台灯，我开始惊诧于这卧室的布置幽雅。

露薏莎叫我躺在她的床上。

"昨天,"她问,"为什么不到伊甸来?"

"睡了。"

"那么再睡一觉吧。"她说。

她关了窗,拉上湖色的窗帘。

她喝了一杯白兰地,关掉台灯。

然后悄悄地走到我旁边,她说:"我到夜总会去。"

她穿上大衣离去。

室内一片寂静,只有时钟滴答滴答响着。

八

醒来,已是第二天中午。

睁开惺忪的眼,神志依旧恍惚,头有点痛,精神萎靡。

露薏莎的卧室布置得很精致,四壁糊着蔷薇图案的墙纸。墙上挂几只金属花篮,花篮里盛插金兰,使这面积不大的卧室洋溢着馥郁的香气。

壁炉有火。

卧室很静,仅柴木在火中毕剥发响。

我不知道露薏莎是否已回来,或者回来过又出去了。

游目四瞩,我发现壁炉架上挂着一只露薏莎的丝袜,而另一条丝短裤则覆盖在拿破仑半身塑像的黑帽子上。

"露薏莎!"我喊叫。

没有回音。

"露薏莎！"我大声喊叫。

"嗳！"邻房终于传出她的声音。

"你在哪里？"

"洗澡。"她说，"你醒啦？"

"嗯。"

"肚饿吗？"

"不饿。"

"想抽烟吗？"

"想，"我说，"烟放在哪里？"

"别起身，我拿给你。"

稍过些时，浴室的门启开。她穿着大方格的浴衣，婀婀娜娜地走出来，含笑盈盈，很可爱。

"外边很冷。"她说。

"屋里很暖。"

"因为我一早起来就替你生了火炉。"

"不，"我说，"因为有你在。"

她笑了，从银质烟盒里取出一支黑色的香烟，点上火，连吸几口。

把那支香烟给我抽。

她喝酒。

把她的手臂垫在我的脑袋背后喂给我喝。

我要搂她。

她忸怩地让开。

"我恨你。"她说。

"为什么？"

"昨夜你做了什么？"

"记不起了。"

"仔细想想。"

想着，想着，我发现我的思虑机构已失去应有的效能，想不起昨夜曾经做过些什么，只知道喝过几杯酒，醉后昏昏睡去。

我对露薏莎说："想不起来了。"

露薏莎板着脸，愤怼地走开去，从烟盒里取出一支香烟，点上火，吸不上几口，又把长长的烟蒂揿熄，回过身来，问我：

"你撕破我的衬衣，记得不记得？你！"

我耸耸肩，扮了一个鬼脸。

她自言自语地骂了我一句："坏东西！"

她仍旧板着脸。

"让坏东西陪你出去玩一天。"我说。

她抿着嘴，不说话。

我进浴室去盥漱，穿衣。穿好衣服，与露薏莎一同到外边去。

先到"文艺复兴餐馆"去吃午饭，饭后到"娜波玲登村"去划船，然后到"国际饭店"十八楼去饮下午茶。

露薏莎待我很好，时常指摘我的小节，诸如领带的颜色与

外衣不调和，或者掉了一颗纽扣忘记补上之类的小事。露薏莎
更时常问起我的私事。在国际饭店饮下午茶的时候，她曾经完
全出我意外地问我：

"你的工作可以暂时中断一个时期吗？"

"什么工作？"

"什么工作，"她低声说："鸿发煤栈的堆货……"

"住口。"我立即阻止了她的叙述。我睁大眼睛对周围的茶
客们扫了一圈，看看有没有高丽浪人、日本间谍或者"七十六号"
的特工人员。

"走吧！"我说。

付了账。挽着露薏莎的手，乘电梯而下，走出"国际"。我
拣了一个冷僻的所在，问她："你怎会知道的？"

"哦，"她说，"昨夜你自己将你的信件拿给我看的。"

摸袋，信已不在。

"信在你那里？"我问。

"是的。"

我们立即雇车到露薏莎家里，露薏莎从衣柜里取出那封信。
我接过信，如获珍宝。

露薏莎忽然笑了起来："瞧你这副急相。"

"这……"我坦白告诉她，"这等于我的生命。"

"既然这样，就不应该这样粗心。"她说。

我承认粗心疏忽。

时已八点。露薏莎到厨房里去做晚餐。我又重复把信件读了一遍，将它丢入壁炉，烧了。露薏莎从厨房出来，见我将信件丢入火炉，赶快去抢，但已烧去一大半。她问我为什么要这样做，我不答。

吃过晚餐，露薏莎要到"伊甸"去。我也要去喝点酒，却被她拒绝了。

"不要你去。"她说。

"为什么？"

"没有什么。"

说着，拉开大门，然后砰地将门关上，走了。

二十分钟过后，她又匆匆走回来。我问她："这样早就回来了？"

"外边封锁啦！"她说，"一个青年在街口给几个暴徒枪杀了。"

我走近窗边去张望。

街上果然传来一阵急促的警笛声，所有行人都被拘留起来，铁丝网阻塞了街角巷尾，热闹的长街，顿时冷落下来，只有三五个荷着来复枪的日本兵，在士敏土¹的人行道上走来走去。

"我怕！"露薏莎说。

"怕什么！"

1　即水泥。——编者注

"有一天他们也会把你……"她呜咽了。

"别怕！"我说，"一会儿就会开放的。"

九

这一次封锁，并不"一会儿"就开放。我们被封锁在这恐怖的气氛里，前后达两天半之久。到了第三天的中午，才听到一阵警铃声。这条死街随即复活。

"我要回去了。"我说。

"立刻？"

"立刻就回去，"我说，"家人一定等得很焦急。"

同露薏莎说了"再会"，匆匆回家。回到家里，发现程柄权夫妇早已等在客厅。

"把我们急死了。"娴淑说。

"你们以为我——"

"我以为你被——"柄权说到这里，忽然停顿。

"没有的事。"我说。

"可是，"柄权蓦地站了起来，走近我的身边，将嘴巴凑近我的耳边，"伪宁方面正在通缉你。"

"这是哪里得来的消息？"

"从'七十六号'传出来的。"

"可靠吗？"

"伪宁发表了'黑名单',一共有八十三位抗日同志。"

"有我在内?"

"嗯!有你在内。"

"哦!"

"所以,"娴淑说,"你还是赶快离开这里的好。"

"没有这样做的必要。"

"目前的情形不同了,"柄权说,"保甲业已组成,工部局的实权操在日本人手里,汪逆爪牙到处抓人杀人,现在的上海比地狱还可怕。"

"不过,"我倒有点犹豫起来了,"就是决定走,也不一定走得掉!"

"为什么走不掉?"柄权说,"由此搭船到宁波,从宁波到奉化,再从奉化穿过'交界线',不是可以到达自由区了。"

"困难仍多。"我说。

这时,叔父忽然惶遽地奔来。他的脸色很苍白,喘着气,慌慌张张地对我们说:"不好了,鸿发已被工部局查封,日本宪兵还抓去了陈账房和周管事。"

"什么?"我们四人异口同声说。

"事态愈来愈严重了,"叔父说,"巨福路一三一号的秘密电台同时被搜,此外静安寺路也抓去了四个爱国青年。"

"叔父,"我问,"这些消息是从哪里得来的?"

"工部局警务处的一个'万国商团'团员告诉我的。"

"怎么办？"娴淑焦急地问。

叔父神态紧张地说："还是先找一个地方躲一躲，俟风声平静了，再设法动身。"

"躲到什么地方去？"娴淑问。

楼下忽然响起一阵急促的叩门声。女佣阿宝奔上楼来，喘着气，脸白如纸，开口时因过分的惶恐而略带口吃："不……不好了！"

"什么事？"

"东洋兵——东洋兵来搜查啦。'翻译'的直嚷着问少爷在不在家？"

大家一听，慌得手忙脚乱。娴淑哽咽起来。

叔父说："别慌，路口停着我的汽车，跟我来。"

我当即跟随叔父上楼，从晒台逃到隔壁李家，再从李家的花园奔到路口，进入车厢。

车子在大街疾驰时，红色警备车接着就鸣起"警笛"，在相差不到五十码的地方追赶我们。

我们的车子以高速在柏油路上疾驰。

街边的树木飞过了，闲步的人们飞过了，两轮车飞过了，电杆木飞过了，圣诞老人喝汽水的广告牌飞过了……

二十分钟后，我们在铁路旁边的林肯路上疾驰。警车里的警员开枪射击我们。

田舍飞过了，农村飞过了，沪杭路上的列车飞过了……

警车仍在跟踪我们；警笛声尖锐刺耳。

我们车子的速率已经快到无可再快的地步。

车抵凯旋路尽头，叔父说：

"油完了！"

"什么？"我问。

叔父绷着脸，一声不响。

他旋转驾驶盘，把车子驶入农田，刹车，打开车门，用力将我推在车外。他说："赶快躲到草堆里去。"

接着，他把车子向河边冲去。

车子跌入河里，发出惊心动魄的响声，摇撼着我的心弦，几乎夺去我的理智。警车从我身旁擦过，车内的警员，没有见到我。

十

天黑后，我回到市区，在永安公司打了一个电话给柄权，柄权告诉我东洋鬼子已把我的家封了，要我八点半在大光明弹子房和他见面。

无家可归，只好怀着一腔愁情去找露薏莎。

"怎么啦？"露薏莎问我。

我叹息了一声，终于含着眼泪为她讲述刚才发生的惨剧。她也饮泣了。

露薏莎劝我离开上海。

"是的,"我说,"我已做此准备。可能的话,明后天就走。"

"明后天?"

"滞留越久越危险。"

"能不能让我跟你一起走?"她问。

我摇摇头。

露薏莎噘着嘴,怨怼地望着窗。

窗外又飘雪了,灰空里无休止地飞舞着雪羽,栉比的屋顶上,瞬息盖上白色的雪毯。街上行人稀少,只有三数个小贩在雪中奔跑。露薏莎放下丝绒的窗帘,懒懒地走到壁炉面前,用火钳拨弄柴火。

"又落雪了。"她说。

"上星期六也是落雪的。"

"上星期六是一个幸福的日子。"

"是的,"我说,"上星期六是一个幸福的日子。"

……露薏莎脱去拖鞋,躺在沙发上。她扭亮台灯,蓝色的光芒,像薄雾一般从蓝色灯罩中射出。我走到她的身旁,她就伸手把叼在我嘴角的香烟夹去,吸了一口,将青烟喷在我的脸上。……

"能不能像上星期六那样陪我玩一夜?"她问。

"今天我的心情实在太坏。"我说。

她噘着嘴:"你不愿意陪我?"

"不是不愿意……"我说。

"既然这样，"她说，"到伊甸去。"

"为什么？"

"去看我表演最后一次的《午夜》。"

"最后一次？"

"你走后，我决定不再做表演女郎。"

"何必呢？"

"今天晚上，我要你到伊甸去喝酒。"

我点点头。

十一

离开露薏莎的家，冒着雪，到大光明弹子房去和柄权会面。

柄权告诉我：明天恰巧"新宁绍"要开到宁波去，如果我决定走的话，他可以为我写封介绍信到国华银行四楼的"中华运输公司"去买船票。

"我没有牛痘证和大便检验证。"我说。

"那倒没有什么关系，只要你决定走，这些我都可以出钱替你办到。"

经过审慎的考虑后，我说："明天走。"

柄权当即为我写了一封介绍信，还拿了一些钱给我，对我说："明天一早到国华银行去，用九十块'军用手票'买一张官舱的船票。"我拿了信，走出弹子房，到沙利文去吃晚饭。面对高脚杯里的马推尔，我感到孤独。我怎能对这座大城没有一点感情？我从未吃过晚餐如今日所吃的；我急于要到长街去探望那些熟悉的事物：国际饭店，跑马厅，大光明戏院，舞厅里的菲律宾乐队和舞娘们的笑容，站在街灯下的半老徐娘……

我依旧对这座被敌人强奸过的都市感到亲切。

但我必须跳出这火窟。

无家可归，只好在街头闲荡。夜深时，我的情绪很紊乱。我想起了酒，想起了"伊甸夜总会"，更想起了露薏莎。我希望这是治疗烦闷的特效药。

和上星期六一样，我到达伊甸夜总会的时候，也是午夜，依旧拣了那个黝黯处的座位坐下，一切和上次看到的差不多。

我唤叫卖纸烟的女郎过来，请她为我递一张纸条给露薏莎。一会，卖纸烟的女郎又把那张纸条拿回来，在纸的反面我看到了这样的几个字："梳妆完毕，即来陪你。"

我向侍者要了一杯威士忌·沙达。

十分钟过后，我又要了一杯。

一刻钟过后，我又要了一杯。

未见露薏莎出来。

我等得不耐烦了，站起，径向梳妆室走去。我找到了挂着"露薏莎"名片的门，叩了两下，没有回答。我冒昧地冲了进去，发现露薏莎在屏风后面更换衣服。

"露薏莎。"我喊。

"你怎么没听到应声就进来了？"她问。

"为什么不出来陪我？"

"我在化妆。"露薏莎赤裸着上身从屏风后面走出。她举手从衣架上取下乳罩，熟习地把它罩在胸前。然后慢条斯理地坐到梳妆台上交叉着粉腿，拿起大粉扑来扑身体。粉末弥漫，使我呛咳起来。露薏莎笑了，将粉扑往盒里一掷，凑近镜子，抹胭脂。然后对镜子里的我露了一个狐媚的笑容。

"你先到舞厅去坐一下。"她说。

"今晚，'手腕珠'掷给什么人？"我故意调侃着她。

"你想我会掷给谁？"她眯细眼睛斜视我。

她将我推了出来。

我回到座位，又向仆欧要了一杯威士忌·沙达。

舞场的灯光全暗了，音乐台上只有一只曼陀林在演奏"中亚美利加的情歌"。我默默地坐着，喝酒。纵然处在这热闹的场合，也不觉得快乐。

我又要了一杯威士忌·沙达。

露薏莎表演《午夜》的时间已过，她却没有出来。

我猜不出露薏莎在做些什么。

喝完酒杯里的威士忌·沙达，我又到梳妆室去。

梳妆室的门已闩上。

里边传出一个男人的声音。

我将眼睛凑在钥匙洞前。

从钥匙洞里，我看到了一个剃光头的日本人。

此人上唇蓄着一撮小胡髭，两眼瞪大如铜铃，站在镜前，板着脸，好像在等露薏莎回答他的问题。

露薏莎不说"是"，也不说"否"。

那日本人凶恶地在露薏莎耳边说了几句话。

露薏莎依旧没有表示。

日本人紧蹙眉尖，在房中来回踱步，踱了一阵，站在窗边，眺望夜景。然后，把烟蒂儿往外一弹，狠狠地走到露薏莎面前，咬着牙关说："你必须将手腕珠丢给他！"

露薏莎像木头人似的坐在那里，不说话，也不动弹。

那日本人歇斯底里地狂笑起来，踱着傲慢的步子，朝房门走来。我立即躲避。门启开后，只见那日本人径向楼上走去。

我回到露薏莎房内，露薏莎还在呆呆地发愣。

我问："露薏莎你知道表演的时间已经过了吗？"

"今天我身体有点不舒服，不想演了，你还是早些回去吧。"

"不，露薏莎，今晚我一定要再看一次《午夜》，你快快预备上场吧。"说罢，我回到自己的座位。

当我喝完另一杯威士忌·沙达的时候，全场灯火转暗，乐队停止演奏，一个肥胖的西洋男人非常有礼貌地走到麦格风前，用纯熟的英语向来宾作了一个介绍。他说："诸位：今晚本场特请舞蹈家露薏莎小姐表演《午夜》，舞终时，哪一位男宾取得了她的'手腕珠',就可以同露薏莎小姐接吻。"

掌声如雷。

乐队开始演奏《午夜》。

全身热带装束，半裸的露薏莎从丝绒的蓝幕后走出，疾步走去舞池。和上次我所看见过的情形一样，她头上戴一顶千利达的珍珠帽，腰间围着五彩的玻璃裙，在舞池中跳舞。

舞着，舞着，舞着。

舞姿很美，一再博得彩声。

音乐停止，露薏莎站在舞池中央，环顾四周，仿佛在寻找适当的宾客，来接受她的手腕珠。她犹豫不决，使大家感到诧异。

我凝视她。

她凝视我。

经过几秒钟的寂静后，她缓慢地举起手来，把那串手腕珠投到我的桌上。

全场响起雷鸣的掌声。

酒吧间的聚光灯的照明圈集中在我身上。

就在这一刹那，露薏莎忽然像疯子似的奔到我面前，一把将我推倒在地。枪响蓦地划破这狂欢的空气，子弹从楼上飞下来。

舞场极度混乱，来宾们像一群没有理智的野兽，彼此推撞。

聚光灯乱射。

我从地上爬起时，竟发现露薏莎躺在血泊中，枪弹射入她的背脊，血似泉涌。我连忙将她搂在怀中吩咐侍者打电话急召救护车。

我抱起露薏莎，让她躺在一只贴墙的沙发上。

我低声唤她。

她的眼睛张开一半，露了一个不很自然的笑容，用低到几乎听不清的声音对我说：

"去吧，到大后方去，帮助你的祖国赶走暴虐的侵略者。"

她的眼皮一合，呼吸停止。

（原载一九四二年《文艺先锋》第七卷第八期）

（刊于柯灵主编，上海书店出版社二〇〇二年出版的《上海四十年代

文学作品系列·投机家》）

蟑螂

一

一只蟑螂，像流星，突然出现，突然消失。丁普的思路被岔开了，手里执着笔，一个字也写不出。一周前，写好一封信，用糨糊封口，在桌面上放了一晚，第二天早晨，信封被蟑螂咬烂一条边。

天气闷热，闷得连呼吸也感到困难，仿佛被关在密不通风的贮藏室里，很不舒服。已是阳历十月了，亚热带的气候，在低气压过境前夕，依旧闷热。丁普坐在灯下赶稿，台灯发散出来的那一点热，使他难受。他不自觉地咕哝几句，声音很低。

坐在衣车边替丈夫车睡衣的丁太太问："你在说什么？"

丁普蓦地将手里的钢笔掷在桌面。——突如其来的动作，使丁太太吃了一惊。

"我必须改行！"丁普说出这句话时，口气好像在跟别人吵架。他并不是第一次说这样的话。每一次文思受阻，就会发牢骚。

　　丁普没有大志，也没有野心。对于他，生存是个谜，继续生存则是顺天理。其实，他也不是一个彻底的隐遁主义者，偶然的领悟是有的，却不是真正的觉醒。他是个无神论者，走进教堂或庙宇时，总觉得生存不过是一种自然现象，出世与入世皆不能解决问题。生存如果有什么意义的话，那是因为所有的生命都会死亡；而死亡却是永恒之根。丁普对工作感到厌倦时就会想到这些问题。这是思想的散步，可以消除疲劳。

　　丁普的书桌很小，只能放一些简单的文具。这书桌放在窗边，抬起头，可以望到更多的窗户。这些窗户到了夜晚，有的亮着电灯，有的则是一方块黑色。

　　就一般的居住环境来说，王家分租给丁氏夫妇的两个房间，不算好，也不算太坏。最低限度，对面那幢大厦，距离并不太近，隔着一条街。

　　纵然隔着一条街，每一次丁普抬起头来，仍可清晰见到每一个窗内的动静——如果那窗户亮着电灯的话。香港人对这种"对窗"的环境，都不喜欢。不过，这些窗户也不是完全没有娱乐性的。尤其是丁普，每天必须伏案数小时，偶一抬头，就可以将这些窗户里的动态当作戏剧来欣赏。丁普不认识那些窗内的人物，一个也不认识，只因时日已久，对每一个窗户里的人物多少有些认识。根据丁普看窗的经验，最好的时间，应该是深夜过后。那时候，大部分窗户的灯火都已熄灭，剩下少数几个依旧亮着灯光，衬以黑暗的窗户，显得非常突出。每当文思不畅时，他就会抬头作一次不经意的眺望。他甚至知道哪一个窗户里的主妇常常击打孩子；哪一个窗户里的两夫妇常常吵架；哪一个窗户里住着单身女子；哪一个窗户里住着一个风烛残年的老妪；哪一个窗户里养着一只狗，成天狂吠；哪一个窗户里经常将百叶帘放下；哪一个窗户前经常有三角裤与乳罩放在晾竿上。

丁普称这些窗户为"浓缩的现实"。

看了一会对窗，丁普额上有黄豆般的汗珠排出，一边用手帕拭汗，一边继续"爬格子"。

那蟑螂又出现了。这一次，并不立刻奔跑，贴在墙壁上，静静的，一动也不动，仿佛在等什么。如果不是因为触须尚在抖动，丁普可能会以为它已死去。谈到死，蟑螂似乎注定要被人打死的。人类憎恨蟑螂。

丁普轻轻举起苍蝇拍，以迅雷不及掩耳的手法向那蟑螂拍去。蟑螂逃脱。丁普很失望，因此产生了受辱感，必须将它打死。

时候已不早，对街那些窗户里的灯火大部已熄灭。他还有一千多字要赶。

赶稿时，那只蟑螂出现了。丁普从眼梢中见到它沿着书架的边缘像流星般疾步而过。不愿错失这个机会，他举起苍蝇拍，重重拍了一下，声音很响，却没有将蟑螂拍死。

"你在做什么？"丁太太问。

"拍蟑螂！"

"苍蝇拍是拍苍蝇的。"

丁太太的意思是：用苍蝇拍拍蟑螂，显然是选错了工具。丁普的想法是：苍蝇拍既可拍死苍蝇，当然也可以拍死蟑螂。不过，此刻的他，虽不作声，脸孔却涨得通红，像是羞惭，其实是被那只蟑螂激怒了。他的尊严已受到伤害，非在那只蟑螂身上表现他的权威不可。他具有杀死蟑螂的能力，必须将那只蟑螂杀死。他已工作了好几个钟头，早已将身子弄得非常疲倦。一个疲倦的人，最易恼怒。他蓄意要杀死那只蟑螂，除了表现权力外，还想以此作为一种发泄。可是那蟑螂仿佛故意跟他开玩笑似的，忽隐忽现。丁普心里燃起无名火，紧握苍蝇拍，睁大眼睛凝视蟑螂隐没的地方，眼球比平时突得更出，泛浮着凶恶的青光。在等待那只蟑螂重现时，心跳加速。

"你在做什么？"丁太太问。

丁普转过身来，提起脚跟，轻步走到妻子旁边，将嘴巴凑在她耳边：

"我在拍蟑螂。"

"苍蝇拍是用来拍苍蝇的。"

"别那么大声。"

"怕什么？"

"蟑螂听到你的声音就不会出来了。"

"蟑螂才不理这一套！当它们想咬东西时，即使开着收音机，也会到处乱窜。"

"这一只不同。"

"什么不同？"

"它……它在戏弄我。"

"你一定非常疲倦了。"

夜渐深，丁普必须将应写的稿子赶好。气候闷热，有闪电。这是阳历十月，通常不大会有雷雨。台灯像只小电炉，照在脸上，热辣辣的。脑子迟钝，性情浮躁。这是应该上床的时候了。智能逐渐失去控制力，握着笔的手仍在写字。不过，这只是一种机械的动作。他的脑子空洞得像只大气球。

落雨了。雨点从疏落到急骤，最后变成水晶帘子，挂在窗前，连对街的"景色"也模糊不清。丁普放下原子笔，作一次深呼吸，内脏感到清凉。雨水从窗外吹进来，打在稿纸上，使那些已经写好的字迹化成湿晕。他站起身，关上窗子。室内依旧闷热。虽然气窗还开着，外边的凉风仍不能一下子将室内的闷热之气驱出。

蟑螂又出现了，丁普并没有立刻用苍蝇拍去拍，因为苍蝇拍放在距离他约有六尺之处，不能随手拿到。

文思受到阻碍，睁大眼睛凝视那只蟑螂。

这是一只大蟑螂，约有一寸半长，六条腿看来相当粗壮。当它贴在墙上不动时，触须如同京戏里的雉尾生正在表演"耍翎子"的功夫。

对付一只蟑螂，应该是不成问题的，只需举手之劳，就可以将它打死。这是天赋的权力，蟑螂也许不知道，丁普不会不清楚。

侧身弯腰，伸手去拿拖鞋。由于苍蝇拍不能发挥应有的效能，他决定更换"武器"。拖鞋的鞋底是脏的，击打蟑螂，必会弄脏墙壁。为了获得感情上的宣泄，也顾不得这么多了。

悄没声儿拿起拖鞋，高高举起，以敏捷的手法向蟑螂打去。

蟑螂没有被他打死，只断了一条腿。

那条断了的腿贴在墙上。受伤的蟑螂转瞬不见。

"你瞧你！稿子不写，老是跟那只蟑螂过不去，将墙壁都弄脏了！"

那只受伤的蟑螂早已不知逃去什么地方，丁普纵有追杀之意，未必能够立刻找到它。时已不早，继续浪费时间，就会得不到充分的睡眠。雨势似已转弱，打开一扇窗子，让清新空气从外边吹进来。丁普吸到清新的空气，精神为之一振，要不了半个钟头，便将一千字写好了。他感到疲劳，必须用睡眠恢复已耗的精力。上床。翻来覆去，不能入睡。脑子静不下来，每一次合上眼皮，就会想到那只"可憎的蟑螂"。刚才，他用拖鞋击打那只蟑螂时，偏了这么一点，没有击中它的要害，要不然，这口气也就出掉了。其实，蟑螂虽然可憎，究属弱者，打死它，不会使丁普增加一分骄傲；不过，费了那么大的气力，仍不能置它于死地，丁普心里总有些不舒服。他想到了一些有关生命的问题，这些问题像潮水般涌来涌去，只是难于找到不容置辩的答案。如果生命必须有个意义的话，可能只是与死亡的搏斗。那只断了一条腿的蟑螂今晚虽然未死，总有一天要死的。想到这里，神志渐渐迷糊。他做了一场梦，梦见自己走入一个奇异的境界，展现在眼前的是黑压压的一片。起先，他以为是黑色泥土；后来，才知道不是。泥土是不会动的，但是这广袤无垠的"黑地"居然蠕动了。他吃了一惊，那"黑地"突呈分裂，定睛观看，所见的黑地竟是千千万万硕大无朋的蟑螂。这些蟑螂的身体，每一只都比丁普大几倍，形状可怖。丁普从来没有见过这样的怪物，心似打鼓，扑通扑通乱跳，不知道应该怎样对付这些可怕的动物。想逃，蟑螂已从四面八方逼近来。想喊，喉咙给什么东西堵住了，发不出声音。蟑螂们的眼睛，仿佛水晶球一般，绿油油的，射出绿色的光芒。这些光芒，四处乱射，形成极其恐怖的气氛。

那些硕大无朋的蟑螂们，志在报仇泄恨，忽然散开，留下一些不规则的空间，让丁普在八阵图式的环境中，拼力奔跑，寻找出路。

找不到出路，只在蟑螂与蟑螂之间无望地奔跑，奔跑，奔跑……

浑身出汗，使他产生浸在水中的感觉。但是，他没有浸在水中。他只是在一个恐怖的境界中奔跑。……极度的恐慌，几乎将他的理性夺去。他听到震耳欲聋的吼声，必须用手掩住自己的耳朵。抬头观看，才知道吼声发自蟑螂。蟑螂怎会发生这样巨大的声音？他不解。他已恐慌到了极点，如同疯子一般，拼命奔跑，嘶声呐喊。

蟑螂不可能有这种恐怖的形态。出现在他面前的蟑螂，几乎变成一群原始动物了，大得可怕，充满侵略意味。

在这种情形下，蟑螂们想弄死丁普，是一件轻而易举的事情，但它们不愿这样做。它们要戏弄丁普，不愿意让他死得太早。

处在这些巨大的蟑螂堆中，丁普觉得自己非常渺小。这种感觉，也许正是蟑螂在现实生活中见到人类所产生的感觉。

一切都调换了位置。他的权力已消失，再也不能用苍蝇拍或拖鞋去击毙任何一只蟑螂。相反的，任何一只蟑螂都可以轻易将他击毙。

蟑螂与人类并无二致，当它们掌握权力时，也会滥用，只是它们采取的方式更狠：要对方在极度的痛苦中认识权力的可怕。

丁普已彻底了解弱者的痛苦，处在这种环境里，得不到任何帮助。

处在这种境界里，只有一个愿望：早些死去。他已失去一切，也不能要求什么。死，乃是唯一的道路。但是，蟑螂们不肯让他死。蟑螂们似乎存心将它们的快乐建筑在丁普的痛苦上，虐待他、迫害他、戏弄他。丁普虽已精疲力竭，仍不能不在极度的惊惶中奔跑，奔跑，无休止的奔跑……

蟑螂们的吼声，犹如惊浪骇涛在怒海中澎湃不已。这不是海，蟑螂也不能发出吼声。问题是：丁普竟走进这样一个不可能的境界。

他从未这样恐惧过。恐惧已夺去他的生之意志。浑身热辣辣的，内脏好像在燃烧。他以为自己病了。

"让我死！"

他喊出这样一句话。

喊出的声音竟是如此的微弱。

站定，呼吸短促。出现在面前的，仍是成千成万硕大无朋的蟑螂。他想死，只是找不到方法来结束自己的生命。如果他身上有一把小刀子，甚至是一块很薄很薄的刀片，他就无须继续接受痛苦了。他身上连一枚小针也没有。

侧着头，将蟑螂的腹部当作墙，拼命撞去，以为这样就可以获得解脱，结果依旧没有死成。

死亡，在这个时候，已变成最宝贵的东西。丁普不要生命，却得不到死亡。

他从来没有这样需要过死亡，仿佛死亡已成为"最终目的"。

起先，他以为他的仇敌就是蟑螂，现在他知道这想法并不正确。他的敌人是他自己。只要有办法消灭自己，就可以将他的敌人击倒。

处在蟑螂的包围中，比掉入深渊更可怕。他有勇气接受死亡，却没有勇气继续生存。

在无可奈何中，又狂叫了一声。

有人摇动他的肩膀，他醒了。

"你怎么啦？"他的妻子问。

神志仍未清醒，他仍不相信已从极度恐怖的境界中回到现实。

"怎么啦？你刚才在梦中呐喊。"

丁太太伸手扭亮床头几上的台灯，灯光犹如长针，刺得丁普睁不开眼。丁普已醒，只因眼睛不能适应强烈的光芒，必须用手去遮挡灯光的侵袭。

虽已回到现实，仍不能克服内心的恐惧。

"做了噩梦？"丁太太问。

这是熟悉的声音。唯其熟悉，才会产生镇定作用。丁普偏过脸去，对睡在旁边的妻子投以疑虑的凝视。他仍有疑虑，不相信已回到现实。那些巨大的蟑螂已不见，凭借灯光，再一次见到了这个温暖的家，以及那些熟悉的东西。

"我做了一场噩梦！"他说。

"梦见什么？"丁太太问。

丁普没有勇气将梦中情景讲出，只好撒谎，说在梦中跌入深渊。丁太太笑了。丁普伸出手去，将床头几上的劳力士手表拿过来，定睛细看：三点半。

"快睡吧，别胡思乱想。"丁太太说。

台灯扭熄。丁太太一合眼，就睡着。丁普老是辗转反侧，不能入睡。他不是一个胆怯者。想着刚才那场噩梦，犹有余悸。

他知道这种恐惧心理是荒谬的；荒谬的恐惧心理却像绳索一般，捆绑着他，使他不能获得片刻的安宁。展现在眼前的，只是黑黝黝的一片。他讨厌蟑螂。他的思虑机构忽然出现一些可怕的画面，这些画面清楚得像电影的大特写。好几次，他要转移思路，但控制力已失。他不自觉地喊了一声。丁太太从睡梦中惊醒，伸出手去扭亮电灯：

"怎么啦？"

丁普不答。

"又做噩梦？"他的妻子问。

丁普摇摇头，呼吸失去应有的均匀，额角有汗珠排出。

"不舒服？"丁太太问。

"没有什么。"他答。

"明天还有许多事情要做，快睡吧。你心里的恐慌没有消除，亮着电灯，也许会好些。"

亮着电灯，情形好得多。他已十分疲惫，过不了五分钟就睡着了。睡着后，又做了一些混乱的梦。这一次的梦，给他的困扰并不大。醒来，雨已停。天色依旧阴霾，窗外吹进来的风，相当凉。丁普一骨碌翻身下床，觉得头重脚轻。这是醉后常有的现象。不过，昨晚没有喝过酒。当他洗脸时，他见到另一只蟑螂在浅蓝色的瓷砖上走来走去。想起昨夜那场噩梦，高高举起拖鞋，对准蟑螂重重一击。

蟑螂被压得扁扁的。贴在瓷砖上。丁普舒口气，撕下厕纸，将瓷砖上的蟑螂尸体抹去。

他杀死一只蟑螂。对于他，这是一件微不足道的事情。对于别人，这也是一件微不足道的事情。昨天晚上，他做了一个可怕的梦。现在，他在现实生活中杀戮一个生命。蟑螂的存在，与人类共一个天地，不会没有意义。

"如果这个世界根本没有蟑螂的话，生活在这个世界里的人，一定会获得更多的清静。"他想。

站在蟑螂的立场，如果这个世界根本没有人类的话，生活在这个世界里，该是多么的美好。对于它们，人类是最可怕的动物。

吃早餐时，丁太太问：

"昨天晚上，你究竟梦见了什么？"

提到昨天晚上的梦，丁普的眼睛出现两种表情，先是恐惧，然后愤怒。他说他做了一个梦，梦见自己跌入无底的深渊。这，当然是谎话。

吃过早餐，伏在书桌上写稿。

过了两个钟头左右，写好三千字，有点渴，站起身，走去斟茶。就在这时候，竟发现那只断了一条腿的蟑螂在沙发的靠手上吃力地爬行。丁普的情绪顿时紧张起来，睁大眼睛凝视那只蟑螂，想起昨夜梦中的情景，愤怒犹如火焰一般，在内心中熊熊燃烧。如果他想杀死这只蟑螂的话，那是最容易不过的。那蟑螂已受伤，连疾步奔跑的能力也没有。丁普要是不想弄脏沙发，只需用一样东西轻轻一拨，将蟑螂拨在地板上，用拖鞋一压，它就会死亡。

丁普存心报复，不让那只蟑螂死得太快。只是伸出手去，以极其敏捷的手法，捉住它的触须，高高提起，看它受苦。

蟑螂意识到自己处境的危殆。虽已受伤，剩下的五条腿，仍在凌空乱舞。丁普有点骄傲，脸上挂着胜利的微笑。犹如葛列佛在"立立濮"将那些小人放在手掌上一样，用一种欣赏的心情去观察。所不同者，葛列佛是没有恶意的，丁普却在虐待那只蟑螂。

当那只蟑螂在做无望的挣扎时，丁普笑了。

"现在，你的生死完全操在我的手中。我要你死，你非死不可！昨天晚上……"他说。

扭开水喉，在洗脸盆里盛满清水，将受伤的蟑螂放在水中。

蟑螂遭受丁普戏弄时，只当已获释放。虽然浸在水中，仍在拼力游泅。它于昨晚受伤，经过一夜的挣扎，体力的消耗，乃是必然的。此刻，自以为已逃出生天，只需排除水的障碍，就可以逃抵安全地带。它变成丁普眼中的小丑。

在昨夜的梦境中，他遭受蟑螂们的戏弄，感到了前所未有的恐惧与焦灼。现在，他必须报复了。他知道：蟑螂在水中要是翻转身的话，就会失去游泅的能力。于是伸出手去，用大拇指与食指捉住蟑螂的触须，从水中将蟑螂提起，又将它放回水中。这一次，故意使蟑螂背脊浮在水面。蟑螂很慌张，五条未受伤的大腿痉挛地乱爬。

丁普怀着报复心理观看蟑螂在死亡边缘上挣扎，感到极大的愉快。昨晚的梦，使他产生了不健康的报复心理。他一向讨厌蟑螂，现在这种讨厌的感觉已变成憎恨。

丁太太从厨房出来，经过冲凉房，见丁普两眼直直地望着洗脸的瓷盆，忙问：

"你在做什么？"

"这只蟑螂，昨晚被我用拖鞋打掉了一条腿，现在又出现了。"丁普答。

"既然又出现了，何不干脆将它打死？"

"它掉在水中。"

"赶快将它弄死吧。"

丁普并不将蟑螂弄死。他的妻子不明其意，掉转身，走入卧房。

再一次，丁普用手指捉住蟑螂的触须，将它提起。

蟑螂脱离清水，生机恢复，虽已困乏无力，几条腿又开始乱舞。

丁普将它放在瓷盆的边缘，看它怎样爬行。蟑螂已喝饱了水，而且断掉了一条腿，行走时，显得很吃力，仿佛驮着笨重东西似的。

瓷盆太滑，腿力又差，那蟑螂因身子失去平衡而跌落在地。

丁普弯下腰，用手指捉住它的触须，拾起，重新放在瓷盆边缘，看它爬行。

　　那蟑螂动作之迟滞，证明它已精疲力竭。看样子，生之渴望虽未消除，但已无力做最后的挣扎。丁普应该将它放在地上，用脚底一踩，来个"人道毁灭"，才合理。他却固执地不肯这样做。他要报复。他将那只垂死的蟑螂拎入房内，放在写字台上。

　　拿了一只水仙盆来，盛以清水，再一次将受伤的蟑螂放入水中，使它腹部朝天。

　　安排妥当，开始执笔写稿。这天早晨，写稿的速度特别慢，一直不能将精神集中起来。

　　放下手里的笔，聚精会神观看蟑螂做最后的挣扎。

　　蟑螂已不动，犹如一片落叶，浮在水面。

　　丁普拿起笔，用笔杆在蟑螂的腹上轻轻打了一下，蟑螂的几条腿又痉挛地乱动起来。

　　丁普嗤鼻冷笑，暗忖："现在，它需要的不是生存，而是死亡。对于它，死亡已变成最宝贵的东西。如果它会讲话，它一定会求我将它快些弄死。它不会讲话，我也不愿意马上将死亡赐给它。我说'赐'，因为在它的心目中，我是神。我可以给它生，也可以给它死。这是宇宙间最大的权力，现在却握在我的手中。我是神！"

　　背后传来妻子的声音：

　　"为什么将蟑螂放在水仙盆中？"

　　丁普还没有开口，丁太太就将蟑螂从水仙盆中拿了出来，掷在地上。

丁太太用脚去踏蟑螂时，蟑螂像支箭，逃到书架后边去了。丁普见此情形，脸色发青，恶声恶气嚷了起来：

"都是你，又将它放走了！"

"一只蟑螂，何必这样紧张？"

"这只蟑螂……"说出这四个字之后，丁普不说下去了。

"你想说什么？"丁太太问。

"没有什么。"

这是芝麻绿豆事，不值得讨论。丁太太无意浪费时间，三步两脚走去厨房。丁普则感到了极大的困扰，拿着笔，一个字也写不出。他恨，恨妻子不应该将那只蟑螂掷在地上，让它在必死的情形下逃脱。刚才，一脚将它踩死，岂不干脆？现在，那只受伤的蟑螂终于逃脱了。

念念不忘地想着那只蟑螂，文思受了阻塞，写不出什么东西。他有意将笨重的书架拉开，却没有这样做。理由是：将书架拉开时，那蟑螂一定会迅速逃到别处去。

现在，他必须集中精神写稿了。那蟑螂是不能加害于他的，事实上也没有能力加害于他。

下午。密云散开，有阳光。丁太太将碗筷洗净后，提议出去看一场电影。为了那只蟑螂，丁普紧张了一日一夜，也需要到外边去走走了。丁普过去是个影迷，现在很少走进电影院。第一，空闲的时间不多；第二，良片太少。

丁氏夫妇看了一部战争片。这片子描写二次大战盟军开辟第二战场的情形。

从电影院出来时，仿佛做了一场噩梦。导演对残酷的描绘，不但真实，而且是刻意的。好几个特写镜头，残酷得令人难忘。

在一家布置得相当现代化的餐厅喝茶时，丁普向侍者要了一杯烈性酒。

"平时，一个人杀死了另外一个人，是有罪的。但在战场上，成千成万的生命被杀戮了，谁也不必负责。这就是我们的文明。"丁普说。

丁太太听了丈夫的话，脸上的表情严肃起来了。丁普喝干一杯酒后，说：

"人可以随便杀死蟑螂……"

丁普不再继续说下去了，他的脑子里产生一些不可解的问题。

要是整个宇宙完全没有生命，这个宇宙的存在，有什么意义？

宇宙的主宰是谁？上帝，人类；抑或宇宙本身？

上帝创造生命的目的，是不是为了证明死亡？

宇宙是无限大的。一个无限大的东西，只有人类的想象才可以包容。根据这一点，人类的思虑机构当然比宇宙更大了。如果这个假定没有错，宇宙仍有极限。这极限的界线应该存在于所有生命的内心中。基于此，宇宙就不止一个了。宇宙有无数个，每一个生命占有一个宇宙。当一个生命死亡时，一个宇宙便随之结束。只要宇宙间还有一个生命存在，宇宙是不会消失的。反之，宇宙间要是一个生命也没有的话，宇宙本身就不存在了。对于任何一个生命，死亡是最重要的。人类的历史完全依靠死亡而持续……

丁普的思想，犹如断线风筝，越飞越远。

回到家，包租人王氏夫妇在吵架。王先生赌狗，输了两百块钱，王太太将大花瓶摔碎在地板上。丁太太走去劝解，丁普走入自己房内阅读晚报。在晚报的"港闻版"中，他看到一则可怕的新闻：周金财跳楼自杀。周金财是他的朋友。

对于别的读者，这一则新闻等于天气预测之类的报道，绝不会震惊。香港这几年，人口激增，空间太小，建筑物只好向高空发展。想自杀的人，要是买不到安眠药，又没有勇气用刀子刺戳自己，多数会走上大厦的天台，咬咬牙，纵身一跃，结束自己的生命。这几年，跳楼的人实在太多，大家对于诸如此类的新闻，不再感兴趣。

拿着报纸，丁普三步两脚走入包租婆的客厅，抖声对妻子说：

"周金财跳楼了！那……那个中马票的人自……自杀了！"

周金财的自杀，使丁普感到困扰。吃晚饭时，半碗饭也吃不下。饭后，伏在书桌上写稿，一个字也写不出。情绪乱得很，像乱丝般纠缠在心头。丁太太了解他的心事，劝他抛开杂念。

"赶快写吧。"她伸手打开烟盒，递一支烟给丁普，替他点上火。丁普一连吸了好几口，吐出一大堆青烟。脑子依旧在想着周金财，执着笔的手，机械地在稿纸上写下这么几句：

"他是自杀的。不错，他是跳楼自杀的。但是从另一个角度来看，他是被杀的！"

写到这里，有了突然的惊醒。放下笔，心里有点害怕。他替报纸写的是小说，这几句话，并不是小说里边需要讲的。这完全是一种下意识的举动，写了，连自己也不知道。他将稿纸撕得粉碎，掷入字纸篓。吸口烟，将烟摁熄在烟灰碟里。再一次提起笔来，依旧写不出。他一直在思念着跳楼自杀的周金财——一个曾经中过马票的人。

蟑螂又出现。蟑螂是一种可厌的动物。丁普受了周金财自杀的影响，感情好像被人刺了一刀，需要新鲜的空气去洗刷肺腑里的悒郁。推开窗，窗外的空气很混浊，对街那些图案式的窗门，看起来，像只大鸽笼。

二

丁普想起了祖母。

祖母是一个可怜的老人，长期躺在床上，即使最炎热的天气，也要用一条毛巾毯子掩盖腰身以下的部分。丁普小时候曾多次问父亲："祖母为什么不下床？"父亲总说："祖母有病，不能下床。"丁普问："祖母患的是什么病？"父亲说："等你长大后告诉你。"过了几年，丁普问父亲："祖母为什么不下床？"父亲愤然答了一句："这不是你需要知道的事情！"丁普的感情大受伤害，只好走去问母亲。母亲是个懦弱的旧式女子，常常接受祖母咒骂。母亲不愿意在任何人面前谈到祖母，包括丁普在内。

有一天晚上，祖母在房内大声唤叫。父母忙不迭走去观看，丁普也跟在后边。祖母吃了不洁的东西，突患腹泻。她是从来不下床的，便急时，总由父亲或母亲先将房门关上，然后用便器去盛。这天晚上，因为事情突然发生，大家性急慌忙，忘记将房门关上了。就在这一次的疏忽中，丁普看到了一项残酷的事实：祖母是断了两条腿的。

第二天，丁普问母亲：

"祖母怎会断掉两条腿？"

"谁告诉你的？"母亲问。

"昨天晚上，我在房门口看得清清楚楚。"

母亲要丁普去问父亲，丁普将嘴唇翘得高高的。傍晚时分，父亲公毕回家，丁普向他提出同样的问题，他说了这么几句：

"祖母年轻时，在一条小巷子里行走，巷子里停着一辆货车，车上堆满笨重的木箱。由于绳索绑得太紧，'绷'的中断，几只木箱同时掉落来，将她的两条大腿压断了！"

丁普流了许多眼泪，觉得祖母很可怜。

祖母信佛，从小吃素，床边放着一只小小的神坛，坛上有一个佛龛，佛龛里有个白瓷的观音大士。祖母似乎是不懂得什么叫作寂寞的。她的天地，就是这样一个狭小的天地。当她寂寞时，她就会拿起佛珠，翻开那本《观世音菩萨本迹感应颂》，唧唧咕咕，好像有一肚子的牢骚，必须讲给菩萨听似的。有时候，丁普经过祖母的房门口，听到祖母的声音，以为她在念经，倾耳谛听，原来她在跟自己讲话。

祖母是常常跟自己讲话的。有时候，还会跟自己吵架。

说起来，这似乎是一件令人难以置信的事情。但是，祖母的情形确是这样的。她常常跟自己吵架。吵得最凶时，就放声大哭。

从这一点来看，祖母的日子过得很痛苦。她是一个长期躺在床上的人，居然还强迫自己吃"长素"。她不能从衣食上获得快乐，也无意让视觉与听觉得到满足，偏偏要在"食"的方面限制自己，虐待自己。这是什么道理？丁普想不通。

祖母性情急躁，稍不如意，就会大发脾气。不过，她的心地非常善良，喜做善事。她常常阅读报纸，只是从不关心国家大事。她所关心的新闻是：冬天有多少人冻毙在街头，夏日有多少人在街头中暑。有时候，慈善机构发起募捐，她一定响应。不过，有时候她又似乎是一点理性也没有的。她常常责骂丁普的母亲，无缘无故地骂。丁普的母亲是个贤惠的女性，总是忍住性子，逆来顺受。丁普小时候，对祖母的态度很不满。长大了，才知道这是一种变态心理。祖母是一个残废，祖父早已去世，膝下只有这么一个儿子，当然不愿意儿子将他的爱分给外人。在祖母的心目中，丁普的母亲永远是"外人"。

祖母从不将丁普当作"外人"。

就祖母这方面来说，丁普只是有血有肉的玩偶。

就丁普来说，祖母的存在是一种多余。

丁普进教会大学读书后，在信仰上，与祖母完全背道而驰。有一年冬天，祖母结了一件绒线衫给他，要他穿在身上，让她看看。他不肯。母亲厉声责备丁普。丁普愤然将绒线衫掷在地上。祖母的嘴唇抖动了，用上排牙紧啮下唇，挣扎着控制自己，但是亮晶晶的泪珠，一滴继一滴，沿着干涩的脸颊滑落。丁普看不惯这样的嘴脸，沉不住气，索性走到外边去看了一场电影。看过电影回家，一进门，就遇见医生提着药箱走出来。丁普大吃一惊，问母亲："什么人病了？"母亲说："祖母吐了几口血。"

从那一天起，祖母的健康情形一天不如一天。母亲说："祖母患了严重的胃溃疡，非动手术不可。"丁普走到祖母的床边，低声求她饶恕。祖母牵牵发抖的嘴唇，满布皱纹的脸上，出现了安慰的微笑。她的眼眶里，噙着晶莹的泪水。"这是老毛病，"她说，"用不到担心。"丁普哭得上气不接下气。祖母伸出发抖的手，抚摸丁普的头发。

丁普每晚上床前，总是喃喃祈祷，要上帝帮助祖母驱除病魔。——祖母是个信佛的。

祖母不能下床。

当她需要什么东西时，必须别人替她拿。丁普的父亲不是有钱人，无力雇女佣。

"既然这样痛苦，为什么还要活下去？生命给她的，除了痛苦之外，再也没有别的东西。她为什么还要活下去？她对那间狭小的卧房，又有什么依恋？她的世界，就是那间狭小的卧房。这卧房以外的世界，对于她，几乎全不存在。但是，为什么还要活下去？她对生命，究竟有些什么要求？这个世界，究竟还有些什么东西值得流连？生活给她的痛苦很大，她为什么还这样爱惜生命？……"

每一次见祖母在痛苦挣扎时，丁普就会想到这些问题。

有一天，祖母忽然在房内大声惊叫，丁普的父母走去观看究竟。

"刚才，我做了一场噩梦，"祖母说，"在这场梦中，牛头马面带了几个小鬼，走来将我抓入鬼门关。……那地方阴森恐怖，到处是鬼叫，没有太阳，没有月亮，只是一片惨蓝，可怕极了！"

丁普的父亲说："这是梦，何必害怕？"

"但是——"祖母边哭边说，"那些鬼卒，身材虽然矮小，模样却非常可怕，个个青面獠牙，各执刀叉，见到我时，不分青红皂白，用铁链往我颈上一套，一个拉手，一个扯腿，硬要将我拉去阴曹地府……"

祖母哭了。丁普站在父母后边，见此情形，不但对祖母毫不同情，而且暗觉好笑。

"鬼卒们将我拉上森罗殿，"祖母抖声说下去，"就咚咚咚地敲响升堂鼓。我抬起头来观看，那阎王身穿蟒袍，头戴平天冠，威风凛凛地坐在御座上，眼睛很大，大得像桂圆。我大呼冤枉，阎王用力拍响惊堂木，吓得我浑身发抖……"

丁普的父亲知道老人受惊了，忙加劝慰。但是，祖母被一个可怕的思念追逐着，必须将心里的话讲出：

"那阎王听信判官的胡言乱语，指我生前造孽深重，罪大恶极，不让我辩白，就糊里糊涂吩咐牛头马面带领几个小鬼将我拉去尖刀山！……天哪，我是一个吃长素的人，断了两条腿，朝夕诵经，从未做过伤阴骘的事，阎王为什么要拉我去尖刀山？"

祖母哭得气噎堵塞，似乎完全不能用理性去控制自己了。她已失去黑白之辨，连梦境与现实也分不清。

这是一件小事，不值得大惊小怪。但是从这件小事看来，祖母对生之依恋，仍极强烈。

之后，祖母常常在梦中见到牛头马面。她说：

"牛头马面有红色的头发！"

又说：

"牛头马面的嘴又长又尖！"

又说：

"牛头马面的眼睛像两盏小电灯！"

有一天晚上，落雨，一家人睡得比平时更早，也比平时睡得更熟。午夜过后，祖母忽然大声惊叫起来：

"救命哟！救命哟！"

当他们疾步奔入祖母的卧房时，房内一片宁静，什么事情都没有。祖母睁大眼睛望着天花板，额角有汗珠排出。

"什么事？"丁普的父亲问。

祖母抖声说："我……我做了一场梦。"

"梦见什么？"

"那些小鬼剥去我身上的衣服后，要我躺在一张铁床上，用巨大的钉子，钉住我的手。然后用铁鞭抽挞，抽得我皮肉绽裂，遍体流血。……后来，又将我拉到一个可怕的地方，正中放着一只偌大的汤镬，镬下有柴火，镬中血水沸腾，几十个小鬼不断将新鬼掷入血水。新鬼们一入汤镬，白骨顿现！……当那些小鬼将我投入汤镬时，我醒了。"

祖母做噩梦，已经不是新鲜的事了。过去也曾梦见烹剥剜心或刺烧舂磨，只是这一次受的惊吓最大，醒来后，噩梦变成了一个可怕的思念追逐着她，一若鬼魂追逐受惊的人。她的脸色很难看，神志有点恍惚。

祖母的病象越来越显著，不但常在夜晚惊喊，甚至在白昼，也常说有鬼魂纠缠她。有时候，她哭，哭得歇斯底里；有时候，她笑，笑得歇斯底里。她依旧朝夕念经，对菩萨的信仰仍未动摇。她不是经常见到鬼的。不过，当她见到鬼的时候，她就不是她了。有一天，丁普从学校回到家里，发现祖母两眼泛白，嘴角挂着一条血丝，忙不迭走去厨房唤叫母亲。母亲见到这种情形，立刻打电话给医生。医生来时，祖母已清醒。

祖母说："刚才，有一个鬼卒，用刀子刺我的腹部。"

医生说："她的胃溃疡又发了。"

丁普的母亲说："她的心理不正常。"

医生认为病人有住院的必要，丁普的母亲不敢做主。

医生走后，祖母口口声声说是被鬼卒刺了一刀。丁普的父亲回到家里，祖母仍说被鬼卒刺了一刀，又说她在人世的时日已不多。但是她不愿意死。丁普的父亲对她说：

"你不会死的，那些鬼卒只是你的幻想。"

"他刺了我一刀！"

嘹亮的嗓子，证明祖母的生命力仍强。问题是：她对自己一点信心也没有，总说腹部给鬼卒刺了一刀。

"医生不是替你检查过了，腹部一点伤痕也没有。不相信，你自己仔细察看一下。"丁普的父亲说。

祖母摇摇头，完全不能用理智去驱除可怕的幻想。

从此，祖母的情形越来越严重，虽然没有死，精神上已被鬼卒们拘去阴曹地府。

她常常见到牛头马面。她常常见到黑无常白无常。她常常见到判官与阎王。她常常见到手拿铁链勾摄生魂的使者。她常常见到受酷刑的冤鬼。

有时候，她说她被掷在尖刀山上。……有时候，她说她被掷入沸腾的油锅。……有时候，她说她被绑在烧得红通通的烙铁上，皮肤烧焦时，发出吱吱的声音。……有时候，她说她被鬼卒们倒竖入舂磨。……有时候，她说她被鬼卒们绑在木桩上，任由他们将她的心剖去。……有时候，她说她被鬼卒们剥去身上的衣服，裸体，赤足，遭受猾刀的乱砍？……有时候，她说她被鬼卒们囚在铁笼里，接受长叉的乱刺，成为肉酱。……
有时候，她说她站在"望乡台"上含着眼泪远眺阳间的家中
情形。……

丁普的母亲说："她的肉体虽然还活着，精神早已死去。"

丁普的父亲说："病魔纠缠着她，使她在肉体与精神上都受
到极大的痛苦。"

丁普说："祖母怕死。"

恐惧是一切病症之源。因此——

一个有雨的深夜，全家突被祖母的惊叫吵醒。祖母放开嗓
子呐喊：

"不要拉我去！不要拉我去！"

丁普跟随父母走进祖母的房间时，祖母已停止呼吸。

三

冬天迟到了，早晚凉意仍浓。丁太太将丁普的西装拿到洗
衣店去的时候，发现西装已被蟑螂咬了几个小洞。丁普很生气，
到中环去送稿时，在一家药房买了一瓶杀虫水，准备向蟑螂宣战。
回到家里，仔细阅读印在瓶上的说明书，才知道这是最有效的
杀虫药水，不但可以杀死蟑螂，而且可以杀死蚂蚁、臭虫、蜘蛛、
蜈蚣、蚊子……总之，只要是昆虫，都能杀死。正因为药性强
烈，丁普心中产生了一种胜利感。他损失了一套西装（可能还

有其他的损失），不能不报复，这样做，一方面固然为了防止更多的损失，另一方面，过分的愤怒必须获得宣泄。丁普竟将蟑螂们基于本能的求食行为视作侵袭。这种侵袭，他是不能容忍的。他将杀虫水喷在每一个角落，甚至连门框也喷了药水。

"这是封锁！"他说。

"你的意思是：门框喷了药水，外面的蟑螂就不会走进我们的房间？"丁太太问。

"不但如此，"丁普说，"房间里的蟑螂也走不出去了。"

丁普将那瓶杀虫水往书架一放，准备随时向蟑螂突击。然后伏在书案上，写稿。因为完成了一切"战时"措施，内心也不像先前那样激动了。他对杀虫水，有充分的信心，相信那些啮破他的西装的蟑螂们，已开始付出破坏的代价。

晚上，书架后边有一只大蟑螂慢慢爬出来。

"你看！"

正在用熨斗烫衣服的丁太太首先见到它，如同探险家发现了宝藏，又惊又喜地叫了起来。丁普见到蟑螂，拿起拖鞋，正欲将蟑螂打死，却被妻子阻止了。

"不要马上打死它。"

"为什么？"

"你看，它在爬行时，动作缓慢，仿佛喝醉了似的，一定吸了杀虫水。"

"但是，"丁普问，"为什么不许我将它杀死？"

"我想知道那杀虫药水是否有效。"

丁普倒也有趣，找了一只纸盒出来，将那只大蟑螂放在纸盒内，喷些杀虫水在蟑螂身上，合上盒盖，用剪刀在盒盖钻几个小孔。

"这是什么意思？"丁太太问。

"我不想使那只蟑螂因窒息而死。"

丁太太笑笑，提起烫斗熨衣。房内弥漫着杀虫水的气息，使她一连打了两次喷嚏。丁普手里拿着笔，却不书写，眼望摊在面前的稿纸，陷入沉思。他将自己想象成蟑螂的一分子，在一些黝黯的地方寻找可以啃咬的东西。蓦地，有人喷射杀虫水。蟑螂们大起恐慌，相继失去爬行的能力，情形有点像第一次世界大战英法军在西线突遭毒瓦斯攻击。想到这里，丁普笑了。蟑螂虽然可恶，究竟是微不足道的。一瓶杀虫水，就可以取得原子弹炸毁广岛的效果。

伸出手去，揭开纸盒的盒盖，那蟑螂仍在蠕动。这种蠕动，已不再具有任何意义，充其量，只是死前的挣扎。丁普有意欣赏一只蟑螂怎样接受它的最后，索性将盒盖放在一边。

"不要玩了。"丁太太说。

丁普听到妻子的话，不加分辩，拿起原子笔，在稿纸上心不在焉地写了几行。

他想起那只断了一条腿的蟑螂。

它是喝饱了水的，虽然逃脱了，未必能够活得太久。如果它还没有死的话，吸了杀虫水，非死不可。

丁普希望能够再一次见到那只断了腿的蟑螂。即使这只蟑螂已死，也希望能够见到它的尸体。

丁普的祖母也是断了腿的。在人世挣扎了几十年，临死，对生之依恋，仍极强烈。

望望纸盒里的大蟑螂。它还在蠕动，两条长长的触须挥来挥去。

深夜，丁普将这一天的稿件全部写好，舒口气，点上一支烟。当他的视线落在纸盒上时，才发现那只大蟑螂已僵直地躺在那里。丁太太早已将衣服熨好，此刻正在厨房里弄东西给丁普吃。丁普有一个习惯，临睡总要吃些东西，否则就会失眠。

每天晚上，不将一天的工作全部做好就不会产生释然的感觉。这一段时间，丁普称之为"自由的时间"。他常在这一段时间读书、复信、翻阅邮集。……总之，这一段时间虽不长，却能使他获得最大的快乐。

现在，他既不读书，也不翻阅邮集，只用原子笔在那只蟑螂身上点了两下，以为那只蟑螂在装死，那蟑螂却僵直躺在纸盒里，一动也不动。

丁太太端了一碗汤面走进来。丁普大声惊叫：

"我们已经获得胜利了，我们已经获得胜利了！"

丁太太莫名其妙，对丁普投以询问的凝视，等他做进一步的解释。丁普站起身，坐在方台边，用极其兴奋的语调说：

"那只蟑螂死了！那只蟑螂死了！"

丁太太的反应冷淡：

"死去一只蟑螂，也值得大惊小怪？"

"难道你还不知道？"丁普说，"那只蟑螂的死亡，证明杀虫水具有神效。这样一来，我们就可以轻而易举将那些蟑螂全部杀光！"

丁太太笑笑，用手指点点那碗面：

"快吃吧，凉了不好吃。"

上床后，丁普再一次想起断了腿的祖母以及那只断了腿的蟑螂，过了半小时左右才睡着。睡后做了一场梦，梦见无数骷髅。醒来，已是翌晨。吃早餐时，翻阅日报，看到一则骇人的新闻：一个德国女艺员在九龙做公开表演时，偶一失手，从半空中掉落在地，死了。

生命就是那样脆弱的，脆得如同玻璃片。就在那一刹那，也许是千分之一秒，也许是万分之一秒，也许是十万分之一秒，总之，是很短很短的一瞬，生与死的界限就清清楚楚地划开了。

这当然是一件值得惋惜的事。最低限度，这件事使活着的人知道生命是高于一切的。失去生命，等于失去一切。即使那位女艺员生前是多么的痛苦，一定也不甘接受这样的厄运的，要不然，就没有理由冒险。她的胆量未必比别人大，只是某种希冀使她将虚伪的信心视作真实。如果她对人生完全无所企求，一开始，就不会走上这条路子。既已走上了，只要欲望不太高，也不会发生这种意外。说意外，其实并不确切。她在拒绝架设安全网的时候，一定会想到这种意外的可能性。她愿意将自己的生命当作赌注，企图满足一个无止境的欲望。在那个高高的秋千架上，她已有过十年以上的经验。在这十年中，每一"出手"，总是赢的；但是这一天，由于一刹那的错误，终于将所有的一切都输去了。她不爱惜自己的生命？当然不是。她对生命如果没有过分的热爱，绝不会将冒险当作事业。她热爱生命，因此失去生命。

吃过早餐，丁普伏在书桌上写稿。

他写了一段故事。然后又写了一段。然后又写了一段。

吃中饭的时候，又想起那个在表演时失去生命的德国女艺员。

报贩送晚报来。晚报刊着两则新闻，一则是一个少女服毒自杀，另一则是一个驾 MG 的青年在郊外的公路上失事。

他的手掌在出汗，不知何故。

喷过杀虫水之后，蟑螂不常出现了。

丁普走去冲凉房，发现冲凉房仍有蟑螂在彩色的瓷砖上肆无忌惮地爬来爬去。

丁普回房拿杀虫水。他说："冲凉房有太多的蟑螂。"丁太太不许他到冲凉房去寻求报复的对象，丁普说："冲凉房里蟑螂太多，有碍卫生。"丁太太反对，理由是：在冲凉房喷杀虫药水，必须征求包租人的同意。丁普生气了，脸上的表情很难看。

下午，丁普照例到中环去送稿，顺便走去一家西书店。对于他，逛书店早已成为生活上的一种必需了。

他买了一本书。

这是 J. 丹佛斯的小说，题名:《一切的结束》，写人类的最后。

在扉页上，作者写着这样的一段 :"这本小说中所描写的事情，全部发生在未来。所谓'未来'，究竟多久? 十年，二十年，或者二十年以上? 但是，人类的'结束'可能在此刻很容易地来到了。除非这个世界或者人类的精神能够产生彻底的、基本性的改革，否则，世界末日随时都会来临。"

这是一个警告。

整部小说是一个警告。

J. 丹佛斯所描绘的是 :人类最后数日的情形。故事以核子战争爆发作起点，俄国、欧洲与大部分美洲变成一片废墟。其他的国家因此获得释然的感觉，以为这样一来，他们就可幸免于难。结果，敌人也向他们进攻了。这一次，敌人投下的并非核子弹，而是"S —"弹。这"S —"弹是由人造卫星向地面射击的，具有一种特殊的破坏力，爆炸时，细菌向各处蔓延，人类吸到后，立即病倒，以致死亡。这种由"S —"弹引起的病症，原有一个治疗的方法，但是发明这种治疗方法的科学家却在战争中死去了。澳洲变成最后毁灭的地区。几个最后的人类，匿居在澳洲偏僻处的农场里，做最后的挣扎。他们的希望落空了，人类不再存在于地球。

虽然是小说家的想象，毕竟是可怕的。事实上，要是人类当真发动自杀战争的话，除了核子武器与火箭外，一定还有比"S一"更具杀伤力的武器。"S一"是小说家想象中的武器，只具代表意义，并不能证明"明日的武器"就是这样的。"明日的武器"也许只存在于科学家的愿望中，其杀伤力，目前谁也无法估计。

J.丹佛斯凭其想象描绘人类绝迹后的地球，虽可怕，究竟不是真实。真实的情形，可能比他的想象更可怕，更残酷！

地球的形成，已有亿万年。人类有记载的历史，只有四千多年。——这是事实。

这一项事实意味着什么？

依据丁普的猜想：在过去的亿万年中，人类可能已发生过一次，或者十次，或者一百次，或者无数次的自杀战争。

每一次，人类绝迹后，让低等动物暂时占领地球；然后由低等动物进化为人类；然后人类发挥高等智慧，然后人类毁灭自己；然后人类绝迹……这样，周而复始，循环不已，成为一种自然的定律。

如果这猜想不错的话，那么人类必将依循这假想的自然定律去毁灭自己。

人类能不能改变自己的命运？人类能不能征服自然？

个体的死亡与整体的死亡有什么分别？

个体死亡后，整体继续生存。这生存，对死去的个体，究竟有何意义？

　　生命的意义，难道只在于保持整体的生命的持续？生命究竟有没有最终目的？

　　人类的自杀战争是否不可避免？个体的死亡是不可避免的，难道整体的死亡也不可避免？这是造物主的安排？造物主不允许人类的智慧获得最高的发展？造物主故意让人类的智慧获得高度发展时，要他们发明不可抵御的武器，毁灭自己？

　　人是万物之灵，为什么连这一点简单的常识也没有？以目前的情形来说，火箭战争只需单击电钮，就可以爆发！人类为什么不设法避免？火箭战争的爆发，可能是技术上的错误或者电讯上的误会；但是人类为什么不设法控制？……

　　这些问题，有如潮水一般，在丁普的脑海里涌来涌去。丁普感到困扰。

　　这天晚上，被那本《一切的结束》吸引住了，丁普上床时，已是凌晨两点半。在无比的宁静中，他想起了T.S.艾略特的诗句。他已记不起哪一首诗了，但是他记得艾略特曾经在诗篇中透露过：世界并不是砰的一声就结束的，它将在抽抽噎噎的呜咽中结束。

　　然后他想起了爱因斯坦曾经说过的话："我不知道第三次世界大战将动用什么武器，但是我可以断定第四次世界大战必将以石头做武器！"

　　他睡着了。

　　他做了一场梦。

　　他梦见火箭战争爆发。核子弹在上空爆炸。整个地球被辐射尘包围着，变成一个有毒的物体。他自己则躲在冰天雪地的南极，以为这样也许可以成为一个侥幸者。他身边有一只超级原子粒收音机。起先，还能收到一些不明地点的电台广播，虽然听不懂广播员讲的话，最低限度可以证明地球上的人类尚未完全毁灭。后来，这种不同言语的广播越来越少了，使丁普感到极大的恐慌。不久，收音机除了噪音，再也听不到人类的声音。他知道：这是地球的最后了。四周是无比的阒寂，那阒寂仿佛一只巨兽，张开血盆大口，随时都会吞噬他。恐慌到了极点，蓦地听到尖锐的啸声，宛如钻子一般，钻刺他的耳膜。他意识到另一件可怕的事情已发生。疾步走出屋外，抬头观看，原来上空有几十枚人造卫星，正在发射飞弹。他以为这是核弹，但是他的猜测错误了。那是细菌弹……

　　丁太太见他在睡梦中叫喊，连忙将他推醒。

　　"你又在做噩梦？"她问。

　　丁普眼珠子左右乱转，用微抖的语调答：

　　"我梦见世界末日。"

　　"什么？"

　　"我梦见世界末日。"

　　"你最近常做噩梦。"丁太太说。

　　丁普直起身子，背靠床架，伸出手去打开烟盒，取一支烟，点上火，连吸数口。

"这是一个非常可怕的梦，"他说，"我梦见成千成万的飞弹，像雨点一般，从人造卫星发射到地面。地球上所有的人类都死了。"

丁太太很少想到这一类的问题，听了丁普的话，精神提起，睡意尽失。其实，她也有点担忧。丁普最近心绪不宁，晚上常做噩梦。她担心这种不安宁的情绪是一种病态。她说：

"我们到澳门去玩一天！"

"赌钱？"

"不，你知道我是不喜欢赌钱的。"

"既然不喜欢赌钱，为什么要到澳门去？"

"这些日子，你整天伏在书桌上写稿，气不舒畅，对健康有很大的影响。澳门离此不远，坐水翼船，只需七十分钟就到，早晨去，黄昏回来。"

丁普将香烟揿熄在烟灰碟里，寻思一阵，摇摇头：

"澳门是赌城，我不喜欢赌钱，到澳门去，一点意思也没有。再说，需要还的稿债太多，为了到赌城去玩几个钟头，赶得上气不接下气，实无必要。"

丁太太认为：到澳门去玩一天，有益身心。即使走去赌钱，对不安的情绪也会产生镇定作用。

四

丁氏夫妇搭乘水翼船，到澳门去玩几小时。

因为是第一次坐水翼船，船头离开水面时，丁太太的脸色转青了。她不敢讲话，也不敢张望小窗外的海景，合着眼皮，借此避免呕吐。

时间过得特别慢，过一分钟好比过一个钟头。丁普常常看表。

七十分钟之后，抵达澳门。

香港到处矗立着高楼大厦，喜欢发思古之幽情的，不容易得到满足；澳门不同，未上岸，就可以见到"东望洋灯塔"，据说已有一百年的历史。

在市区的横巷中，那些用石子铺成的小路；那些泥垩剥落的墙壁；那些似乎再也经不起另一次飓风侵袭的民房，那些商店职员各自坐在柜台边对街谈话的情景……使游客们产生回到过去的感觉。

丁氏夫妇虽不嗜赌，侥幸之心还是有的。当他们坐在赌台边的时候，也希望赢钱。不过，动机只想获得一个新鲜的经验。

在赌台边，他们见到一个中年妇人，脸孔红通通的，满额是汗。她的衣着很平常，除了一只胀得近似臃肿的大手袋之外，什么首饰也没有。从外表看来，她不像是有钱人。但面前堆着一沓钞票，每一次下注，数目总是惊人的。丁氏夫妇虽然也是赌客，却把精神集中在这个女人身上。对于他们，这个女人等于一出现实戏剧的主角。这个女人的输与赢，似乎比丁普自己的输赢更重要。丁普愿意看看一个女人怎样用金钱去与欲望搏斗，因此产生了许多猜想。起先，他将她想象作一个富孀。继而，他将她想象作一个被遗弃的女人。最后，他将她想象作一个精神病患者。

那个妇人不像是个有胆量的人，但是下注时，胆量很大。有一次，她在"小"字放了很多钱，使同桌的赌客们个个将眼睛睁得大大的。她的运气不坏，当她押轻注时，常输；当她押重注时，常赢。堆在面前的钞票，越来越高。

她的额角上仍有黄豆般大的汗珠排出。有时候，两滴汗珠合在一起，沿着弧形的脸颊滑落，她才下意识地用手帕去拭。

她不大露笑容。即使赢了钱，也只有一种释然的表情。

"走吧。"丁太太说。

丁普摇摇头，并不说出理由。

那妇人似乎存心向命运挑战，连中三元之后，竟将一大堆钞票全部押在"小"字上。

大家屏息凝神地等待着，等盅盖揭起。

荷官将盅盖揭起后，用清脆的声音嚷：

"贰三六，十一点，大！"

妇人的脸色蓦然转青。额角上的汗珠迅速联结在一起，滑落。她没有用手帕去拭，只是呆呆地望着赌台，看赌场职员以极其熟练的手法将她的钱收去。

她依旧坐在赌台边，一连输了好几手。大家的注意力已被骰子的数字吸引过去，只有丁普仍在注意那个妇人。

妇人低着头，先将黑色的大手袋打开，然后对打开着的手袋久久注视，好像在寻找什么。

丁普好奇心陡起，很想知道那个妇人将从手袋中掏出些什么东西。

她掏出三个一元的硬币。

"这是她仅剩的钱财了。"丁普想。

丁普很想知道她怎样利用这仅剩的三个硬币去做最后的挣扎。

她将三个硬币放在三个"六"上，买"位"。丁普觉得这个妇人很有趣。刚才，当她将一大堆钞票放在"小"字上的时候，她的态度是泰然的；此刻，她将三个硬币放在三个"六"上，手指微抖。

丁普希望她能买中这个"全色"。

揭盅：双六一个四。

妇人很失望，呆了一阵，再一次打开手袋，横看竖看，希望找到什么，可是再也找不到什么了。关上手袋，站起身，离开赌台。丁普望着她的背影，心里产生一种不可言状的感觉。

在赌台边又坐了一刻钟左右，输了一百多元，想走，外边忽然传来一阵骚扰。赌场里的职员都很镇定，冷静得像石头。那些赌客们对此事的反应，也不一致。赢了钱的，睁大眼睛，表示惊诧，其中也有走到外边去观看究竟的；输了钱的人，只想将输去的钱赢回，外边发生什么事，引不起他们的好奇。

走出"澳门皇宫"，才知道有人跳海。岸上，船上，到处挤满看热闹的人。说是"看热闹"，似乎不大确切，但是围观者个个怀着幸灾乐祸的心理，却是无可否认的事实。

水面上，有三个男子在游来游去，像三条大鱼。

三个游得像大鱼一般的男子，相继在水面翻筋斗，潜入水中。

如果将这件事视作戏剧，邻近水面就是舞台。三个男子潜入水中后，舞台上已无演员，观众们还是很有耐心地等待着。

水面冒出两个头。大家都很失望，因为这两个正是游得像大鱼一般的男子。

稍过些时，水面冒出一男一女。男的就是那个游得像大鱼的人，女的脸庞被湿发贴着，看不清楚。

在另外两个男子的帮助下，那女的终于被救了上来。有人拨开掩盖在她脸上的湿发时，丁氏夫妇同时吃了一惊。这个女人，刚才曾在赌台边作孤注一掷。那三块钱，不能使她在最后挣扎中取胜，扑熄了所有的希望之火，使她失去生之依凭，毅然投海，结束了自己的生命。现在，虽然有人施行急救，一个生命已被死神攫去。生命是属于她的。当她输去最后的三块钱后，除了生命，她已输去一切。生命等于那最后的三块钱，她愿意怎样处理，这是她自己的事。

丁普仔细端详那妇人的脸相。妇人的眼睛睁得大大的，望着天，好像在责问造物主。最使丁普感到难过的，却是那白中带灰的脸色。这种颜色，使丁普想起了刚用菜刀刮去鳞片的鱼身。

人，必须有动作，没有动作的人，令人毛骨悚然。

"走吧。"丁太太说。

坐在三轮车上不知道应该去什么地方。

三轮车夫也很有趣，居然漫无目的地到处乱兜。每到一处，总是唠唠叨叨讲述廉价的掌故，作为多索车资的借口。

丁普一直在想着那个跳海自杀的妇人。

车子兜了一个圈，回到海旁区。丁普提议回港，丁太太不反对。

乘坐水翼船返抵香港，两人走去一家西餐馆吃东西。丁普不能忘记那张白中带灰的脸孔。当他喝汤之时，他看到了一对眼睛——一对死人的眼睛。

"怎么啦？"丁太太问。

"吃不下。"

"为什么？"

丁普呆望面前那碟法国洋葱汤，脸上出现恐惧的神情。丁太太断定他需要喝一杯酒，向侍者要了一杯威士忌。

五

寒流袭港，冻死三个人。那些坐在火炉旁边吃"暖锅"的人，犹嫌天气不够冷。"要是圣诞前夕的香港也会落一场大雪的话，该是一件多么有趣的事。"有人说。这人今年又添制了几件皮大衣，天气不能不冷。香港就是这样一个"不均"的地方。"有"的人有得太多，"无"的人非冻毙街头不可。商场开红灯，毕打街与尖沙咀的灯饰仍在替有钱人助兴。有钱人需要热闹，圣诞前夕的大餐每客五十元。

圣诞前夕。丁普再一次见到了那只蟑螂——那只断了一条腿的蟑螂。这件事，使丁普感到意外。第一，他以为这只蟑螂早已死去；其次，自从用杀虫水对房内的蟑螂发动总攻后，房内常有蟑螂的尸体发现。这只断腿蟑螂，失踪了一个时期，此刻居然在窗槛上慢慢爬行。

从爬行的动作中，证明这只蟑螂的体力已衰弱到极点。它的爬行是痛苦的，几近挣扎。丁普对它的出现，在惊讶中感到好奇。

使丁普百思不解的是：这只断了一条腿的蟑螂一直躲在什么地方？室内遍洒杀虫水，别的蟑螂死的死，逃的逃，它怎会不死？……

这不是寻求答案的时候，他要欣赏这只断腿蟑螂怎样挣扎。

蟑螂在窗槛上爬了两尺左右，突然停步。丁普凑近去观看，它也不动。显而易见的事实是：它已精疲力竭，连继续爬行的气力也没有了。

丁普一直憎恨蟑螂。当他见到这垂死的蟑螂在做最后的挣扎时，他想起了中过马票而跳楼自杀的周金财；想起了 J. 丹佛斯所描绘的人类的最后；想起了那个在"澳门皇宫"输去最后三块钱而跳海的中年妇人……

这是圣诞前夕，位于亚热带的香港，天气也相当冷。丁普以为这垂死的蟑螂抵受不了寒冷的侵袭，取出纸盒，在盒盖上戮几个小洞，将蟑螂放入盒内。然后从糨糊缸中掏了一些糨糊在纸盒里，作为蟑螂的食物。

"这算什么意思？"丁太太问。

"它就要死了。"丁普说。

"为什么不将它一脚踏死？"

"它就是那只被我用鞋底打掉一条腿的蟑螂。我曾经用清水企图淹死它，它没有死。"

"因此，你很同情它？"

"我觉得它可怜。"

"如果蟑螂也值得怜悯的话，根本就用不到买杀虫水了！你又不是小孩子，何必戏弄蟑螂？赶快将它踏死！"

丁普不接受妻子的劝告。他不忍这样做。这是平安夜，这是圣善夜。丁普虽非教友，也受到了宗教气氛的感染。他不忍杀死一只断腿的蟑螂。他的感情似乎是无法解释的。前此不久，他将所有的蟑螂视作仇敌。现在，一种不可言状的冲动，使他必须拯救一只受伤的蟑螂了。

丁普在澳门看到一个妇人因输去最后三块钱而跳海自杀后，

感触很多。他不知道死亡是否比生存更好，也不知道人生的最终目的是什么。不过，既有生命存在，生命本身必具意义。生命若非造物主的玩具，仍是最宝贵的东西。

丁太太对丁普的做法，完全得不到合理的解释。对于她，蟑螂是一种害虫，将它们打死是应该做的事情。丁普忽然大发慈悲，将一只断了一条腿的蟑螂放在纸盒里，不但不将它弄死，反而将糨糊当作食粮喂它，必须有个理由。

"蟑螂有什么好玩？"她问。

"玩？"丁普的嗓子吊得很高，"我在拯救生命！"

"拯救生命？"

"它就要死了。"

"既然如此，你为什么用杀虫水将所有的蟑螂杀死？"

"我不应该打断它的腿……"

"你究竟还有多少字要写？"丁太太转换话题。

"有什么事吗？"

"这是平安夜，这是圣善夜，别人都在狂欢，我们也该出去走走了。"

丁普将那只藏着蟑螂的纸盒放在书架上。

（一九六六年一月八日写成）

（一九九〇年四月三十日修改）

不，不能再分开了！

筲箕湾道忽然变成小河，使我感到意外。我在这里附近住了六七年，从未注意到这一段的路面是略带倾斜的。现在，滂沛的大雨不停倒下来，路面的积水朝西湾河街市那个方向流去，又急又快，虽不至于波浪相激，流得却不安静。

"怎么办？"我问唐隆。

"没有计程车，只好搭巴士，不能再浪费时间了。"唐隆说。唐隆是我的姑丈。

我们原是打算搭乘计程车到红磡火车站去接姑妈的，因为雨势太大，每一辆计程车都有乘客。在这种情形下，除非不想及时赶到火车站，否则，必须冒雨穿过马路，到警察局附近去搭"一○二号"隧道巴士。如果是晴天，纵使地下铁路与行人天桥的工程仍在进行中，因为有交通灯与辅助斑马线的关系，在这地方过马路，不会有什么困难。但是现在，路面的积水少说也有两三寸，涉水而过，不仅鞋袜必会浸湿，且有滑倒的可能。

水势很盛，淙淙而流，说是流入沟渠，倒也有点像从沟渠溢溢出来的。

　　既然不能浪费时间，唯有冒雨穿过马路。筲箕湾道的路面不算阔，我与唐隆合撑一把伞，在劲风疾雨中踏水而过，狼狈得好像在独木桥上行走，相当吃力。伞在风中摇晃，忽左忽右，虽然唐隆与我合力握着伞柄，仍然无法使它稳定下来。雨点落在伞上，滴滴得得，仿佛有人将小石子一把一把掷下来似的，令我烦躁。这里的路面，由于地铁工程尚未完成，出现不少窟窿和坎陷，加上搬移电车站的工程刚开始，随处都是铅管、小钢管、木板与大石，万一踢到这些东西，就有可能跌倒。在喧阗的风雨中，我们必须加倍小心，一步一步踏着湍流，极力保持身体的平衡。风与雨仍在混战。占尽优势的风继续乘胜追击，前仆后继的雨却不肯认输，看来这场战争暂时还不会结束。街上的积水增加得很快，穿过马路后，我们发觉对街的人行道上也已积水。好在巴士站设在不远处，走百几步就到。我们踏水朝巴士站走去，雨伞几已失去效用，衣服被雨水淋得更湿。巴士并未因天气恶劣而停驶，但在巴士站等车的人只有我和唐隆两个。唐隆唯恐不能及时赶到火车站，一次又一次低下头去看腕表。就在他看表时，一辆货车蓦地像电船般疾驰而来，车轮过处，带泥的积水分向两边飞溅，犹如浪潮一般，激洒在我们身上。那货车司机的粗鲁是必须受到责备的，我却无法责备他。

　　"对不起。"唐隆说。

"为什么？"我问。

"如果不是因为我要你陪我到火车站去，你就用不到出来受罪。"

"这怎能说是受罪？不过……"

"怎么样？"唐隆从衣袋里掏出手帕，用手帕拭去脸上的脏水。

"你身上这套新西装还是昨天买的，竟给那辆货车溅起的水弄得这样肮脏。"

"天气坏，有什么办法？想不到燕花竟会选这样坏的天气来香港！"

"我相信她是不会埋怨天气的。你们已有三十几年没有见面。别说落雨，即使落铁，她也不会埋怨。"

唐隆将手帕塞入衣袋，再一次翻开衣袖察看腕表。同样的动作，在过去的一两分钟里，他已做了七八次。"一〇二号"巴士从雨帘中穿出，我连忙挥动手臂，以免司机"飞站"。时间对我们是非常重要的，如果那司机因大雨而"飞站"的话，我们至少又要多等五六分钟。

上车后，发现车厢里只有一个乘客。由于雨势太大的关系，几乎所有的座位都被窗外吹进来的雨水浸湿了。不过，这种情形对我们是不成问题的，我们的衣服已被刚才那辆货车溅起的水弄湿。

"从这里到红磡火车站要多久？"唐隆问。

"如果交通不拥挤的话，半个钟头应该足够了。不过，铜锣湾经常发生塞车的情况，在进入隧道之前等上二三十分钟，是常有的事。"

唐隆再一次翻起衣袖察看腕表，既焦躁，又心急，脸上呈现过分严肃的表情，好像有人用枪口指着他的太阳穴似的。他刚从台北来到香港，对香港的情形并不熟悉。自从一九四八年跟随军队从上海撤退到台湾后，他一直住在台湾。他在台湾已住了三十几年，起先，在军队里做事；退伍后，开了一家小规模的塑胶厂。这几年，生意做得十分顺手，赚了不少钱，打下稳固的经济基础，在台北的商界，小有名气。不过，生活虽舒适，日子过得并不快乐。他一直在惦念他的妻子史燕花。当我的父亲还在人世的时候，唐隆总是从台湾写信或汇钱来，要父亲转寄给住在上海的史燕花。"文革"时期，音讯隔绝，唐隆不知道史燕花的情况；史燕花也不知道唐隆的情况。父亲逝世后不久，"四人帮"倒台。唐隆从台北来信，要我将信件转给姑妈；然后姑妈将复信寄来给我，要我转给唐隆。我变成他们的转信站，他们恢复通信。唐隆因此知道史燕花的胃病还没有痊愈；史燕花因此知道唐隆退职后在台北开塑胶厂。史燕花在信中告诉唐隆：他们的儿子根生已结婚，住在无锡。唐隆则一再写信给史燕花，劝她向当局申请到香港来。他在信中总是这样写的："只要你的申请批准，我马上从台北赶去香港与你见面。"在过去的五年中，史燕花多次向当局申请单程来港，一直没有批准。她之所以申请单程，因为她要到台湾去与唐隆生活在一起。申请单程，必须有充分的理由。没有充分的理由，多数会碰钉。史燕花碰了几次钉子后，只好申请双程。申请双程，困难是不大的，只要向当局坦率说出动机，很容易获得批准。获得批准后，她写了一封信给我，将抵港日期写得清清楚楚，要唐隆和我到火车站去接她。我将信挂号寄给唐隆，唐隆立即飞来香港，暂住我家。唐隆到达香港是前天下午的事。

"今天是你们的大日子。"我说。

唐隆微侧着头，眼望车窗上的雨泪，好像在沉思，也好像在欣赏那些不断往下淌的雨水。他没有开口，我只好用较高的声音加上几句：

"你在台北，她在上海，被海峡隔了三十几年，今天能在香港见面，你们一定非常高兴了。对于你们，这是一个重要的日子。"

"是的，"唐隆转过脸来，"我的确很高兴。今天与我四十年前在重庆认识燕花的日子一样重要。四十年前……"说到这里，低下头去，改用低沉的声调讲述旧事。这种低沉的声调，使我知道焦躁不安的他骤然恢复了应有的平静。"……日本无条件投降的消息传到重庆后，我在'精神堡垒'附近跟着大家欢呼。'精神堡垒'附近挤满了人。人群像潮水那样涌来涌去，有的欢呼，有的大笑，有的鼓掌，有的高声唱歌，疯疯癫癫，几乎每一个人都在狂喜中失去了理性，想喊就喊，想笑就笑，想唱就唱……既然胜利了，为什么不这样做？八年抗战的日子不是容易熬的，既然熬过了，为什么不大声喊？为什么不大声笑？为什么不大声唱？那时候，我也不能用理智控制行为了，尽量放纵自己，又喊又唱，满肚子的郁损非如此不能获得宣泄。就在这极端的混乱中，我见到一个女人被人踩去了鞋子。这女人弯腰拾鞋时，竟被狂欢的群众撞倒了，我……"

"你走过去将她搀起，扶她到街边，免得她被群众踏伤。"我说。

他再一次转过脸来，用惊诧的目光直视我：

"你怎么会知道的？"

我忍不住笑了起来，边笑边说：

"前晚在'北海渔村'吃饭时，你已讲过。"

他也笑了，企图用笑容掩饰窘迫，偏偏连耳朵也涨得通红。

"年纪大了。记忆力差了。"他说。

"你的记忆力很好，"我故意用略带戏谑的口气说，"三四十年前的事情仍能记得清清楚楚。"

"这件事，我永远不会忘记。"

"还有一件事，一定也不会忘记。"

"什么？"

"阿爸曾经告诉过我：你们是在上海结婚的。"

"不错，我与燕花是在上海结婚的。胜利后，燕花乘船返回上海。不久，我们的部队也调往上海，我和燕花就在上海结婚。"

"那时候，你们的日子过得很快乐。"

"那时候，虽然战火到处燃烧、币值一直在狂跌，我们的日子却过得很快乐。尤其根生出世后，我们好像生活在糖缸里，只觉甜味，不知苦。"

"这种甜蜜的生活到了你跟随军队撤离上海那一天就结束了。"

唐隆显然是个心情易变的人，提到当年的别离，脸孔仿佛戴假面具似的忽然转换一副表情，连谈话的兴致也没有了。我趁此望望车窗，发觉雨势已稍微转弱，透过迷蒙的玻璃窗，我知道巴士已驶抵铜锣湾。如果是晴天的话，过海隧道必会因车辆太多而出现交通阻塞的情形，但是今天，因为大雨滂沛，这一带的车辆少了许多，我们搭乘的巴士终于顺利通过隧道，使我们能够在火车还没有到达红磡的时候走进车站。

车站比平日冷清得多，一点也不热闹。我们站在靠近闸口的地方，等那一班列车到站。

列车尚未到站，集中精神去留意闸口是不必要的。因此，趁唐隆伸长脖子凝视闸口的时候，我多次乜斜着眼珠子，察看他的神态。我知道他很兴奋，但是过分严肃的神情使他的脸色略显阴沉。我无意也不忍将他当作动物园中的稀有动物来观赏，只是事情的特殊性打动了我的好奇心。他虽然是我的姑丈，由于他长期住在台湾的关系，我对他并无深切的认识。尤其是这时候的他，好像忽然变成一个陌生人了。他继续睁大眼睛望着闸口，一句话也不说，屏息凝神，好像胡琴上绷得太紧的弦线，需要放松。天气并不热，他却一再从衣袋里掏出那块早已湿透了的手帕抹拭额角上的汗珠。不仅如此，他还一再用食指塞入衬衫的衣领，兜来兜去，仿佛衬衫的尺码太小似的。从这些动作中，我终于清楚看到他性格中的认真和顽强。我不是一个感情十分脆弱的人，但是一阵酸溜溜的感觉使我的眼眶润湿了。我极力忍住不让泪水流出，因为在这个时候流泪，是很不得体的。我对真挚的感情从无怀疑，只是过分真挚的感情有时反会失去真实感。像我这样的人，可以将梁祝之类的事情当作故事来接受，却不会毫不保留地承认事情的真实性。但是唐隆与姑妈的事既然在我眼前发生，是不能也不应该有所怀疑的。三十几年的愿望在排除所有的障碍后实现，尽管难以置信，可也不能不信。三十几年不是一段很短的时间，他们用三十几年的期望和等待去证明感情的真挚，即使不算愚骏，也非常痛苦。正因为这样，过分紧张的情绪使唐隆必须解溲了。火车已到达车站，他疾步走去厕所。当他从厕所回到车站大堂时，大堂比刚才热闹得多。他走到我面前，问：

"来了没有？"

"来了。"

"在什么地方？"

"就在你旁边。"

唐隆转过脸去久久凝视三十多年未见的妻子，几乎完全不认识她了。其实，这几年他们寄来香港要我转寄的书信中，有过几次是附有照片的。唐隆这样目不转睛地望着老妻，可能是惊诧于她的苍老；也可能是过分的喜悦使他不能保持理智的清醒。姑妈年轻时的皮肤相当光滑，现在不但粗糙，连白皙的肤色也转成酱色了。何况，这不是仅有的改变。更显著的是：一头黑发已变为灰白。此外，眼角那几条鱼尾纹，不笑也十分显著，当然会使唐隆感到惊异。

唐隆张开嘴巴，要讲话，竟不能将话讲出。

两人默默相对，眼眶里噙着震颤的泪水。我没有勇气再看他们，低下头，将视线落在地板上。地上是没有什么东西可看的，这样做，只有一个理由：不想看他们流泪。事实上，分开了三十几年的夫妇，不论在什么地方重逢，总会有些不想给别人听到的话语要讲或者不想给别人看到的动作要做。

过了一会，我抬起头来，见到唐隆将手帕递给老妻，要她用手帕拭泪。这时候，他自己也流泪了，只能用手指在脸颊上抹了两下。

"走吧。"我说。

姑妈用手帕拭干泪眼，舒口气，偏过脸来，不必要地对我说了一句客气话：

"我们给你添了很多麻烦，慧英。"

"一点麻烦也没有。你们能够在香港见面，我很高兴。走吧，雨势已转弱，雇计程车不会像刚才那样困难。"

我伸出手去将姑妈放在地上的皮箱拎起，转身朝计程车停车处走去。我走在前面，姑妈与姑丈在后面跟随。依照我的想法，分离了三十多年的夫妇，见面时，一定有许多话要讲的。但是，他们竟默默跟着我，一句话也不说。进入计程车的车厢后，我对他们说：

"现在先到我处休息一下，然后我打电话到酒店去定一个房间，你们到酒店去住几天吧。"

他们不反对我的建议。

计程车在海底隧道疾驰时，看样子，姑妈的复杂情绪已由好奇心取代。对于一个久居上海的人，汽车在海底疾驰是一项难以置信的事实。

计程车驶出海底隧道后，她就开始左顾右盼了。车窗外的景物，不论值得观看或不值得观看，对它来说，没有一样不新鲜。我了解她这种心情，故意不跟她讲话。唐隆一定看出，车外的景物已打动她的好奇心，也不跟她讲话。这时，雨势更弱，尽管玻璃窗上仍然挂着雨珠，窗外的景色并不是模模糊糊的。雨中的维多利亚公园，游客虽少，倒也别有一番情趣。然后是景色复杂的英皇道，两旁尽是高楼大厦，加上太多的车辆与挤逼的店铺，有可能使她看得眼睛发花。她对这些景物一定很感兴趣，要不然，不会久久不说一句话。回到我家，她的态度稍微灵活了一些。首先，向我的母亲问好，从皮箱里拿出一些从上海带来的礼物送给我们。然后将入境时的情况讲给大家听：

"进入英界，港方移民局官员问我：'担保人姓什么叫什么？'

我答：'姓史，名叫慧英。'他问：'住在什么地方？'我说出地址。然后，他要我说出电话号码，问我：'担保人家里此刻有人吗？'我说：'只有慧英和她的妈妈，不过我不知道他们此刻在不在家。'他说：'不妨试试。'他拨了一个电话，和接听电话的亚兰讲了几句，又要我跟亚兰也讲几句，然后搁断电话，对我说：'好的，搭车到红磡去吧。'我问他：'我可以不可以在香港长住？'他说：'你持的是双程证件，不能在香港长住。'我说：'我不想回上海，希望在香港长住。'他说：'到期后必须离开香港。'这样，我就提了皮箱走去搭车了。"

我的母亲叫杨亚兰，亲戚们多数唤她亚兰。前年夏天，母亲和我到上海去探望亲友。就住在姑妈家里。那时候，根生在无锡种田，姑妈独自一个人住在上海，孤单单的，不免感到寂寞。她已退休，每月有七十元退休金可拿。唐隆每月从台北汇一千元港币来香港，由我转汇给她，使她不但在生活上没有困难，日子也过得很舒适。不过，无忧无虑的生活并不能作为一种补偿。她一直希望与唐隆生活在一起。母亲和我到上海去探望亲友时，她不止一次对我们说："一定要想办法让我到香港去与唐隆见面。"

现在，她与唐隆终于见面了，心中必定快乐满足，纵然眼睛已哭得红红肿肿，偶尔也会露出笑容。我不知唐隆见到她的笑容有什么感想，我却觉得她在这时候露出的笑容非常美丽。尤其是唐隆从房内捧出昨天在中环买的衣服要她更换时，她低下头，羞惭地说：

"这种红红绿绿的衣服，我怎能穿在身上？难道你连我的年龄也忘记了？难道你以为我还是三十几年前的我？"

唐隆听了她的话，虽然没有脸红，多少有点窘迫了。为了掩饰心情上的狼狈，他说：

"香港与上海不同，香港时下流行这种衣服。"

姑妈不肯更换唐隆为她买的衣服，是很容易理解的。不过，我与唐隆不能不更换衣服了。我和唐隆身上的衣服已被那辆货车溅洒过来的泥水弄脏，虽已半干，泥迹仍然显著。唐隆说了一句"我去换衣服"之后走入卧房，我则趁此打电话到酒店去为他们订房。打过电话，我也走进自己的卧房去更换衣服。换好衣服，我对他们说：

"酒店房间已订好，在铜锣湾。那一区有好几家大规模的百货商店，买东西比较方便。"

唐隆向我道谢。我和阿妈陪他们到铜锣湾去。不过，在前往铜锣湾的途中，姑妈与唐隆依旧很少交谈。起先，我以为姑妈初到香港，对香港景物的好奇必须迅速获得满足；后来，才知道这种看法并不完全正确。使我感到意外的是：姑妈与唐隆虽是老夫老妻，见面后，彼此之间竟产生了不易消除的陌生感。姑妈坐在靠窗的位子，侧着脸，故意装作观看窗外的景物，其实是借此掩饰心情上的局促。不止一次，唐隆跟她讲话，她只用蚊叫般的声音答得不清不楚或者索性不答。她之所以偏着脸，显然是不必要的羞怯使她没有办法消除介于她与丈夫之间的陌生感。这种情形，令我想起相亲时的女主角。纵然如此，羞惭也不是唯一的理由。计程车由英皇道驰上天桥时，我见到她用手指拭去脸颊上眼泪。显而易见，她的感情已陷于极度的混乱。三十几年的期待和孤寂已转变为悲剧的感情基调，即使愿望已实现，仍会在应该喜悦的时候感到悲苦心酸，不能辨别悲欢，因为悲欢已混在一起。

到达铜锣湾，先去食街吃东西。食街是一个很有特色的饮食区，我相信来自上海的姑妈和来自台北的姑丈都会感兴趣。正因为姑妈与姑丈分别来自不同的大城，我请他们到一家以"大江南北菜"著名的菜馆去吃饭。吃饭时，姑妈依旧很拘束，老是羞低着头，很少讲话。不过，唐隆是兴奋的，有说有笑，喝了两大杯啤酒。当他向伙计要第三杯时，我怕他在过度欢欣时喝下过量的酒，劝他适可而止，姑妈却在这时候开口了："让他喝吧，他的酒量很好。"

从菜馆出来，我对他们说："酒店就在附近，走几分钟就到。你们一定很疲倦了，还是早些休息吧。"

在酒店登过记，拿了钥匙走去电梯口。我对他们说："不送你们上去了。明天中午我来陪你们吃中饭。"

我与阿妈走出酒店后，到糖街去搭乘小型巴士。坐在小巴的车厢里，我不能强迫自己不去想一些问题。

此刻他们在做些什么？为过去所受的委屈而哭泣？为今

日的重聚而狂笑？相拥相抱？默然相对？不易消除的陌生感依旧使他们感到窘迫？将心中久焉怀想的事情向对方倾吐？谈往事？谈将来？谈一些不能给别人听到的话？做一些不能被别人见到的事？……

"你在想什么？"阿妈问。

我答："什么都不想。"

第二天中午，我和阿妈到铜锣湾那家酒店去陪唐隆和姑妈吃午饭。我们到达时，唐隆和姑妈已穿好衣服在等我们了。姑妈穿了一袭西装款的套裙，虽然是灰色的，倒也相当大方，比她昨天穿的那套上海装顺眼得多。不过，更大的改变则是姑妈的态度。虽然只过了一夜，姑妈好像变成另外一个人了。昨天，老是低着头，不苟言笑，应该喜悦而不将喜悦表露出来，持重中略带呆木。现在，她的心情很开朗，好像一个中了六合彩的幸运儿，兴奋得连举止也失去应有的稳重，不但笑得眼鼻皱在一起，还像开笼雀似的叽叽喳喳讲个不停。

她对我说：

"我决定不回上海去了。"

"你拿的是双程证件，不能不回去。"我说。

"如果过了期不回去的话，会发生什么事情？"

"过了期不回去，就是非法居留，给警察抓到，就会解返大陆。"

"我可以躲起来。"

"不，不能这样做。"

"怕什么？不出街，警察就抓不到我。"

"不，不能这样做。我是担保人，被当局查到了，我会被罚。你也许还不知道：在香港窝藏非法居留者是有罪的。罚钱事小，万一被抓去坐监，那就麻烦了。目前，我正在申请移居加拿大，有了案底，一定不会批准。"

听了我的话，她脸上的笑容顿时消失，拗执地说：

"我是无论如何不回去的！"

"你拿的是双程证件，不能不回去。"我说。

唐隆柔声细气安慰她："不要担忧，我一定设法使你到台湾去过日子。现在，我们去吃午饭。"

姑妈刚从上海来，我相信吃自助餐应该可以使她感到新鲜。于是，我们走去吃自助餐。

在吃东西的时候，唐隆与姑妈低声讲话，纵声大笑，亲昵得好像新婚夫妇。尤其是唐隆，几乎每说一句话都要叫一次姑妈的名字："燕花,你听我讲"或者"燕花,千万别担忧"或者"燕花,你知道吗"或者"燕花,事情不是这样的"……开口"燕花"，闭口"燕花"，在我听起来，多少有点肉麻，他却因为三十年没有唤叫燕花，有意趁此补偿过去的"损失"了。从这种情形来看，我知道他们是快乐的。唯其快乐，吃过自助餐，姑妈又担心起来，担心不能到台湾去与唐隆生活在一起。在我的印象中，姑妈的意志相当坚强，应该有足够的勇气将痛苦的经历视作事实来接受。但是现在她的感情忽然变得非常脆弱，脆弱得如同玻璃一般，轻轻一敲，就会破碎。不止一次，她急躁地对唐隆说："过去的三十几年已将我折磨得不像人了，要我再过那种日子，我是宁愿死的。"其实，唐隆和她一样，也有难以排遣的忧虑，只是信念较强，不相信自己会没有办法解决这个问题。他的经济情形是不错的，因此对金钱的力量有过高的估计，认定金钱可以帮助他们克服那些必须克服的困难。他将他的意思告诉姑妈，姑妈点点头。但是，我总觉得事情并不如他所想象的那样简单。我说：

"要去台湾，最好循正当的途径办手续。"

唐隆皱眉寻思，脸上的表情忽然变得非常严肃，静默了好大一阵子，蓦地叫了起来。

"有了！"

"怎么样？"姑妈睁大眼睛凝视他。

"燕花，你可以到九龙难民救济总署办事处去拿一份表格来填，申请入境。"

"台湾的难民救济总署？"

"是的，燕花。"

"一定可以批准？"

"不一定。"

"没有把握，还是不去申请的好。"

"为什么？"

"万一不批准，香港又不能长住，我就非回上海不可了。回到上海，要是将来又有什么大浪潮的话，岂不麻烦？"

唐隆性情拗强，无论遇到什么困难，总不肯轻易认输。尽管他对香港的移民条例并不清楚，一时也没有什么办法可以使他的老妻到台湾去定居，他却满怀信心地认定目前遇到的困难必可克服。他说：

"不要担忧，燕花。请你相信我，我一定会有办法。办理这种事情必须有耐性，躁急与焦忧不能解决问题。你在香港可以住三个月，我一定会在这三个月之内替你办好手续，由于工厂里有许多事务等我去处理，过三四天，我必须回台湾去。我回到台湾，马上替你办理申请手续。"

"会批准吗？"

"很难讲。"

姑妈紧蹙眉尖，态度再一次转为稳重。沉吟片刻，用较低的声调问：

"既然申请往台湾这样困难，为什么不改变计划？"

"改变计划？"唐隆问。

姑妈再一次开口时将声音压得更低："我不能去台湾，你可以回上海的。我在申请来港的时候，上边的人知道我的动机后，曾对我说过这样的话：'何必到台湾去？还是劝你的丈夫回来投资吧，只要他肯回来设厂，必可获得优待。'……你肯不肯考虑这样做？"

唐隆脸一沉，先"嗳"了一声，然后低声说："燕花，你应该知道我这样年纪的人已失去创业的条件，哪里还能从头做起？我的工厂设在台北，基础相当稳固，将它结束后到上海去另起炉灶，事实上做不到。"

"你有没有办法申请我到台湾去？"

"说实话，我也没有把握。不过，我在台湾住了三十几年，虽无权势，朋友倒有不少，能够得到朋友的帮助，应该很快就能将事情办妥。"

说到这里，转过脸来问我：

"等一下带我们到什么地方去？"

我提议到海洋公园去看看，他们的脸上显现了兴奋与喜悦的表情。我不能确定他们会不会喜欢海洋公园，不过，香港是个蕞尔小岛，能够吸引外地来客的东西不多，海洋公园既是一般游客必到之地，就该带他们去参观一下。事实上，到了海洋公园之后，我发现他们都很振奋，高兴得好像一对年轻人似的。尤其是姑妈，大声发笑，快步行走，连动作也有了小儿女的娇憨，只是并不轻浮。她说她喜欢"海涛馆"和"海洋馆"，唐隆也说这两个地方使他感到新鲜。我们在海洋公园玩了整整一个下午，然后到香港仔去吃海鲜。吃海鲜时，姑妈唯恐申请手续不能顺利办妥，眉头一皱，又担忧起来了。唐隆用抚慰的口气说：

"不要担忧，燕花。我一定设法将手续办妥。"

过了三天，唐隆搭机回台北。姑妈不愿单独一个人住在旅馆里，搬来与我们住在一起。

唐隆回到台北后，每晚打长途电话给姑妈。通电话时，他们总有许多话要讲。我不知道他们讲些什么，只知道申请姑妈入境的事碰了钉子。姑妈本来是充满希望的，知道入境申请已碰钉后，急得哽咽气塞，连东西也不吃了。我见她痛苦成这个样子，心里也很难过。我对她说："证件还有两个多月才到期，在两个多月中，相信姑丈一定会有办法将事情弄妥。"

"什么办法？"她说。

"过几天，姑丈会再来香港的。到那时，大家好好商量一下。"

唐隆再一次来港，是半个月过后的事。姑妈和我一同去迎接。姑妈已等得不耐烦，一见唐隆便噙着泪水抖声问：

"你究竟有没有办法？"

唐隆忽然谨慎起来了，仿佛商量机密大事似的，东张张，西望望，然后低声说了两个字：

"偷渡。"

这简短的一句话，使我吃了一惊。我说：

"不，不能偷渡。"

"为什么不能？"唐隆依旧将声音压得很低，"据我所知，不少人都是从香港偷渡到台湾去的。偷渡不是很困难的事，花一些钱就可以了。"

对于姑妈，只要有办法到台湾去和唐隆生活在一起，不管这个办法行不行得通或会不会招致严重的后果，她都会赞成。

不过，我却不能不考虑到事情可能招致的后果。我说：

"姑妈申请来港，我是担保人。她要是偷渡到台湾去的话，当局查究起来，我就有可能被抓去坐牢。"

唐隆听了我的话，知道偷渡的办法行不通，故意露了一个"不成问题"的表情，用轻快的声调说：

"还有别的办法，还有别的办法。"

从飞机场回到我家，唐隆拿出两包从台湾带来的礼物，一包送给姑妈；一包送给阿妈与我。姑妈拆看礼物时并没有露出满意的笑容，只是焦躁不安地问：

"除了偷渡，还有什么办法？"

"现在，许多国家，像多米尼加、巴拉圭、哥斯达黎加、斐济、葡萄牙、巴拿马，都欢迎香港人去投资。在这种情形下弄一张护照，不应该是十分困难的事。"唐隆似乎胸有成竹。

"有了护照，就可以在台湾定居？"姑妈问。

"可以申请到台湾去旅行，不能在台湾长住，到期后，必须离开。"唐隆说。

"如果是这样的话，岂不麻烦？"

"听说南太平洋的东加王国很欢迎外人走去投资，只要花一万多美金买一块地皮，就可以拿到该国的护照。东加王国的气候温和，到那边去耕田，日子一样可以过得很快乐。燕花，你的意思怎么样？"

"只要和你在一起，无论到什么地方去，我都愿意。"

唐隆转过脸来问我：

"明天有没有空？"

"有的。"我答。

"不需要到商行去做事？"

"我已退股，拿到八十万，暂时还没有找到适当的工作，也没有必要急于找工作做。"

"既然这样，明天陪我们到东加领事馆去问问详细情形。现在，请你打电话到酒店去为我和燕花订一个房间。"

这天晚上，唐隆和姑妈住在铜锣湾的酒店里。第二天中午，我走去陪他们到一家著名的酒楼饮茶。饮过茶，因为不知道东加领事馆的地址，我向附近的报纸档买一份日报。根据日报上的分类广告，打电话到旅行社去询问。一连打了三个电话，都得不到要领。第四家旅行社却将东加领事馆的地址告诉我了。我们当即雇计程车前往中环。

在前往中环的途中，唐隆与姑妈犹如一对说相声的艺员，你一言，我一语，谈得很起劲。姑妈一再表示愿意和唐隆一同到东加去耕田，唐隆总说："这是很容易办到的事。"但是，到了东加领事馆之后，那位职员讲的话竟像一桶冷水似的将他们的希望之火浇熄了。那职员坦白告诉他们："用一万九千多元买的土地是一块荒地，未必适宜耕种。买了这块土地后，可以申请领取东加王国的护照，却不能在东加长住。"

事情好像吹得太胀而爆破的气球，使唐隆与姑妈都很失望了。走出东加领事馆，我们到置地广场的美心餐厅去喝咖啡。姑妈意气衰败，紧蹙眉尖，老是低着头，口也懒得开。唐隆看出她的心事，将嘴巴凑在她耳边，低声说：

"不要担心，还有别的办法。"

姑妈用询问的语气重复唐隆讲过的话："还有别的办法？"

唐隆明明拿不出可行的办法，见妻子忧心忡忡，就含含糊糊说了这么几句：

"有的，有的，我有的是办法。燕花，千万不要担忧。"

"三个月很快就会过去，"姑妈焦躁不安，"三个月到期，要是办不妥手续的话，我就要回上海去了。"

唐隆并不立即开口，只是下意识地将小银匙放在咖啡杯里搅来搅去，瞪大眼睛望着前面，好像在察看什么，又好像什么都不看，然后举起杯子，呷了一大口咖啡，眉头一皱，自言自语："糟糕，忘记放糖了。"于是，将方糖和牛奶加在咖啡中，再一次用银匙搅和，边搅边说：

"其实，事情不一定如我们想象那样的困难，只要摸到门路，也许很快就可以办妥。现在的问题是：你拿的是大陆证件，所以不能申请去台湾。如果你拿的是香港证件，即使不能即刻到台湾去，最低限度，我也可以经常走来看你。"

"有办法拿到香港证件吗？"姑妈依旧哭丧着脸。

唐隆转过脸来对我说：

"据我所知，从外地来到香港的人，向移民局申请延长居留期，只要有充分的理由，也会批准。"

"以前可以，现在不可以。"我说。

"明天，你陪姑妈到移民局去问问。"唐隆说。

"现在的情形与过去不同，用不到问。"

"将我们的情形讲给移民局的官员听，说不定可以博得他的同情。"

明知这种做法不会有效，经不起唐隆一再怂恿，我只好点头。第二天上午，我陪姑妈到移民局去。姑妈不会讲粤语，也听不懂粤语，如果我去移民局询问的话，她未必会相信我讲的话。因此，我要她自己去问移民局的职员。

"我不会讲广东话。"她说。

"讲普通话。"我说。

"移民局的职员会讲普通话？"

"多数会的。"

姑妈走到询问处，脸色突然转为苍白，显示她有了不必要的虚怯，开口时，期期艾艾，吐辞重复，几乎不能用言语表达心意。她讲的是不太准确的普通话：

"我……我有……有个亲戚，从上……上海到……到……到香港来……"

那职员皱紧眉头，瞪大充满困惑神情的眼，不耐烦地望着她，等她讲下去。她咽了一口唾液，继续张口结舌：

"她……她拿……拿的是双……双……双……双程证件，

到……到了香港，不……不……不想回上……上海去了，有没有办法让……让她在香港住下去。"

那职员摇摇头，用同样不准确的普通话对她说：

"什么？来了，不想回上海？你来报告，好极了，就算没有到期，我们也要马上捉她回上海去！"

犹如一个偷了东西被人发现的窃贼，姑妈掉转身，拔腿便跑，跑得很快。这一个动作使我感到诧异，唯有跟着她走出移民局。走到移民局外边，我一把捉住她的手臂，问："怎么啦？"她的呼吸有点迫促，脸上有一种恐惧惶急的神情，想讲话，却不能将话讲出。我看出她受惊了，安慰她几句后，雇一辆计程车送她回酒店。唐隆问我："怎么样？"我故意用轻松的口气将经过情形当作笑话讲给他听。他听了，忧容满面，不自觉地用牙齿咬着大拇指的指甲，神情与咬着钢笔答不出试题的小学生倒也十分相似。照理，在忧心如焚的姑妈面前，他是必须将焦虑隐藏起来的。但是，事情既然这样不顺利，连他自己也失去信心了。他没有继续讲话，大概一时也想不出什么办法来解决这个问题。这时候，寂静变成一种压力，连我的心境也沉重起来了。我望望姑妈，发觉她的眼圈已发红。

"还是查看报纸吧。"我作此建议。

"查看报纸？"唐隆问。

"分类广告中有不少旅行社的广告。"

"旅行社？你姑妈又不想到外地去旅行。"

"今天早晨读日报时,读到一些广告,才知道有些旅行社专办绿印出国,有些旅行社专为双程来港探亲的人申请到外国去定居。"

"双程来港探亲的人也可以申请到外国去定居?"姑妈问。

"可以。"我答。

唐隆走去桌边,将放在桌面上的日报翻开,身子弯成弓形,仔细查阅分类广告。查了一分钟,蓦地像被人刺了一刀似的叫起来:

"有了!"

他将报纸拿给姑妈与我看,用食指点点一则分类广告。

那是一则旅游公司刊登的广告,用大字标明"双程来港探亲可申请往外国定居"。

"要是当真有办法的话,那就好了。"姑妈说。

"走去问问详细情形。"唐隆说。

旅游贸易公司设在德辅道西一幢大厦里,经理姓郑名辉,机警灵敏,很有说话的才能,不论讲的是真话还是假话,都能使人相信不疑。唐隆将姑妈的情况一五一十讲给他听,问他有没有办法让姑妈到台湾去定居。他答:

"有的。"

"什么办法?"唐隆问。

郑辉在说出入境办法时,不但审慎地压低声音,还讲得很简单:

"持'泰国探亲纸'入闸，然后以泰国华侨的身份拿了泰国护照与台湾签证登机。"

"用这个方法一定可以入台定居吗？"

"我不能担保一定可以入境，不过，在过去几个月中，我们用这个方法已使十几个人到台湾去定居了。不提别的，上星期就有两个大陆妹用这个方法进入台湾。"

"万一到达台湾后不能入境的话，怎么办？"唐隆问。

"截至目前，这种情形还没有发生过。不过，我承认事情的可能性是存在的。万一碰到这种情形，我们也有办法应付。"

"怎样应付？"

"到新加坡去住一晚。"

"新加坡？"

"理由是这样的：偷渡人拿的泰国护照与台湾签证都盖有当日的出境印，不能即日回曼谷，只好到新加坡去住一晚，第二天搭机回曼谷。"

"偷渡人从未到过新加坡，到了新加坡之后，怎会知道应该怎样做？"

"这一点，你们尽管放心好了。我会陪他到新加坡去的。"

郑辉用轻松的语调说出这几句话后，自以为已将事情解释清楚，睁大眼睛对唐隆投以询问的凝视，意思是：

"怎么样？"

唐隆未必相信郑辉的办法可以行得通，但也找不到证据可以证明郑辉的办法行不通。经过一番寻思后，他问郑辉：

"多少钱？"

"一个人？还是两个人？"

"一个。"

"四万港币。"

"这么贵？"唐隆感到惊讶。

"你嫌贵？我们正在考虑加价。"

"问题是：你们不能担保一定可以入境。"

"刚才我已讲过：我们利用这个方法已使十几个人进入台湾。"

唐隆站起，用食指朝外一指，示意姑妈和我到走廊去商量。我们走出贸易公司，站在走廊里的时候，他用蚊叫般的声音问。

"怎么样？"

"就这样做吧。"姑妈说。

唐隆望望我，我说：

"费用相当贵。不过，听他的口气，这个办法不但行得通，而且相当有把握。"

唐隆皱紧眉头，犹豫不决。

姑妈将嘴巴凑在他耳边，低声说："既然没有别的办法，只好这样做。"

姑妈固然性急，但是浪费太多的时间就有可能遭遇更大的困难。唐隆不会看不到事情的复杂性，略一寻思后，疾步回入旅游贸易公司，向郑辉询问付款的方法。郑辉说：

"先付两万。入闸后，由你们中间的一位在禁区打电话给亲友，证实移民局官员已检查过证件时再付一万。其他的一万在抵达台湾、走出机场后，你们打长途电话回香港，请香港的亲友付给贸易公司，免得汇款麻烦。"

唐隆要求改变付款的方法：先在香港付一万，其余的三万到了台湾之后付。

郑辉摇摇头，不接受唐隆的办法。他说："这是公司的规定，不能改变。"

唐隆默然坐在那里，呆呆地望着郑辉，望得郑辉不断用手摸额，摸脸颊，甚至摸鼻子。就在这时候，姑妈弯身在唐隆耳边喊喊喳喳说了几句，唐隆毅然决然对郑辉说：

"我明天来缴钱。"

从贸易商行走出来之后，我们到附近一家餐厅去喝咖啡。唐隆表示对这家贸易商行不信任，姑妈则说："我们没有选择。"唐隆担心受骗，要我将自己的看法坦白讲出。我说："目前只有这一个办法。"唐隆点点头，说："明天我们来缴钱。"事情就这样决定。第二天上午，我们一同到 Y 银行去拿钱。唐隆每一次到香港来，总是到 Y 银行去拿美金或港币的。通常，他用两个方法将钱转到香港：（一）如果是寄去上海的话，他会向台北钱庄换了"香港支票"空邮挂号寄给我，由我汇去上海；（二）如果是他自己走来香港花用的话，他会将款子先存入台北的 Y 银行，来到香港后，向香港的 Y 银行提款。

在 Y 银行提了两万港币出来，立刻搭乘计程车到那家旅游贸易公司去。

郑辉收了钱之后，将偷渡入台的方法更详细地对我们讲述一遍。然后，他对唐隆说：

"手续搞妥后，我们会打电话通知你们。"

"什么时候可以搞妥？"

"一个星期左右。"

"过两三天我要回台湾去了。那边有许多事情等着我去做。"

"你应该先回台北。"郑辉说。

两日后，唐隆回台湾去了。姑妈担心郑辉的办法行不通，在启德机场送唐隆时流了不少眼泪。唐隆对她说："既然决定这样做，就该信任郑辉。"

唐隆回台后，隔了六天，郑辉打电话来叫姑妈和我到旅游贸易公司去一次。我们到达贸易公司时，郑辉将两张飞机票和一张"泰国探亲纸"交给姑妈，然后不厌其详地将入闸登机应该注意的各点对我们讲述一遍。

"明天搭乘十点的班机到台北去。"他说。

从贸易公司走出来，姑妈既兴奋，又紧张，连讲话的声音也有点抖。她要买东西，我陪她到百货公司去。买东西时，她一再问我："能不能顺利入境？"我总说："应该可以的。"买好东西，回到家里，她还是一次又一次地问我："不会有什么问题吧？"她老是想着这些问题，不能集中精神去做应做的事情，甚至到了吃晚饭的时候，只吃了两口便将碗筷放下。她的心情，我了解。尽管事情含有的冒险性相当大，我总觉得她应该更镇定一些才对。可是，第二天上午到达飞机场时我自己也紧张得两腿发抖。

依照郑辉的安排，我陪姑妈一同入闸，必须装作并不相识。我拿的旅行证件是正式的，用不到担忧，可是入闸时，我却不必要地频咽津液。我出了许多手汗，竟将证件也弄湿了。这种情形很容易引起移民局女职员的怀疑，我担心露出马脚，暗中用手帕将手上的汗拭干，然后用大拇指与食指提着旅行证件。

姑妈排在另一行。她将证件递给那个移民局的女职员后，那女职员回过头去问她的上司：

"喂，她拿的是大陆证件，可以到泰国探亲吗？"

她的上司答：

"可以去泰国，但不能去台北。"

姑妈通过了这一关，我却捏了一把汗。

入闸后，我与姑妈依旧装作不相识，分坐两处。过了一两分钟，我见到了郑辉。

郑辉搀扶一个老头子走过来，低声告诉我：这个福建老人也是用相同方法到台湾去的。由于老头子不会讲广东话，必须由他陪着。他要我依照事先讲好的做法打电话给阿妈。

在电话中，我对阿妈说：

"我们已入闸。"

"可以付给那个职员了？"阿妈问。

"可以。"我答。

这种做法也是事先讲好了的：我和姑妈来到机场时，旅游贸易公司会派一个职员到我家去收款。阿妈接到我们"已入闸"的电话后，立即将一万元付给那个职员。

稍过些时，郑辉的妻子走来了。我见到她将姑妈与那个福建老人的大陆证件收去，另外交一本泰国护照和一张台湾签证给福建老人；交一本泰国护照和一张台湾签证给姑妈。

见到事情的进行，我紧张得好像在绷索上行走似的。别人未必会注意到郑太太的行动，即使见到，也不会起疑心。不过，我是知道她在做什么的。前几天在旅游贸易公司的时候，郑辉已将整个过程的细节告诉我们。我知道郑太太收了大陆证件后会走去厕所将大陆证件撕碎后掷入抽水马桶，抽掉。因此，事情只许成功，不许失败。

登机时，郑太太和姑妈走在前头，我紧随着她们。我听到郑太太低声对姑妈说：

"任何人问你，就说自己是泰国华侨，到台湾去探亲。"

上了飞机，我与姑妈也不坐在一起。她坐在那一边靠窗的位子，我坐在这一边靠窗的位子。纵然如此，我必须承认我的精神状态依旧不稳定。飞机越接近台北，我的情绪越紧张。

飞机在台北机场降落后，事情达到高潮，通过这一关，姑妈的愿望就会成为事实；通不过这一关，她必须在郑辉陪同下搭机到新加坡去住一天，然后"回"来。那时候，我就要到泰国去为她另想办法了。

姑妈的运气很好。那个福建老人的运气也很好。虽然持的是假护照，居然顺利通过。

走出机场，我兴高采烈地走过去向姑妈道贺。姑妈是非常高兴了，流了不少眼泪。

因为不想引起警务人员对姑妈的疑心，唐隆不到机场来接。郑辉雇一辆计程车，带我们和那个福建老人到旅馆去休息。在旅馆的房间里，我依照郑辉的吩咐打长途电话给阿妈，叫阿妈送一万元到旅游贸易公司去。

郑辉将姑妈持有泰国护照收去后，对我们说："我们交易已完成，今后不要再提这件事。"

我和姑妈走出旅馆，雇计程车到唐隆住的地方去。为了满足对那张泰国护照的好奇心，我问："那张泰国护照上面写的是你的名字？"

"不是我的名字。不过……"姑妈仍有不必要的悸惧。

"怎么样？"我问。

她将声音压得很低："虽然不是我的名字，却贴着我的照片。"

（一九八四年十二月十二日写成）

（原载一九八五年一月九、十六日《星岛晚报·大会堂》周刊）

第二辑　短篇小说

迷楼

侍臣问：皇上还没有醒？

御车夫答：皇上还没有醒。

那耿耿的银河也被拂晓吞了去。是三枝蓺禁香的慵懒的烟霭，袅袅地，游舞在轻轻款款的微风里。秋已深，秋天和秋天的感觉久久地冷落着这禁宫的御园，左掖的宫墙上，时时有二三片枣红色的枫叶摇落下来。……浅紫的辇道上仁着一辆銮舆，肥胖的御车夫在细心地整顿玉珂。

两名持着掸帚的侍臣互相打了疲惫的呵欠。

黯色的天穹里，北斗星如像一柄勺子般的挂在金阙的龙角下。衬在宫殿后面的是一列浓沉的山砼曲，黝黯的天地啊！残星点点处，忽然横过一群塞外的雁阵。

（皇上还没有醒？）

小黄门在杨梅树里调戏宫婢，咯吱的笑声仿佛虫语一般轻佻。

（皇上还没有醒。）

仙人掌捧着承露水的赤玉芙蓉盘，静静的水面上，有旌旗的影子摇动。晨风袅袅拂过，一缕又一缕地。

断断续续的胡笳声随着断断续续的风丝吹来，悠扬地飘在寝殿的四隅。

铜壶里的水滴快要漏完了。……

金马门的金钥响了。

玉色的殿阶上，两个宫娥撩起裙角婀婀娜娜地走上迷楼。她俩轻轻掀开翠幌，向宝帐内部张望一下，立即遑遽地放手。彼此吃吃一笑，便各自泛起一阵红晕。

蒲择国进贡的蔽日帘还掩着。

第一个宫娥轻轻地说："你不曾看见她的——（耳语）？"

第二个宫娥更轻轻地说："还有'他'的。"

破晓了。

四个宫娥擎着日月扇走来。戴着红绛帻的鸡人，开始在门外学了第一遍的鸡啼。卫士们便打了报告天明的更筹。

尚衣把闾阖推开，跖起脚跟，捧着冕旒和衮龙，一颠一蹶地从辇道上走来。东方已微白，廊檐上的乳雀们，接着就更热闹地唧噪起来。

玉栏朱楯间，忙碌着十来个宫娥。

她们都已佩着司宫吏分派的蛾绿螺子，红短衫紧裹着她们的小撷臂。绿色的帛子拂捉弄着香烟，来来往往，抹指，敷粉，画着吴绛仙的长蛾眉，迎风让她们单罗衣如同旌旗一般的飘舞，扑扑作响。

（散春愁里昨夜又有过一番热闹。）

散春愁里昨夜又有过一番热闹：中使许廷辅曾经到后宫领了二十个后宫女，来替炀帝按摩，炀帝这几天恰巧旧病复发，是应付不了这大热闹的场合的。起先他依照着医丞莫君锡的叮嘱，表示要戒酒，但是终于喝醉了，喝得那样多，又吃得那样多，整整十银盘的鹅子鸭卵，荷鲤椹肫，熊腥豹胎，拐枣丹橘，葡桃石榴，几乎吃了十之三四。这些后宫女是难得亲寝的，都抓着这个机会企图获得炀帝的垂爱。有的罗衣熠耀，有的甚至赤裸着胴体，挤眼斜眉地来给炀帝施殷勤，炀帝不一定是个愚蠢而蒙昧的人物，但经不起几十个美女的挑逗，便被拥到铸乌铜扉里去了。这座铜扉是上官时从外国买来的，由八面擦亮的铜镜包围着，只要有一个裸体的宫娥在跳舞，就会有八个影子随着做同样的动作。但昨夜却有二十个后宫女在侍寝。炀帝本来就有点神志不清，加之又多吃喝了一点，不久，也就昏眩了过去。迷楼的四隅，彻宵地奏着琴、瑟、笙、篁、柷敔。这是一连串疯狂的旋律。炀帝的烦躁，最后只能从晕厥中求取安宁。近侍高昌和造任意车的何稠就以炀帝的晕厥来证明炀帝的病必须用女色来治疗。中使许廷辅随即背着萧妃，偷偷地把宫婢罗罗接来。疲乏的炀帝又被推醒了，在昏蒙的状态下又吞下两颗被算作"大丹"的春药：炀帝笑了，炀帝歇斯底里地笑了，他一手把罗罗拉倒在御榻上……

现在炀帝醒来了。首先他听到的是两只燕子呢呢喃喃地横在梁上私语。二十一个醉了的裸体宫女,横七竖八地倒在波斯国的毛毡上。将灭的银烛,将罗罗的红颊映得更红了。炀帝把半个面庞压在彩幔上,一只包着槟榔豆蔻子和苏合绿沉香的香囊,恰巧挂在他的面前,第一次,他觉得了香料的可厌。当他一看到那几幅丑恶的"士女会合画",他的头就像被捶了一拳般的刺痛。满帐洋溢着氤氲的烟雾;那些炫目的屏风,锦绣的帏帐,以及那几颗熠晃的珠翠,使他感受了最难过的窒息。他的脚边,被置着一只金炉,炉上雕着蛟龙鸾龟,每头牲口的嘴里都吐出香烟来……御樽满地都是,一股浓辛辛的酒腥,直向他的鼻孔扑来。他一连打了三个喷嚏,当即挪开蛮驼毡和鸳鸯被,一辘轳翻身下来,宫娥们就从尚衣手中取过衮衣为他披上。

炀帝走出宝帐,把手撑在玉栏上,贪婪地呼吸新空气。

所有云母窗都敞开了。琉璃瓦下,几十个宫娥又循例地蜂拥在游廊里。

今天的炀帝,怀着和往日不同的心理。他讨厌她们的阿谀,更讨厌她们蓊郁底芬芳。

炀帝愣着一对在太穹中不住划着圈子的白头翁。

高昌跑来向炀帝请了早安,说:"万岁爷吹不得风,还是上宝帐去憩一回吧!"

"朕没有病。"炀帝愤怼地把袖管一拂。

忽然迷楼上起了一阵骚乱，一个宫娥遑遽地奔来跪在炀帝面前直嚷："万岁爷，不好了！"

"什么事值得这样惊惶？"

"侯夫人，"她支吾着说，"自尽了。"

"谁？"炀帝问。

"就是后宫女侯夫人。"

炀帝当即跟着殿脚女走去，果然在靠近"醉忘归"与"夜酣香"两宝帐间的游廊里，发现一个后宫女吊死在栋梁上，她穿着一袭绮罗衣，绣着麒麟儿的锦袖，头戴白玉钗，脚登绿线鞋，以一根鹦鹉子的裙腰勒着自己的粉颈。

高昌从死者挂在胸前的锦囊里取出一纸香笺来，他跪着呈给炀帝观看。纸面上用朱笔拉拉歪歪地写着十二个字：

"宰我夫，奸我身，虽做鬼，犹不甘。"

炀帝不觉一怔，赶快抢过香笺，重复递给高昌看。

高昌是一个刁滑的家伙，当他看过了香笺，知道炀帝处境的窘，当即杜撰了一首诗，混淆过去。他唱道："初入承明日，深深报未央。长门七八载，无复见君王。秋寒入骨清，独卧愁空房，飒履步庭下，幽怀空感伤。"

最后，他还加了一句说明："侯夫人因不能进御而自缢。"

（原载一九四七年《巨型》）

（刊于柯灵编，上海书店出版社二〇〇二年出版的《迷楼》）

北京城的最后一章

1

　　袁世凯戴着冕旒，身穿山龙火藻服章，坐在大典筹备处以四十万定造的宝座上，兀自歇斯底里地猥笑起来。那是一串粗而且野的声音，仿佛顽皮的猫在深夜里撞碎了几只瓷瓶似的。半个时辰以前，他曾经因为唐继尧成立都督府的通电，发过一阵脾气，此刻，蓦地站了起来，疴弓着背，把右手往檀木椅上一按，然后让他的手指在嵌着钻石的五爪龙身上，有意无意地击出一番颇有节奏的音响来。杨度、梁士诒他们已被斥退，只有于夫人差来的两个嫔女，还是像往日一样，端了一碗"地榆根煎古玉"，一碗"豕腹炖金叶"，赛如两支宫烛般地跪在面前。第三次更梆已经响过，建极殿的宫灯，将它底黄澄澄的光芒射在袁世凯粗糙而又略带一点臃肿的脸上。乍看起来：好比戏班子里的优伶才抹了第一层的油彩。他的嘴紧抿着，两撇韦廉须，正因为他的心悸病的复发，开始微微抖动。这时候，一个公府的执役跟跄地赶来，说得一口流利的北京土话，报告念佛堂终于建醮的事。——关于这一点，袁世凯曾经几次三番的向于夫人表示过反对，认为召集喇嘛用佛法咒促唐继尧的死期是最愚蠢不过的。袁世凯于是愤恚地跨出殿来，他是那样地怨怼，那样地急遽，甚至把克定亲手端来的"牝鸡煨参汁"也泼翻在游廊里了。

2

袁世凯走路向来有点蹑手蹑脚，据一般人的意思：是因为年轻时多吃鳝鱼的缘故，其实倒是与那一次坠马有关。现在他的步子变得非常零乱，一如他的心绪。他不得不伫立下来以换取一个喘息的机会；他屹立着，让峻峭的蒙古风沙忽着平天冠的珠子。北京城的爆竹声已经跟踪着夜之更深而渐次稀洛。所谓洪宪元年的元旦在一连串不自然的人事上溜跑了，留下想登基而未能登基的"皇帝"，孤茕茕地，徜徉在内疚的回忆里。还在小站练兵的时候，袁世凯早已存下这份心思。以后的出卖光绪，串通小德张，使段祺瑞要挟隆裕，利用民党以恫吓孤儿寡妇，在在都表示着他的"雄图"。如今只因为西南方面的这一点点反响，竟尔使他的大典延期，使他赵趄在承运殿的门口，岂不是一件太意外的事情。为此他直觉地感到身上的那袭龙袍，难免不带一点挖苦的意思了。昼间，当他接见黎副总统的时候，他曾经有过那样可笑的窘态，使得张老头子为着他的总统礼服捧着肚皮笑将出去。

3

说起来真个反对帝制的倒也不多，前天不是连八大胡同的婊子们都由小阿凤领衔着劝进过了。除了四弟述之在琉璃厂刊印家书，发了一阵孩子气以外，其余的能有几个不为了钱在打算呢？那个湖南佬可不就向汤芗铭要了二十万。袁世凯自言自语地说："二十万，卖我三个字，代价不可谓不巨，假如个个如此，我就搜罗全国，也不敷他们的要求咧。话又得说回来了，虽然二十万，但他可把中华民国也都签押给我了。以二十万落一个子孙万世之业，也算不得贵；再说钱又何尝是我的私囊里拿出的，还不是他们老百姓的。"想到这里，他意识到中国老百姓的愚蠢，竟尔像聪明人让呆笨的上了他的当似的得意起来。他开始讥笑了，强烈地讥笑了。他还对那面在风沙里如同蝴蝶翼子一般飘忽着的洪宪旗帜愣了一会。（那是一面崭新的十之七八出自袁世凯心裁的旗帜；长方形的，由一个红十字，作四幅，左上角是黄色，下角蓝色；右上角黑色，下角白色，面长与面阔恰好成七与五的比例。）袁世凯继而从这面旗帜上联想到那个三岁皇帝："最没有头脑的要算湖南裘治平与四川宋育仁了，小溥仪这小子竟还叫他干，那么辛亥年我也不白操心思了。"他拈了拈韦廉须，又独语道："但又有什么人真心拥护帝制的呢？刘师培、杨度、严复这些伪君子固然不必说；即是撰作《君主与共和的利弊》的总统府顾问古德诺先生又何尝不是凑凑热闹的。既然帝制好，那么美利坚自开国以来为怎就没有一位真命天子；美国既然没有皇帝的种，我袁世凯又何尝有过呢？"说着，那位梳着流行的横爱司头的高丽姨太太花子给袁世凯送上海的《亚细亚报》来了，乘便还向他报告了几句关于教育总长汤化龙辞职离京以后的消息。袁世凯听了，便愤恚地吐了一口唾沫，还不经意地骂了三句"标掌的"。这位被唤作花子的女人，本是朝鲜花烟巷的婊子，乖灵而又善于阿谀，见是袁世凯恼怒了，立即借娘娘们邀伊斗扑克为口实，辞退而去。伊在临走的时候，还第一次跪在地上娇声嗔气地道过一声万岁爷。

4

已是子夜时分。全北京城的每一角落里随时还有九龙和月炮飞舞起来。内廷太和殿的（曾经由内务总长朱启钤主张漆了一层朱红的）玻璃瓦上，就不时反映出一片乍明乍暗的光芒，灿烂地熠耀在黝穹里。伟大的故宫，经过一番修饰之后，如像一个给客人们瞧得非常腼腆而始终紧抿着嘴唇的新嫁娘一般，又静穆，又端庄，又逗人喜爱。而在这静穆的，端庄的，逗人喜爱的故宫里，袁世凯的心是被愧疚在拷问着了。梁启超的《异

哉所谓国体问题者》所给予他的不安是最大的。但最后他又像
往日一样用天意来证明帝制的可靠了。他开始从冬至祭祖时盘
踞在神龛里的赤龙，想到新华宫（即前总统府）李淳风手书的
碑碣；从碑碣想到了那次炸弹案；从炸弹案竟又联想到了帝制。
他因此俯下身来，用两枚手指将真金织的龙袍一撩，欢欣地，
踩起近乎跳跃的步子。把灯的禁卫军随即将他引进了太和殿。

5

当禁卫军把格子窗摇上的时候，这万王登基的中国古殿，
立刻像一个贪睡的佣仆被他的主人从甜梦中推醒过来一般，惊
惶得不知所措。几盏辉煌炫目的宫灯把四围黄缎绣龙的殿帷，
映得如火如荼；连那些旧式的，用土纸糊裱的门窗，都已由办
事员长改用西式，镶嵌玻璃了。几条大柱上的雕龙未必一定如
传说所称睁开眼睛来了，但至少也是神气活现的。袁世凯怀着
一种侥幸的心理坐在那黄缎垫披的御座上，十分舒泰地，让一
堵龙屏点缀在背后。两尊金释迦佛陪衬在两旁，一只铜制的三
脚鼎彝则供在面前。大半的铺陈都已恢复了清代的原制，甚至
连品级山也已经从西龙门的石库里移回应用了。

6

第四次的更梆在后宫中突然敲破了沉寂。但敲破袁世凯的遐想的，却是那位草拟《共和政体不适用于今兹时代之命令》的阮忠枢。这是一个留着很多胡髭的，瘦小而受不起惊吓的读书人。当他进来的时候，他是那样的惶遽，甚至连说话都必须要羼杂着喘息。他的长长的，永远藏满着龌龊的指甲间，还抖巍巍地夹有几纸电报。据说刘显世在二十七日宣布独立后，任戴戡为第一军右翼总司令，已经由贵阳出发、取道遵义，突入四川了。起先，或多或少，袁世凯还有点慌张的样子；过后他忽然大声詈骂起来，詈骂阮须子不该放弃了睡觉来报告这些个小事。依他的意思，唐，任，蔡，李不过是几个边陲僻乡的愚蠢人物，是缺少了常识的。各省各市的劝进书以及一千九百九十三名国民代表的决议不能不算是一种民意的表示（？），再说曹锟的第三师，张敬尧的第七师都已分别从岳州和京汉路出发了。阮忠枢究竟是个读书人，究竟（如袁世凯所说），因为多读了些书本变得不懂世故了。后者也因此意识到自己的或者是可笑的举动，遂以更可笑的姿态退了出去。太和殿的正门经他一开，立即有一股清晨的空气侵袭进来，袁世凯以一个疲惫的身体而吸到这新鲜的空气，不由得纵起身子，跨着迂阔的步伐，走向三层四十一级的白石基上。他开始眺望着前面的承运门以及刚经修饰过的宏仪阁与体仁阁。

7

段娘娘（芝贵换取右翼军提调的礼物）带着两个嫔女婀婀娜娜地走来了，以一半阿谀一半畏葸的口吻催促袁世凯去就寝。袁世凯正在把玩那些铜龙铜鹤，仅仅对她略带几分憎意地瞪了一眼。女人们对于袁世凯向来是不敢多嘴的，尤其透露不得违背的意思，每天晚上，当伊们从禁卫军手里接过写着自己芳名的竹筹的时候，即使有了感冒的，也必须要涂脂抹粉，穿着最浓艳的，或者是袁世凯最欢喜的服饰去上房侍寝。袁世凯对于妻妾们以及佣仆们的毒辣的手段是著名的。五妾红红的惨死，使每一个公府里的底下人不敢随时或者忘记一刻的。段娘娘见袁世凯既然不理自己，也就道了声万岁爷走了。而袁世凯也的确已经感到疲倦，不禁提手背来掩盖自己的嘴巴，打了一个呵欠，还伸了一个懒腰。

8

在一道通达寝殿的廊庑里，因为脚疾的关系，袁世凯曾经有过一回休息的时间，在一盏劈劈扑扑喷溅着灯芯的宫灯下，他看见了梁士诒送的一幅红底黑字的贺表：堂堂古国开基大秦天竺之先，浩浩皇恩致承夏禹周文之上。

对于这位富裕的，用皮裘里着墙壁以抵御北京的寒流的绅士的贺表，袁世凯感到的，似乎不是安慰，倒是它的过分阿谀的措辞所引起的难堪。人们很少知道袁世凯为着帝制也曾经责备过自己的。在这种场合里，他就会暂时忘记了他的（坐着北京第一辆西洋玻璃车的）儿子，而开始埋怨着，腼腆着；继而像一个江湖大盗在临刑前夕的反省着。他因此想起了昨夜的梦：在那个蹊跷的梦里，慈禧与隆裕用最严峻的话语叱骂了他，说他不该用奸诈的手段来夺取孤儿寡妇的天下。袁世凯不服，硬说这是民意，结果仅仅为了这么简单的一句，却遭受了最大的侮辱——鞭挞。接着他醒来了，疲乏得如像一只落下水塘的狗。他的手，以一个偶然的机会，接触到一叠从丰泽园临时军务处送来的电报。杨度，克定，阮须子，梁士诒以及几个禁卫军已经高低不齐地站在床边沿，每一只紧绷着的脸膛上，都画满了辛劳的皱纹。"难道我又病了吗？"袁世凯问着自己。然后捡起电报来一纸复一纸地浏览着：

"滇军取道昭通偷窥叙州。"

"泸州告急。"

"张子贞刘祖武通电拒绝所任云南军务及巡按使。"

"四川师长刘存厚通电拥护起义。"

袁世凯不曾将这一叠不顺利的消息读完，就猛地纵了起来，让他的底下受到一次意外的惊吓。他随手将那一堆电报往背后一丢，它们便像秋日的落叶一般散了一地。可是大内总指挥处的办事员还是络绎不绝地把消息递进来，那纸关于广西将军陆荣庭响应起义的电讯，曾经使袁世凯愤怒到把饭碗都摔在地上的地步。

9

　　良知上的谴责所给予袁世凯的刺激有更甚于西南方面的"叛变"。他开始变得那样沉默，那样颓唐，几乎令人难于置信这位连正视现实的胆量都没有的人，就是操纵着四万五千万中国老百姓的命运的袁世凯。一日来，他不曾说过一句使人高兴的话语，也不曾透露过半丝笑意（除了那几声因愤怒而发出的笑以外）。纵然热闹的戏剧还是一出出地在他面前搬演：洪宪总预算的被提到参政院去公布；教育部提出修改书籍俾与国体相宜案；交通部提出印行开国纪念邮票案……但是袁世凯因此兴奋了没有？没有。相反地，他为这些带点滑稽性的进展忧虑着，忧虑帝制的不真实；忧虑自己将成六君子的傀儡。尤其是在丁字街的炸弹案发生之后，袁世凯便知道自己总有被中国老百姓打倒的一天。他深信只有伟大的孙逸仙先生才是真正的国民领袖，而唯有劳苦的孙逸仙先生才能获得人民的拥戴。如今孙先生虽然国外去了，但是中国的人民大众却还是忘不了他们以往所受到的痛苦。北京城里有的是民党的斗士，随时都能够使他重演到英使馆去避难的喜剧，而再度遭受到英国公使朱尔典的揶揄。袁世凯终于喟叹了。

10

回到寝殿的时候，袁世凯便像一座倾圮的房屋一般塌倒在床上。他本能地阖着眼睛让卍纹窗的修长的影子压了他一身。

11

两支锡烛台上，燃着金字底的祝福烛，强烈的膻味就发散在四周。整个寝殿的陈设，全部反映在袁世凯的价值六十万元的御宝上。这五颗金色御宝挂在他的胸前已经整整有一天了，灰尘和指纹是有的。但屋角的长几以及架在长几上的盆景，还能相当清晰地印在宝面上。一幅明太祖的画像，被取了出来挂在面对床头的那方枣红色的宫墙上。这位古中国皇帝的脸相为祝福烛的光芒映得有点灰尘了。卍纹窗底下，安置着一只半中半西的写字台，一大沓拆阅过的信札或公文，杂乱地铺在上面。檀木椅为黄缎包裹着，两只龙垫非常适合地放在凳上。空气沉寂得和牢狱门口一般，只有那几块用透明的外国纱制的窗帘巾在微风中飘起落下……

12

仅仅做了半个噩梦，就被梦中可畏葸的遭遇所惊醒。他觉得异常疲惫，他的眼皮，重甸甸地不容易张开来。最初，出现在他面前的是漆黑一团；继而又像一盏旧式的煤气灯似的，渐次明亮了。那是一个五官十分端正的军官，戎装打扮，威武地坐在他的檀木椅上。他不禁诧异起来，因诧异而感到畏惮。

他问："谁？"

"我。"那人用沉重的语调答称。

"你是谁？"

"第六镇统制。"

袁世凯思索了一回，开始向他仔细打量一下。然后略带一点惊愕的语气，独白道："吴禄贞。"

"但他已经死去了。"袁世凯蓦然歇斯底里地吼起来。他显然已经记起那一件不名誉的事情：他曾经指使过马龙标，在正太车站石家庄行营将吴禄贞暗杀了的。

所以他又说："你为什么要勾结山西军？"

"要挹你在武昌的兽行。"

袁世凯不愿意同他争辩已经过去了的事情，他说："反正你是已经死了。"

"死！"那人忽然站了起来，说道："不过是我的肉体。"

"肉体？"

"我的灵魂却没有死。"

"恕我不懂。"

"告诉你，"那人用手指点点袁世凯的鼻尖："我是一个死了肉体的人，而你却是一个死了灵魂的人。"

"胡说！"

"可不是吗？你做了一个中国人，却并不爱中国。"

袁世凯大声反抗道："我帮助过中国老百姓从逊清手里夺回他们的祖国的。"

"但是，"那人说，"你又想从中国老百姓手里夺取他们的祖国了。"

"你是指这一次更变国体的事？"

"还有比这更罪恶的吗？"

"那是，"袁世凯说，"人民的意志。"

"那不是人民的意志。"

"你有证据？"

"中国老百姓将起来反抗你的，可耻的行为。"

"但是他们没有武力。"袁世凯说。

那人说："他们有的是四万万五千万颗爱国的心。"

"心？"

袁世凯竟尔大声地痴笑起来，仿佛有几撮苦痛的火焰在他的内心黑灼着似的。两个禁卫军惶遽地进来了，袁世凯就暴躁地问："杨度在哪里？他们都到哪里去了？"

13

半小时以后，杨度、梁士诒、阮忠枢、段芝贵一批人都陆续地到上房来请安了。

袁世凯用着喑哑的声调问："唐继尧究竟有多少兵力？"

杨度随即陪着始终是那样阿谀的笑脸唠唠叨叨地报告道："滇军原有军队两师一旅，另有警备队四十营，滇人当兵而退伍者不少四五万人。所谓军政府成立后，便开始增招士兵，今已合成七个师，分为两军，蔡锷为第一军军长，李烈钧为第二军军长。"

"不过如此而已？"袁世凯问。

"不过如此而已。"

"那么，"他说，"即刻饬第八师师长李长泰由京出发，并令川省当局扼守叙州，湘军进军贵阳。"

"是。"

"回来！"袁世凯又吩咐道："此外令桂赣皖鄂苏浙等省，准备军实，候令出发。"

"是。"杨度正转身预备到临时军务处去传令，冷不防与匆匆赶来的袁克定对面撞了一下。

"克定，你来干甚。"袁世凯问。

"报告大人，刚接到前方电讯：蔡锷军经黔出击，威宁毕节吾军败退，现在抢守泸州中。"

"什么？"袁世凯情急，一把抓住了克定的手肘。

克定涨红着脸说："威宁毕节方面吾军被蔡锷击败了。"

14

袁世凯颓废地垂下头来，单单举起他的抽搐的手微微一挥，意思要杨度他们离开寝殿。再一次，他又倒在床上。

冬日的太阳起身比较迟，祝福烛已经燃完，只有一缕青烟，还袅袅地游在空中。破晓了，上房反而比刚才更黝黯了，如像受了过度刺激的袁世凯反而容易入梦的情形一样。他又阖上眼睛，但立刻又被一串嘹亮的笑声所惊醒。

"又是你？"袁世凯有气无力地说。

"是不是，中国老百姓终于站起来反抗你了。"

"你就不能放松我一下吗？"

"但你未尝放松过中国老百姓。"

"老百姓？"袁世凯嗤笑了一下："不过是一大群愚蠢的动物罢了。"

那人说："愚蠢的倒是你袁世凯。"

"可是袁世凯将是中国的主人。"

"中国，"那人说，"是中国人民的中国。"

袁世凯怒吼了，他抓住一只茶杯向那人身上掷去。两个禁卫军立刻携着枪械，雄赳赳地夺门而入，结果，给袁世凯一连骂了好几句蠢货，才恢复了他们十分有样式的立正姿势。

15

金色的太阳不知从什么时候起已经高高地挂在青穹里。疲惫的袁世凯像一个刚从牢狱里释放出来的囚犯一般，对着强烈的光芒，无法睁开他的眼睛来正视这个世界。

（原载一九四七年《生活》六月刊）

（刊于柯灵编上海书店出版社二○○二年出版的《迷楼》）

土桥头

——乌九与虾姑的故事

.

　　土桥头有个三轮车夫，名叫"乌九"。

　　乌九并不姓乌，更非排行第九。七八年前，他背一只包袱，从唐山来到新加坡。别人问他："你叫什么名字？"他微蹙眉尖："我没有名字。"别人再问他："你姓什么？"他也摇摇头，支支吾吾地说了一大堆，完全答非所问。别人诧异了："怎么连个姓都没有？你老爸姓什么？"他搔搔头皮："老早死了。"别人又问："那么你的老母呢？"他感喟地叹一口气："也死了。"于是别人无可奈何地对他上下端详，见他肤色黧黑，便顺口按个花名，叫作"亚乌"。新加坡的华侨以闽籍居多，通常称"黑"为"乌"，把不掺牛奶的咖啡称作"嗏呸乌"，把黑啤酒称作"乌啤"，所以把肤色黧黑的朋友也常常称作"乌什么，乌什么"的。后来车馆的头家娘[1]鉴于"亚乌"的名字太普遍，动了一阵子脑筋，将他改称"乌狗"，以资区别。又过了些日子，乌九觉得"狗"字太俗，且不易书写，更因为新加坡实施紧急法令，在领取身份证时，索性把"狗"字改作"九"，既雅致，又易写，好在用福建音念起来，"九""狗"同音，张嘴唤叫，并无分别。

乌九今年二十来岁，体格强健，一直干踏车营生，长年住在"车馆"的宿舍里，单身单口，赚一占吃一占，日子过得颇合板眼，虽然有点含糊，倒也平平稳稳。

车馆位于"梧槽运河"北边，离开土桥头仅数十步之遥，是一幢败颓的三层旧楼，楼梯皆无扶手栏杆，上上落落，都以粗麻绳代替。三楼出租给有家眷的"估俚们"[2]，一排八九间，说得好听些有点像"穷人公寓"，其实人口稠密，零乱肮脏，由于地方狭小，大家不得不在骑楼煮饭，因此整天弥漫着氤氲的烟霭，变成了三姑六婆的"吵嘴厅"。二楼则是车夫宿舍，住的全是单身寡佬，每一间房都摆满木板铺位，两张条凳，铺上一块木板，四尺宽，六尺长，车夫们管它叫作"贵里铺"。一个铺位睡两个人，租费低廉，每人月收叻币三元。凡长期居住的车夫们，总在铺板底下放一只"广恒烟丝箱"，配一把铜锁，把衣服杂物等全部放在里面，当作皮箱用。

乌九也有烟丝箱，那是今年年初"鸦片仙"让给他的。"鸦

---

1 头家娘即老板娘。——原注（本篇注释皆为作者原注。）
2 华侨称苦力为"估俚"。

片仙”与他同铺，患咳呛病，瘦得只剩皮包骨，过年时，突然吐了几口血，踏不动车子，只好将烟丝箱出让，赎些草药来吃。为了这只烟丝箱，大家都说乌九发达了。有人还亲眼看见乌九用手指蘸了唾沫在点算钞票，于是消息开始在铺里兜圈子，一传十，十传百，像窝风，挡也挡不住。头家娘几次三番叫他放款，他不放。同伴们几次三番邀他赌“福建四色牌”，他不赌。“鸦片仙”几次三番向他借钱赎药，他不借。他的回答永远是一句：“我哪里会有钱？”

有一天，乌九踏车回馆，交了班，提着毛巾短裤去冲凉。“鸦片仙”又病倒了，躺在贵里铺上，大咳大呛。要吃药，没有钱。向乌九借，乌九说：“印度人有的是‘则知镭’[1]。”“鸦片仙”噙着眼泪哀求：“印度人的钱，借不得。你借些给我罢？”乌九爱理不理地又是这么一句：“我哪里会有钱？”“鸦片仙”一气，翻身下床。乌九问他：“到什么地方去？”他答：“踏车！”乌九劝他不要去，他说：“不挣些钱回来，病怎么会好？”说罢，一蹶一颠地走向房门，边走边咳，吐了一口血痰在地板上，也只是用拖鞋抹了两下。

乌九皱皱眉，心像上了锁，很纳闷。于是从系在屋角的晾绳上取下汗背心，往身上一套，大踏步走下楼去。头家娘问他：“嗨！去哪里？是不是到熟食档去吃饭？”他答：“河边听讲古。”

1 向印度人借高利货，以十元为例，每周归还二元，六周还清，利息特高。

头家娘搔头弄姿地叫起来："等一等，我也去。"但是乌九没有等。

头家娘名叫"扁啊"，今天打扮得特别花枝招展，穿一袭娘惹装：上身是薄纱的甲峇耶，下身是五彩的纱笼，远远望过去，很像潮州班的当家花旦；然而一走近，那满脸的麻点，再加上四十出头的年纪，就什么兴致都提不起来了。

车馆里的男女老少，个个都怕扁啊，只有乌九不怕。扁啊脾气坏，处事单凭直觉，忽喜，忽怒，大概是因为丈夫死得太早。唯其丈夫早死，所以情感无处安放，想找个男人，却又怕人家讲闲话。没有办法，只好不走正路。

现在正是不走正路的时候，沿着运河，亦步亦趋，眼见乌九往讲古摊的肥皂箱上一坐，自己也就不声不响地坐在他旁边。天色已暗，讲古佬划燃火柴，先将美孚油灯点上，然后摊开一本绣像《精忠岳传》，像煞有介事地饮口茶水，扫清喉咙，第一句便是"岳飞枪挑小梁王"。

乌九平时无娱乐，听讲古，仅花五占钱，虽不如电影或大戏，倒也悠闲自在。扁啊则不同，跑惯了游艺场，看惯潮州班，对这单调的讲古，当然不感兴趣。

"到快乐世界去看香港歌舞团？"她问。

回答是："门票太贵。"

"有脱衣舞，很肉感？"她问。

回答是："不想看。"

"那么，你要到什么地方去？"她再问。

回答是：“什么地方都不要去。”

扁啊很气，嘴唇直哆嗦，开了口，却说不出话。乌九脸上装得蛮镇定，只管凝神谛听，不加理睬。这时候，后街赖亚猪的儿子吉宁奔来了，气咻咻地对乌九说：“快来！快来！姐姐要被爸爸打死了！”乌九忙不迭地站起身，拉着吉宁便跑。扁啊气得直冒火，狠狠唾了一口唾沫。

赖亚猪住在“刣猪廊”[1]的“鸽笼”里，一家三口，女儿今年十六岁，叫“虾姑”，在街边楼梯口摆香烟摊；儿子今年十岁，叫“吉宁”，还没有上学去读书。亚猪曾在“新福兴车馆”租车营生，因酗酒嗜赌，且体质孱弱，终于变成所谓“无业游民”。乌九没有亲朋，平日较有来往的也只有赖家；过年过节，乌九必有礼到。赖家有事，勿论大小，亦照例参加意见。以目前这件事来说：亚猪在赌馆里输了一场牌九，付不出房租；还不清大嘴林的债，无可奈何，便把闷气出在儿女头上。

“你自己输了钱，”乌九据理力争，“怪不得虾姑嘛。”

虾姑两只大眼睛，对着乌九直发愣，刚合上眼皮，两颗眼泪便从眼角滚了下来。

亚猪说：“房租付不出，大嘴林又叫狗屎来追债，家里一粒米都没有，但是她不肯到牛车水[2]去做‘五块六’[3]。”

1　地名，位于新加坡惹兰勿刹附近。

2　地名，为新加坡的唐人区。

3　暗语，意指牛车水区的下等妓女。

"你真是越老越糊涂了，怎么可以叫自己的女儿去当'五块六'呢？"

乌九的话，一个字像一枚钉，扔在亚猪的心坎里，又刺又痛。亚猪看见虾姑在哭，他也哭了。吉宁看见爸爸在哭，他也哭了。乌九看见赖家全在哭，他也流了眼泪。整个小板房充满阴惨惨的空气。

沉默大半天，还是乌九提出主意。"不必去当'五块六'，"他说，"虾姑学过蝴蝶琴，晚上可以到'南天巴刹'[1]去卖白榄[2]。"

"主意不错，可是没有钱买蝴蝶琴。"亚猪说。

这一次，乌九竟例外地没有说出："我哪里会有钱？"他似乎还有情感。

第二天早晨，他踏着三轮车，经过香烟摊时，随手取一支"虎头牌"，点上火，深深吸一口，便掏出一卷"老虎纸"[3]，塞在虾姑手里。虾姑不敢接，他也张口结舌地说不上什么来，最后还是说一声"干你老母"[4]，跳上三轮车，飞一般向大坡踏去。虾姑拿着钞票发呆，想不通乌九为什么要骂人。

其实乌九是个粗人，肚里没有墨水，字汇少，像"干你老母"这种骂人的口头禅，对乌九而言，不仅用处大，抑且含义

1　巴刹即小菜场，但其中有熟食档及茶座。

2　卖唱女当众奏琴，表面上卖白榄，实际则为变相的乞钱。

3　即叻币。

4　闽侨骂人的口头禅，颇似"他妈的"。

广。譬如说：乌九曾经在水仙门揽到一个美国兵，兜个小圈子，竟拿到了五块钱，他就用"干你老母"来表示喜悦。譬如说：乌九曾经在"莱佛士坊"，因为走错路线，给"马打"[1]抄了车牌，他就用"干你老母"来表示愤慨。譬如说：乌九曾经被"扁啊"称作最茁壮的男人，他怕羞了，就用"干你老母"来表示得意。譬如说：乌九曾经在工展的时候，因为人挤，无意中碰到一个马来姑娘的高胸脯，他就用"干你老母"来表示占了便宜……诸如此类，例子极多。虾姑究竟还天真，对于乌九的心思，全不明白。

乌九将历年的积蓄交给赖家后，心里很舒服，晚上常常在梦中见到虾姑微笑。

但是在现实环境里，虾姑难得有笑容。首先，他们发现赖亚猪并没有拿钱去买蝴蝶琴。追究根源，才知道亚猪在赌馆里输了一副牌。就在那天晚上，乌九在街上踏车，见到亚猪躺在雨中，以为他喝了几杯酒，结果是病倒了。虾姑见状，鼻一酸，眼泪滚出眼眶。乌九劝她不要哭，她还说是："砂粒掉在眼睛里。"

乌九很后悔，并不后悔自己将积蓄送给赖家，而是后悔自己将积蓄送给赖家，仍无法购买蝴蝶琴。看看躺在床上呻吟的亚猪，又恼又恨，又觉得他可怜。心忖："应该找个唐医把把脉。"正这样想时，有人敲门，是狗屎。亚猪问他："有什么事吗？"

1　马来话，即警察。

狗屎咧着嘴，说是大嘴林的吩咐，不敢不来。亚猪大怒，说话失去分寸，于是你一句，我一句，越说越难听：

亚猪说："你不要狗仗人势，见山就拜，见蚁就踩。"

狗屎说："大嘴林轻易不动肝火，只要虾姑肯……"

亚猪说："狗屎，你不要胡说八道！"

狗屎说："亚猪，大家打开天窗说亮话，别卷着舌头绕圈，你欠大嘴林这条数，期限早过，有字据在他手里，要不是看在虾姑分上，你早就押进，打限房[1]吃乌头饭[2]了！"

亚猪说："这条数与虾姑有什么相干？"

狗屎说："债是你背的，与虾姑当然没有相干。不过，你眼前也吃不到头路[3]，手上又紧，欠大嘴的钱，赖是赖不掉的。你尽管去小坡大坡[4]打听一下，谁不认识大嘴林，有钱，有势，要是惹他动了肝火，万一抓破脸，大家都没有好处。"

亚猪说："放屁！你给我滚！"

狗屎说："小心！大嘴林的拳头可认不得人！"

亚猪大咳，连连吐出几口鲜血。虾姑着了慌，要到"吉祥药局"去请唐医。亚猪不让，因为没有钱。乌九站在旁边，灵机一动，到厨房去拿了点香灰来，据说这是"秘方"。然而"秘方"并不灵，

1　监狱。

2　囚犯吃的饭。

3　"吃不到头路"即找不到工作。

4　新加坡闹市分两区，一区叫小坡，一区叫大坡。

鲜血总是不止。两个孩子在墙角哭哭啼啼，相互拥抱，不敢看。

"别哭，"乌九对虾姑说，"你去请大夫，我回车馆去想办法。"

说走就走，乌九冒着大风大雨，从"刿猪廊"回到"土桥头"。车馆死般沉寂，扁啊正在独酌，看见乌九，笑得十分跋扈，意思是：聪明的女人不应该主动，其情形，等于捕鼠笼不应该主动地追捕老鼠。

"走进来！"她说，"陪我喝杯酒！"

乌九期期艾艾的："亚猪吐血了。"

"喝下这一杯！"

乌九举杯一口饮尽："亚猪没有钱请大夫。"

"再喝一杯！"

乌九举杯一口饮尽："想问头家娘借三十扣[1]。"

"忙什么，再喝一杯！"

乌九举杯一口饮尽："再不请大夫，恐怕……"

"这是最后一杯！"

他再一口饮尽："嘻！这房子怎么会打转的？"

"你不能再喝了。"

乌九举起空杯："再斟一杯给我？"

"你不能再喝了。"

乌九举起空杯，红淤的眼睛瞪得很大："再斟我一杯？"

---

1 币制单位之俗话，一扣即一元。

扁啊霍地站起，屁股一摇一摆，走进卧室。

乌九将空杯掷在地上，狂叫：“有酒吗？”

扁啊蓦地掀开门帘，身围纱笼，胸脯露出一截肉，又白又嫩。

“进来哟！”

乌九站起身来，摇摇晃晃地走入卧房，眼前景物，忽清忽懵。门帘落下后，电灯扭熄。屋外风雨狂作，一扇板门，在风中碰上又吹开，吹开又碰上。卧房里有女人笑声格格。

院中有棵芙蓉树，雨打树叶，窸窣作响。风飚过，一瓣叶落，往下飘，往下飘，飘在水沟里，随水流去，流到大门口，流到虾姑脚下。原来虾姑在家里等乌九拿钱请医，等得不耐烦，赶来察看，在不经意中发现秘密，心似刀割。

虾姑决定糟蹋自己，天一麻粉亮，便走到广东茶楼去找狗屎。狗屎手提鸟笼，口叼卷烟，含糊的开始使他何等不安。

“有什么事我可以……”

虾姑不待狗屎将“可以”下面的话说出来，心一横，咬牙切齿地说：“我答应大嘴林！”

狗屎对这突如其来的发展，缺乏心理上的准备，愣了一阵子，蓦地嘿嘿狂笑，听起来颇具抑扬顿挫。

半小时过后，狗屎将虾姑往大嘴林房内一推，锁上房门，兀自站在门外逗着笼中小鸟。起先，门内传出大嘴林的笑声：“走过来！让我亲亲你！”接着是椅子倒在地上。继而，门内又传出大嘴林的笑声：“怎么？这样大的姑娘，还怕羞？”接着是花瓶摔在地上。最后，门内无声，狗屎手里的小鸟，在笼中受惊乱跳。

当虾姑走出房门时，已经不再是个小姑娘，心里有点乱，却丝毫没有悔意。她用手指掠掠蓬松的头发，急于要到吉祥药局去，才发觉行路不大方便。

回到家里，房内挤着不少邻居，围了个大半圈，正在叽叽喳喳。吉宁哭得很哀恸。亚猪躺在地板上，两眼眨直，胸口插一柄"巴冷刀"[1]，白衬衫上沾满鲜血，早已断了气。

邻居们发现虾姑不流眼泪，颇感蹊跷。其实，人在绝望时，倒需要冷静地想想。包租婆忽然由强盗变成菩萨，帮着理这弄那，在枕头底下摸出一封信，交给虾姑。信封写着"留交虾姑"，内文是这样的：

"虾儿知悉：我的病不会好了，家里饭都没有吃，哪还有钱治病。所以与其活着大家等死，不如让我早点死去，也好减轻你的负担。我的死，可以换得你们的生。你们要好好活下去，好好做人。我知道我不是一个好爸爸，唯有拿死来求得你的原谅。你已长大成人，我的一番苦心，谅你也会明白。千万不要伤心，要小心照顾吉宁，没有事，不可让他单独过马路。

又及：吉宁的裤子破了，有空时，可将我的旧裤改做一两条，给他穿。"

---

1 马来人常用的刀子。

虾姑从眼泪中读完这封信,主意尽失,手里握着一沓钞票,听任邻居安排。有人提议将尸首送到"死人街",包租婆就下楼去打电话。

中午时分,虾姑带着吉宁回家,弄了些东西吃,又翻箱倒箧地收拾细软。

"姐姐,"吉宁睁大眼睛,"我们到哪里去?"

虾姑答:"姐姐带你到有钱人家去住,有吃有穿,全不用我们发愁。"

"姐姐,我不要去。"

"那么,你要什么?"

"我要爸爸。"

虾姑刚开口,有人敲门,是乌九。乌九缩头缩脑,显有内疚,问:"你爸爸呢?"

虾姑不出声。

"是不是送进医院去了?"

虾姑不出声。

乌九掏出三张"老虎纸":"这是我向头家娘借来的。"

虾姑愤然从口袋里掏出一沓钞票,掷在地上:"这是我们欠你的钱,还给你!"

乌九莫名其妙:"你怎么啦?"

狗屎恰巧踏进门来,将鸟笼往桌上一放接口说:"没有怎么。告诉你,虾姑已经是林家的人了。"

"大嘴林？"

"出去！出去！你知道这是什么地方，也由得你乱闯乱闹！"

乌九转过脸去问虾姑。

虾姑眼皮一合，眼泪像断了线的珍珠。

狗屎拍拍乌九肩膀："嗨，你在这里捣什么蛋？快出去！我们还要忙着搬家。"

乌九问虾姑："他说的可是真话？"

虾姑转过头去，不想开口。乌九一气，愤然走出，跳上三轮车，毫无目的地随处乱踏。

从此乌九变了，变得十分孤僻，常常兀自躺在贵里铺上，瞪大眼睛看天花板。

头家娘依旧风骚，但不大请他饮酒，说他中了坏女人的"贡头"[1]，已经失去那股生龙活虎的蛮劲。

乌九自己倒并不认真，虽然不再走到河边去听讲古，却学会了逛游艺场，学会了看电影，学会了到牛车水去嫖妓女。他有一句得意话："女人有什么稀奇，脏的一块二，净的五块六，老子有镭[2]，她就脱裤。"

有人劝他："番邦镭，唐山福，不要把辛苦赚来的血汗钱乱花，将来也好回国光耀祖先。"他就嗤之以鼻："钱，钱是身外物；生不带来，死不带去。"这些话出诸乌九之口，极不相称。因此

1　盛行于南洋的一种邪术传说。

2　镭即钱。

车馆中人，勿论男女老幼，都在背后指手比脚，说他中了"贡头"。

而最荒唐的指摘，莫过于张乃犬的假定，说是"鸦片仙"的暴卒，与乌九合铺有关。

为了这不负责任的指谪，加上他性情的突变，乌九失去了所有的友情。

他整天付了车租在街头乱踏，甚至没有乘客的时候也如此。头家娘问他："是不是想寻死？"他也支支吾吾地说不出什么名堂。其实，他嘴里不说，心里却自有打算；他希望有一天能够在街上撞见虾姑。

这希望并未落空。一个有雨的晚上，在奥迪安戏院门口，他看见大嘴林挽着虾姑走过来。虾姑打扮得很摩登，牛仔裤，夏威夷恤，还剪了个马尾头。

乌九惊愕于这个发现，心一跳，浑身哆嗦，像触雷。然后忙不迭走下车座，奔上前去，脱口叫声：

"虾姑！"

大嘴林回过头来，两眼一瞪，露出一排金牙，脸色刷的发紫，举起拳头就打人。乌九脚底没站稳，眼前一阵昏黑，倒在地上，不省人事。

这是乌九最后一次见到虾姑，但并不是最后一次遭人殴打。约莫一个星期过后，乌九从惹兰勿刹回来，夜已深，路上行人稀少，横街突然窜出一大帮"打手"，将乌九团团围住，几根铁棍打断了一条腿。

送进医院，医生说："骨已断，非动手术将腿锯去不可。"乌九认为大腿是他的谋生"工具"，锯不得。但是医生说："不锯可以致命。"而且，"腿锯掉了，还可以依靠两只手去求生。"

然而乌九出院后，少了一条腿，却无法依靠两只手去求生。车馆里的估俚们，个个同情他，但没有一个可以帮助他。扁啊已有新欢，咬定牙关，非要乌九迁出不可，理由是：车馆宿舍不是疗养院，不踏车的估俚，不便留宿。

有人劝乌九去读书，说是：识了字可以赚大钱。

乌九不同意。乌九曾经听讲古佬讲过这样的事："从前有一个姓郑的大侨领，目不识丁，结果发了大财，变成千万富翁。大侨领有钱有势后，常常觉得自己不识字，是一件很不体面的事。为了这个缘故，他就将自己的大少爷送到英国去留学，以为儿子读了书，定可光耀门楣。儿子极聪明，在外国下了五年苦功，果然得了什么衔头回来。大侨领高兴得几天合不拢嘴，还摆下几十桌酒席广宴亲朋。有一天，儿子要做生意，向父亲拿点钱。父亲当即开了一张支票，儿子对支票端详一番后，说：'爸爸，你把自己的姓都写错了，这个郑字，耳朵在右边，并不在左边，如果是陈字，就在左边了。'父亲一听儿子的话，非常得意，认为儿子究竟是识字明理的人，一眼便能看出错字。于是又重新开了一张，沾沾自喜地将郑字的耳朵改在右边。到了下午，儿子又来了。大侨领问他：'是不是钱不够？'儿子说：'不是不够，而是银行说爸爸的签名不对，不肯付钱。'大侨领听了此话，不觉大怒，一边拍桌，一边咆哮；'干你老母！读书有什么用，读了书写的字就拿不到钱！反不如我这不识字的老粗，几个字就值几百万！'儿子哑口无言。"

"所以，"乌九加上一句，"读书是没有用的。"

所以乌九变成了乞丐，日日夜夜蹲在土桥头，求取过路人的一点施舍。他的感受渐次麻痹，偶然也会想起虾姑，但已经不若从前那么紧张了。日子一久，竟连虾姑的模样也记不大清楚，直到第二年的中秋节，有人忽然发现运河里浮起一具尸首，连忙跑上土桥头一看，原来是虾姑。乌九有点心酸，暗忖：不知道是被人谋杀的，还是自杀的？

（刊于一九五八年四月出版的《中外画报》第二十二期）

酒徒

姚亚喜同太太吵了一架,悻悻然走出家门,在大马路漫无目的地闲荡。走到勿拉斯峇沙律,看见许多人挤上巴士,才知道武吉智马有赛马。心忖:"反正闲着无聊,不如到马场去找刺激,也好将刚才所受的怨气暂时忘记。"于是掏出荷包,先取出马牌,然后点数一下钞票,还有六七十块,虽然不多,只要存心消磨时间,也可以对付一个下午了。

跳上巴士,将马牌挂在胸前,买了车票,车子就颠簸着从市区驶往郊外。

半小时过后,车抵武吉智马。亚喜向报贩买了一张《南洋商报》,边走边查阅老桂的预测。

走入马场,时已四点多,第三场已赛过,第四场尚未开始。

亚喜走到售票柜,排在长龙尾端,准备按照老桂的预测去买票。老桂预测梁杰生骑的"嘉华年会"在此场可获优胜,然而"嘉华年会"是冷门,根据核数机的水银柱,一张五元的独赢票可派百元左右。

亚喜平时专赌热门马，只因今天心情恶劣，故很想一敲冷门，于是掏出两张拾元钞票，买了四张独赢。然后悠闲地走到酒吧去，付三块钱，挑了个靠窗的座位，向仆欧要了啤酒与蛋糕。

就在这时候，他遇见了旧日同窗欧阳民。

欧阳问他："为什么气色这样难看？"他感喟地叹口气："同太太吵了一架。"

"为什么？"欧阳张大了眼睛。"因为，"亚喜眉头一皱说，"她要我戒酒！"

"这也不是什么了不起的事情，何至于要吵架？""唉，我们不谈也罢。"

外边看台上忽然传来一阵喧哗声，原来马匹已起步，播音机里有报告员在报告比赛的情形。

"嘉华年会"一路都在后面，谁也不会觉得它有什么希望，可是一转入直线，梁杰生开始频频加鞭，"嘉华年会"如飞追上，抵达终点时，居然压倒群雄。

亚喜他为之心花俱放，兴高采烈地拉着欧阳出去看彩金派额，结果独赢票每张分九十五元，亚喜买了四张，共得三百八十元。领到彩金，亚喜坚邀欧阳再去喝酒。欧阳不想喝，但经不起他一再怂恿，也就去了。亚喜兴致高，一口气喝了半支勿兰池。

走出酒吧时，他已经有了三分醉意。欧阳劝他不如回家去休息，他说："还想赌一场，试试运气。"

欧阳陪他走到售票柜，他打开手里的《商报》一看，老桂预测此场"诚虔者"的赢面颇大。

他将刚才赢来钱，全部购买"诚虔者"的独赢，一共七十张。

欧阳以为亚喜喝醉了。他说没有醉。

马赛开始，"诚虔者"健步如飞，转入直线，一马当先，轻易夺获冠军。派彩每张是六十五元。亚喜赢了四千五百余元，领得彩金后，一定要请欧阳回市区去庆祝。

两人走出马场，雇了一辆的士，直驶乌节律。

进入一家酒吧，欧阳怕他饮醉了后回不了家，所以怎样也不让他多饮，但是他不肯。

欧阳说："你今天刚刚为了饮酒的事和嫂夫人吵架，如果再喝醉了，回到家里，嫂夫人必不罢休。""我才不怕她！"

"家和万事旺，你今大赢了这么多钱，也该让她高兴高兴。"

"嗳，别说扫兴话了，我们先来两杯威士忌吧！'

女招待端了两杯威士忌来，坐在亚喜身旁同他打情骂俏。

亚喜一边饮酒，一边调情，咧着嘴只管发笑，将家里的事完全置之脑后。

吃晚饭的时候，亚喜好像对那个女招待着了迷似的，怎样也不肯离开酒吧。没有办法，欧阳只好陪亚喜在酒吧进餐。饭后，亚喜又喝了不少。

夜深时，亚喜已经酩酊大醉。欧阳扶他出酒吧，想送他回家，又怕姚太太看见了他的醉态，火上加油，可能使事情更糟。因此挥手招停一辆的士，送他到一家上等旅店去开了一个房间，等他沉沉入睡后，自己回家。

一年过后，姚亚喜在"快乐世界"游艺场遇到欧阳民。

亚喜的气色较前越发难看了，"一年不见，"欧阳问，"你可好？"

亚喜叹口气，说："我的太太已经同我离婚了！""这是怎么一回事呀？"

"她责我整天只知道酗酒,不务正业,把个家弄得一塌糊涂。"

"其实，这也怪不得她，一个女人总不肯与安全赌博的。嫁了个不务正业而成天喝酒的丈夫,当然会走。不过事情既已过去,你也不必伤心了,赶快把酒戒掉,抬起头来,重新好好做人。""已经来不及！"

"只要有决心，什么事情都不会太迟。"

"你……你还不知道。"

"不知道什么？""我病了。"

"每个人都会生病的，应该找个医生诊断一下。"

"看过了。"

"医生怎样说？"

"说我饮酒太多，影响了心脏。"

"为什么不趁早医治？"

"医生说：这里没有办法，非到澳洲去动手术不可。"

"那么立刻到澳洲去！"听了这句话，亚喜耸耸肩，两手一摊抖着声音说："没钱。"

欧阳民眼睛瞪得很大："记得你去年在武吉智马赢过四千多块钱难道都花光了。"

"唉，算我倒霉，提起这件事，我还有点不大明白。如果现在我手里有这笔钱的话，或者我还有得救。"

"说起来，都是你自己不好。你倘若肯听嫂夫人的话早日戒酒，这笔钱也可以留到紧急时派用场了。"

"但是这笔钱并不是我喝酒喝掉的。"

"不是喝酒怎样用掉的。"

亚喜垂头丧气说："也许是给别人偷去了吧，不过到现在我还不大明白究竟是怎么一回事。我只记得那天早晨醒来后，我发觉躺在一家旅店里，起身时，想起了那赢来的四千多块钱，连忙伸手到口袋里去摸，结果遍找不着，急得我若热锅的蚂蚁，暗忖：这钱可能给别人偷去了，但是没有钱付房租是犯法的行为，想打电话回去，又怕太太发脾气，没有办法，只好从窗口跳出来，偷偷地从防火梯逃走。"欧阳闻言惊诧地高叫："糟了！糟了！"

亚喜莫明其妙，问他："你究竟是什么意思？"

欧阳说："那天晚上你喝醉后，为了安全起见，我擅自替你取出那四千五百块钱，交与楼下账房间代为保管，当时还请他们待你醒来后将钱还给你。"

于是两人立即雇车去到那家旅店，查询之下，果然那笔钱还在。

事后，亚喜对欧阳说："如果当时你能理智一点，我也不必吃这么多苦了！"

欧阳说："如果当时你能够理智一点，我就不必这样做了！"

热带风雨

一

团圆月，像盏大灯笼，挂在椰树梢，又圆又亮。椰梢有猴啼，深夜的热带风，正在芭蕉叶上摸索阒寂。我刚从噩梦中惊醒，望望窗，窗外有流星悄悄堕海。

这盖着"亚答"（是一种热带树，新马居民用其叶盖屋）的浮脚厝（即建在水面之屋），沿海而建，下面是水，睡在地板上，可以听到鱼儿跃出水面的声音。

墙上的日本自鸣钟，镗镗镗的敲了五下。

天未明，附近"奎笼"（伸展入海的竹屋，捕鱼用）里仍有点点渔火。我已足足睡了六个钟头，跳"浪吟"（是马来亚最普遍的民族舞蹈，新式"浪吟"，常奏西洋歌曲。甘榜"浪吟"大都应用马来古乐及歌唱的"班盾"）引起的疲惫，此刻已经完全恢复。邻房传来新郎的鼾声，很微细，也很有节奏，四周静悄悄的，我依稀听到前边有人呼唤"苏里玛，苏里玛"，这个呼唤又仿佛来自我心中。

　　昨天从"巴丝班让"（新加坡西区的地名）乘坐摩托小船来到此地，初初进入这"甘榜"（即马来文 Kampong 之译文，意指乡村），一切都像十分陌生。我的堂姐是个娘惹（土生的华侨女子），爱上了那个名叫"莫罕默·宾西"的马来渔夫，选定昨日结婚，母亲吩咐我带些米、鸡和老虎纸（华侨的土语，意指叻币）来道喜。

　　结婚的仪式完全按照马来传统：第一晚，在女家举行好礼，请嘉里证婚，噘起嘴唇吻鸡蛋，吃 Nasi Braini（米饭），坐花椅（马来西亚人结婚，例须坐花椅，接受亲友之祝福）。

　　七个钟点以前，贺客们纷纷经"芭路"而达"芭场"（"芭路"是泥径，"芭场"即农地），主人在场上早已用木板搭好平台，在香蕉树和棕榈树上挂满红颜绿色的小电灯，雇一班马来乐队，拍"羯鼓"（羊皮鼓，马来音乐之一），击 Gong（钟也，其状颇似中国之大锣），或歌或舞，有说有笑，热闹诙谐兼而有之。一曲《梭罗河之恋》骤然引起贺客的欢呼与鼓掌。

　　有人高呼："苏里玛。"一个十八九岁的马来姑娘，就婷婷袅袅地走到麦克风前去唱歌。

　　她很美，美得像一朵淡黄的槟榔花。

　　她穿一袭淡黄色的甲峇耶，薄纱制的，围着一条五彩纱笼，束得很紧，越发显得身段苗条。

　　那一双黑而有光的眸子，增加了我对现实环境的迷惘，因此所得的各种印象，不免重叠起来，想把握，无从把握。夜渐深，乐队演奏的时间已完。贺客中凡是好饮的，无不酩酊大醉。住在山芭里的，拎一盏风雨灯，唱着笑着走回家去。

有人把树上的颜色电灯扭熄了，我还独自站在"浪吟"上。我贪婪地欣赏着这办过喜事的芭场，那份从热闹渐归于冷寂的零乱，那份静。

一个白发白须而肤色黧黑的老头子，踉踉跄跄地打从"浪吟台"经过，走到后边，提高嗓子问："苏里玛，你在哪里？"

"我在采红毛丹（一种热带水果，表皮多柔刺）吃。"

"时间已不早，该回去睡觉啰！"

"这里的红毛丹很甜。"

"跟我回去吧，明天一早就涨潮，还得去掠虾。"

于是我看到苏里玛跟着老头子，婷婷袅袅地朝海边走去。

夜色朦胧，我看不清她的面目，但是我隐约看到一排洁白的牙齿，她在笑。

迟了一会，戆叔以女方家长的身份，走到芭场来，张罗周至地打发了很多事情后，见到我，擎起风雨灯，哑哑嘴说："跟我回去吧。"他走在前面，我在后面跟。

走进浮脚厝时，我发现这筑在水面上的"亚答屋"像只船，很长，两旁全是板房，每排三四间，一共有七八间之多。戆叔知道我有点好奇，带我走到最前面晒渔网的地方，看海，看团圆月，看远处的灯塔一闪一闪。

戆叔说："你在这里食风（食风是华侨的土语，即兜风或乘风凉之意），我去铺席。"

我兀自坐在木栏上，目无所视地望着海天，心里却在惦念那胸脯高高的马来姑娘。

我轻轻地自言自语："苏里玛。"

身后立即传来了亲昵的回答："叫我作什么？新加坡来的先生。"回头一看，竟是她。

这里没有灯，但是一双清明无邪的眼睛，已经将我的心事完全看穿了。我有点窘，她却笑得很甜。"你怎么会来的？"我问。

她伸手指指那间板房："我就住在这里，只有两个人，父亲与我。"

"刚才听到你唱《棱罗河之恋》。"

"为什么不请我跳浪吟？"

"我不敢。"

"城里来的先生也怕羞？"

她似乎不肯相信，扬扬眉毛，嘴角边挂着温清的笑意。这时，戆叔来了，看见我同苏里玛在谈话，就笑嘻嘻地对我说："她叫苏里玛，甘榜里最会唱歌的女孩子。"

我说："我们已经相识了。"苏里玛垂着头，对我横波一瞅，怪不好意思地踅回板房去。

我用手背掩盖在嘴巴上，打呵欠。白天坐过几个钟点的摩托小船，早已将我弄得十分疲惫，入夜又参加了这充满牧歌情调的结婚仪式，再加上那个马来姑娘的娇媚，我的情绪开始动荡不宁。躺在地席上，戆叔将油灯捻熄。月光从窗外透入，比灯还亮。四堵灰木板壁，空落落的，缺少喜庆门第的轻松空气。我睁着眼，虽倦，可还不想睡。心甚烦，被一对清明无邪的眼睛缠绵着，若有所获又若有所失。我在想：她懂不懂忧愁？这小小的甘榜，究竟让她看到了些什么？

一条鱼，或者一个外地来的生客，哪样可以给她较多的喜悦？

邻房的油灯也捻熄了，新娘的笑声像猫头鹰夜啼。

我强自闭上眼皮，不听，不想，直到新娘的笑声停止时，才跌入梦境。

现在，天还没有亮，我已经醒过来了。我依稀听到前边有人轻唤苏里玛。爬上窗口，果然看见苏里玛跳入两头尖的小划子，由她的父亲摇橹，凭着月光，向西缓缓划去。

潮水涨得高高的，划子左右摇摆，却乐的苏里玛大声歌唱：

> 一家女儿做新娘，十家女儿心里痒，
> 浪吟鼓声咚咚敲，敲得心中只想郎。
> 榴梿一出当纱笼，爱嚼槟榔满口红，
> 第三毛丹四山竹[1]，哪样能比我郎疼？

---

1 一种热带水果，味甚甘美。——原注

这时，东方已经泛起鱼肚白。在晨曦中，小划子渐划渐远，苏里玛的歌声亦渐远渐细。

稍过些时，太阳出海了。太阳的手指正在戏弄汩汩海水，鲜明、华丽、难把握，不停顿。我眼中出现一片金黄相错的幻景，因此感到迷惑。天亮了，咕咕鸟已在树梢呼朋集伴。

盥洗完毕，走出浮脚厝，想到海边去看看这初阳照耀下的小甘榜时，不意在一株笔直的椰树下，看见戆叔弓着腰在检视小船。"戆叔，你这样早就起身？"我问。

戆叔笑眯眯的："为了送你姐姐到男家去举行婚礼。"

这才使我想起马来人的婚礼是在女家举行仪式的，第二天新郎偕新娘回家探省父母，男家于此时再度广宴亲朋。于是我问："要不要我去？"

戆叔想了想，说："店里只有细峇一个人，你帮我看店吧，不用去了。"

说着，戆叔缚住缆索，领我到前面的小"卜千"（小街场，通常只有十几间店铺）去。

这是一座几十间店铺的小街场，戆叔的"吉埃店"（杂货店）就在右端第二家，不大，可是生意倒不坏。戆叔少年时"过番谋生"，在马来亚娶亲，老婆生了个女儿后，患病亡故，留下戆叔一人，勤俭积粒，不但将女儿抚养成人，而且还独资开了一家"吉埃店"。

戆叔对此颇感自傲，说了一句"这是我赤手空拳打出来的"，便领我走入店堂。

店堂的板壁上吊着一个红底金字的神位，上面写着：

五方五土五龙

唐番地主神位

戆叔先同我介绍细峇，然后掉转身去，掏出火柴，点了香，非常诚虔地捧香膜拜。拜完，将香插入香筒。这一个动作使我感到诧异。据我所知，堂姐早已加入回教，难道戆叔依旧信奉菩萨？难道戆叔还想将来返唐山去"显祖荣宗"？我正想问他时，他先开口：

"好好替我看守店铺，别乱跑。马来人大多已经会看秤星了，不可以在斤两上占他们的便宜，做买卖，第一要诚实。"

交代清楚后，戆叔立即迈开脚步，朝海滩低头急走。

细峇同我差不多年纪，圆面孔，短鼻子，两耳兜风，十分有趣。他对我看看，我也对他看看。大家不作声。

门口有只安乐椅，谅必是戆叔坐惯了的。因为没有顾客上门，我就坐下休息。

太阳已经升得很高，天际无云。何处有山雀和鹦鸟聒噪，那骚声时断时续，仿佛几个老婆子在吵嘴，和着火燥的空气，在热带的近午震抖着，这里停了，那边又起。

躺在安乐椅上，刚瞌眼，就做了一个梦，梦见些什么，我完全记不清。

忽然我又听到有人在我耳畔，低声叫唤；"喂！新加坡来的先生！"

二

抬头一看，面前出现了一双也陌生也熟习的黑眸子。

那是苏里玛。

原来她们父女两人，掠得了不少虾，提到鱼虾行来卖。

"有什么事？"我问。她含笑盈盈，隔了大半天，才说："买一粒椰子糖。"

我从玻璃瓶里拿了一粒给她，她剥去包纸，将糖往嘴嚅一塞，含着糖，愣巴巴地望着我，不声不响。迟了一会，她的父亲从对面"鱼虾行"走过来，走到苏里玛背后，对她说：

"回去吧。"她连头都不回，挥挥手，十分厌烦的："你先回去，我就来。"

"耽在这里做什么？别叫鸭都汉密（Abdul Hamid）见到了，又将你抱进鱼虾行。"

"他敢！"

"唉，"老人叹息一声，边走，边嘀咕，"跟你妈的脾气完全一样，就爱倔强。"

老人离开街场后，我端了一张四方凳给苏里玛坐，问她："谁是鸭都汉密？"

"鱼虾行的头家（老板）。"

"他很喜欢你？"

"我不喜欢他。"

"为什么？"

"他已经有了四个妻子。"

"根据伊斯兰教，他是可以这样做的。"

"即使他一个妻子都没有，我也不愿意嫁给他！"

"他想娶你？"

"是的。"

"他很有钱？"

"他是甘榜里最富裕的人，除了鱼虾行，他还有几百依葛的树胶园。"

"嫁给有钱人该是一桩非常幸福的事呵！"

"我倒并不觉得。"

"有钱人有的是钱，有了钱就可以购买快乐。"

"没有钱的人就得不到快乐了？"

"没有钱的人只有梦，谁也不能从梦境里取得什么。"

苏里玛瞪大眼珠，在我脸上寻找解答。嘴里低声吟哦，不知道在说些什么。隔了半晌，她忽然顽皮地说一句"你的眼睛很大"，立刻不经心地垂下眼波，羞怯地对我偷偷一瞥，掉转身，跳呀蹦的，径向海边奔去。我久久望着她的背影发愣，重新枯寂地坐在安乐椅上，心中有点异样的感觉，仿佛失去了什么，又仿佛获得了什么。算算时间，我来到这小小的甘榜还不足二十个小时，但是生命的丰满，已将我的感情与理性，完全混乱了。

太阳高高的挂在中天，东方有乌云。

细峇走过来，讲了一些关于苏里玛的事情给我听。

他说：苏里玛的父亲是个"哈夷"（到麦加朝过圣的回教徒，戴白帽），曾赴麦加朝过圣，年轻时颇有作为，现在穷了，仅靠掠虾为生。

他说：苏里玛的母亲长得非常美丽，曾与别人私恋，内疚万分，终于跳海自尽。

他说：苏里玛的父亲欠了鱼虾行头家一笔款子，迄今尚未还清。

他说：鱼虾行的头家十分喜欢苏里玛，有意按照伊斯兰教的规定，与四位妻子中的一位离婚，然后再娶苏里玛为妻。但是——苏里玛不肯嫁给他，苏里玛的父亲也不肯。

"既然不肯，事情不就解决了。"我说。

"事情并没有解决。"细峇说。

"为什么？"

"因为苏里玛的父亲欠鱼虾行一条数。"

"欠钱还钱，总不能拿苏里玛当作银纸还给他？"

"问题就在这上面，鸭都汉密曾经公开表示过，只要苏里玛肯嫁给他，这条数马上可以一笔勾销，否则，就要通知'马打'（警察）来拉人了。"

"我不相信会有这样的事。"

细峇的嘴巴往下一弯，露出一个轻蔑的微笑，轻轻哼了一声，不再说什么。

我问他："什么时候吃午饭？"他走到隔壁咖啡店去，向马来饭档买了两碟白饭和一盘咖喱鸡。吃饭时，细峇用手捞来吃，我有点不习惯，问他："有没有刀叉？"他说："没有。"

饭后，我很疲倦，躺在安乐椅上，刚合眼，就做了一梦，梦见苏里玛嫁给鸭都汉密。

一觉醒来，细峇在旁捧腹大笑。我问他为何发笑，他说我在梦中大叫苏里玛。

我很窘。

傍晚时分，懋叔托人带口信来，说是今晚在男家过夜，叫我多住一日。

店铺提早打烊，细峇留在店中，我则回"浮脚厝"去冲凉，百无聊赖地走到沙滩上去散步。

天气很闷，一点风信都没有。乌云密匝匝的，很低很低，好像一伸手就可以摸到似的。

远天有闪电。沿着黑沉沉的大海，缓缓地踯躅在沙滩。海上是一片静谧，忽然听到有人呼唤："新加坡来的先生！"游目四瞩，发现岩石上有一堆衣服。

我悄然爬上岩石，用眼睛搜寻海水。

海波滟滟，我看到海波中隐隐约约有个人影，游过来，游过去。

稍过些时，水面露出一个女人的面孔。那是苏里玛。

"回过头去！"她说。我就回过头去。

"将衣服丢在沙滩上！"她说，我就将衣服丢在沙滩上。

"闭着眼睛！"她说。我就闭着眼睛。

三

当我睁开眼来时，苏里玛已经穿着一袭美丽的爪哇沙笼。

我邀她坐在岩石上，共看平静如镜的大海。那梦样的情绪，最令人神往陶醉。

她低声问我："什么时候回新加坡？"

"明天。"我答。她颇感诧愕地问："不想多住几天？"

"本来预算今天回去的。"

苏里玛脸色一沉，温婉的笑容消失了，绷着脸，噘起嘴，眉宇间呈露着不愉快的神情。

海上忽然吹来一阵大风。棕榈树的树叶在风中飘舞，像红毛神甫的长头发。

轰雷掣电，大雨即将来临。"快下大雨了，不如回去吧！"我说。

她昂着头，好像完全没有听到我的话语一般，咬咬牙。极不自然地问我："回到新加坡之后，打算再来吗？"

"不一定。"我答，"有机会，就来；没有机会，就不来。"

"难道我们这甘榜里，没有一样东西值得你留恋？"

天边雷电交加，海风加紧。我说："快下雨了，不如回去吧？我们回到家里去谈。"

苏里玛不理我，只是加强语气问："你说，你说，是不是这里没有一样东西值得你留恋？"

"有是有的。"

"什么？"

我正欲开口时，海上蓦地吹起一阵狂风，天就一个大点一个大点地落起雨来了。

我说："走罢。"

她不肯走，拼力拉住我的衣袖，问我："快说，究竟什么东西还值得你留恋？"

我性急慌忙地迸出了一个字："你。"

此时，大雨倾盆，赛如万马奔腾。

……我渐次由迷蒙到完全清醒，一双清亮的黑眸，锁不住青春的喜悦，即使是暴雨，也冲洗不了那诱人的光辉。环顾四周，那绿油油的椰林，那小"卜干"，那伸展在海中的"奎笼"，那远处小岛上的点点灯火……全都看不见了，我面前只有滔滔的雨水。

"应该找个地方躲避一下。"我说。

"来，那边有间破石屋，没有人居住。"

我们爬下岩石，手拉手，拼命向破石屋奔去。奔进石屋时，大家气塞喉堵，久久说不出一句话。破石屋一共有三间，我们进去的那一间，两边有墙，另外两边则已倒塌。据苏里玛告诉我：

这里原来住着一家有钱的中国人，打仗时房子给炮火轰毁，房子里的人全部逃入"大芭"（森林），迄今犹未归来。

我们躲在角隅，紧紧偎在一起。雨水从残檐挂下来，有如两幅水晶帘子。苏里玛说："这个世界仿佛只有你同我两个人。"

"我喜欢你。"我说。

"不要走。"她说。

"最好别提这些。"她佯嗔薄怒地说，"我不许你回去。"

"不能不回。"

"为什么？为什么？为什么？"

天边传来一串震耳的响雷，我吓了一跳。

我好像在做梦；但是苏里玛是真实的。

大家噤默着，隔了大半天，她才打破沉寂：

"你有过女朋友吗？"

"没有。"

"为什么不找一个"

"找不到。"

"应该有个理由？"

"连我自己也不知道。"

"回到新加坡之后会不会想我？"

"会的。"

"既然要想我，为什么要回去？"

"我的家在新加坡。"

"那么，为什么不再来？"

"有机会，我就再来。"

"什么时候？"

"大概在我学业结束后。"

"还有多久？"

"三个月。"

"不能提早一些？"

"不能。"

她不再出声了，抿着嘴，款款站起，走到里面一间败颓的小屋去。迟了一会，她在里面叫唤我："新加坡来的先生，到这里来。"

我走到里面，从那只忍住笑而含娇带俏的小嘴上，我看出一种暗示。于是，我们相视着，有会于心的无语相视。

雨，越落越大。

雨象征着生命多方的图案画。

苏里玛坐在地上，灼灼地望着我。

我也坐了下来。骤然间，我感到一阵寒冷。她的眼睛像电光一般，刺得我头乱目眩。

我故意阖上眼皮，佯装睡觉。

她闷声不响。

过了很久很久，我才听见她的低声细语："你睡熟了没有？"

我继续不出声，继续阖着眼皮。

之后，我就真的睡熟了。当我醒来时，雨已停，太阳刚刚出海，不知何处有咕咕鸟的叫声。

苏里玛已经不在我身边。

我知道她生气了。

回到"浮脚厝"，遍找苏里玛不着。中午时分，戆叔回来了，因为怕我荒废学业，立即到芭地里去采一些红毛丹来，装入纸袋，匆匆陪我赶往码头，叫我搭乘摩托小船回新加坡。

四

过了三个月，学期结束。因为成绩不坏，母亲愿意拿出一些钱来，买一样纪念品赏给我。我不要。母亲问我要什么。我说："考试时弄得头昏脑涨，想到戆叔那里去住几天，散散心。"母亲答应了，还将购买纪念品的钱交给我。

离别了三个月的小甘榜，一点变动都没有。椰林还是绿油油的，小卜干还是静悄悄的，海水依旧平静如镜，咕咕鸟依旧呼朋集伴……甚至连那一份热闹的空气都没有改变：芭场上仍有"淡蓬"声传出，几个马来音乐师正在试奏乐器。甘榜里的年青男女，无不穿红戴绿，口嚼槟榔老叶，笑嘻嘻地参加婚礼去。

"事情实在凑巧，"我说，"上次来时，姐姐结婚，现在又有人在办喜事了。"

戆叔坐在安乐椅上，吸一口旱烟，鼻孔里透出两条青烟：
"她的年纪也不小了，正是嫁人的时候，只是那白发斑斑的老父，
此后就更加寂寞了。"

"她是谁？"

"你不知道吗？"戆叔颇表诧异，"今天是苏里玛出嫁的
日子！"

我不觉为之一怔，心内闷闷，仿佛被人当胸捶了一拳，很
久说不出一句话来。一切都像十分陌生，又极端荒唐。眼前突
然出现了金红相错的星星。我差点晕厥过去。戆叔以为我中暑，
吩咐我坐下之后，倒了一杯雪水给我饮。

饮过雪水，神志不再像刚才那么恍惚了。我问："新郎是谁？"

戆叔答："就是鱼虾行的头家——鸭都汉密。"

"苏里玛并不喜欢他，他已经有了四个老婆。"

"但是，"戆叔唏嘘感叹，"又有什么办法呢？她的父亲欠了
鱼虾行一条数，再不归还，准会让马打抓去吃'乌头饭'的。"

我默然，似乎不大相信戆叔的话语，咬咬牙，就匆匆赶到"浮
脚厝"去。

"浮脚厝"里张灯结彩，十分闹哄。到处挂着彩花和缀上
红白蓝三色的彩带，再加上来宾们身上的红绿衣着，叫人看了，
无不感到眼花。

我走入礼堂，发现这伊斯兰教的结婚仪式并不含糊。我看
到新郎和新娘端端正正地坐在一张粉饰过的草席，接受亲友的

祝福。

这种仪式只有和处女结婚时，才能举行，但是让一位处女嫁给鸭都汉密，我有点不服。

苏里玛含羞地垂看头，脸上并无笑容。她的衣饰特别讲究，头上梳挽了一个美髻，髻边插着一些炫耀的金饰；脚登缀缕金线的爪哇拖鞋，脚上还紧着一对金环。

当她抬起头来时，一见到我，就凝眸痴视地对我发愣。她似乎比三个月前瘦了些，纵然浓施脂粉，仍掩饰不了心情的萧索。她的眼睛充满了惊诧，在受惊的眼睛里，我看到晶莹的光芒，那是泪光。

五

这一晚。我没有到芭场去跳浪吟。戆叔邀我去看"电影戏"，我推说头痛，想早点睡。

其实，我何尝睡得熟。远处传来"班盾"（马来亚民族的山歌小调）歌声，轻松而又悠扬；只是我的心却像铅般沉重。

躺在草席上，我的脑海中只有一双含泪的眼睛。

整个"浮脚厝"，除了我，没有第二个人。人们都到芭场上寻欢作乐去了。

四周静悄悄的，地板下面常有鱼儿跃出水面的吱吱细声。

蓦然外边响起一阵零乱的脚步声。

启门一看，几个马来人抬着苏里玛，手忙脚乱地走到前房去。

一个说："天气太热。"

另一个说："她整日没得到片刻的休息。"

一个说："她的身体很弱。"

另一个说："这几天，她常常愁眉不展的。"

听了这些话，我赶到前房去观看，才知道苏里玛在筵席上突然昏厥。她的父亲找了一瓶"怡保祛风油"来，搽在她的鼻端与额角。她终于睁开带涩的双目，未开口，又落泪水。鸭都汉密站在灯光下，不说话，也不做任何表示，只是静静地望着苏里玛。

对于我，这有点像离奇的梦魇。

我悄然回房，躺在地席上，心境虚廓，仿佛失去了一些什么，不经意地参加这一角的冲突，在情感上，倒应该说是得到了什么。

然后，我听到几个人的脚步声向外而去。

然后。我听到苏里玛的父亲与鸭都汉密在我门口交谈。苏里玛的父亲要鸭都汉密留在这里，自己则到芭场里去招待来宾。

然后，我听到椰梢有猴啼。

然后，我的意识渐趋迷蒙。……我似乎听到前边有人呼唤"苏里玛，苏里玛"，这个呼唤又像是来自我心中。

然后，我听到一阵急促的脚步声和哭喊声。

我立刻从地上爬起来，拉开房门，但见鸭都汉密站在走廊里，指着苏里玛背影怒叱："你到什么地方去？快回来！你不回来，我就叫'马打'来抓你的父亲。"

但是苏里玛只顾低头急奔。

鸭都汉密也不追赶，眼巴巴地望着苏里玛，任她奔出视线。

他很生气，见到我时，还指手画脚的说了一句："这个女孩子简直是在发疯！"说着，就大踏步地向"芭场"走去。

这突如其来的发展，使我顿感兴奋。我知道苏里玛的去处，因此匆匆忙忙地穿上衬衣和皮鞋，扣上房门，快步追去。

海上有风，吹得椰叶窸窣作响。潮水向海滩滚滚卷来，何处有鸥鸟啼叫。

走了十数分钟之后，我发现前面有个黑影，正朝着破石屋的方向急急走去。

走进破石屋，苏里玛背靠残壁，睁大了眼睛，灼灼地望着我。

"知道你会来的。"她说。

"只是来得太迟了。"她略一凝眸，幽幽地说："还不迟，如果你有决心的话。"

"我当然有决心。"

"那么，带我到新加坡去。"

"不能这样做。"

"为什么？"

"因为你是个有夫之妇了。"

苏里玛愤恚地咬咬牙："既然如此，何必再回来？"

"我以为你不会答应鸭都汉密的。"

"我并没有答应，是父亲做的主。"

"但是你已经是他的人了。"

"只要你肯带我离开此地，我还是属于你的。"

"带你走？"

"我同他只举行过仪式，实际上，还不是夫妇。"

"但是在法律上，你是他的妻子。"

"你不肯带我走？"

"我不肯触犯法律。"

苏里玛听了这句话，愣巴巴地望着我，要哭，哭不出，要说，又不知语从何起，眼睛里充满悲哀的激情，在痛苦惶遽中。终于沉默下来。

远处有了犬吠声。我连忙走出破屋，举目远眺，却发现十几个人影，各自擎着火把和风雨灯，沿沙滩，快步走来。

"苏里玛，"我说，"他们来了。"

颓壁背后蓦然传出一连串疯狂的笑声。

我踅入破屋，苏里玛说她的发针掉在地上了，我俯首去搜寻时，给她用石块击破了头颅。

六

当我渐次由迷蒙渡到完全清醒时，阳光已经上了窗槅。我躺在地席上，戆叔坐在旁边。

"苏里玛呢？"我问。

戆叔叹息一声，答："当我们赶到破屋时，眼看她飞也似的奔向大芭。"

"大芭里尽是毒蛇猛兽。"

"我们分头搜寻，这是一座杂生着包皮青（热带的乔木树）白桦、毛杞、山松的丛林，无路可通，走不了几步，就纷纷回了出来。"

"苏里玛有没有回出来？"

"没有。"

我立刻跳起，刚刚迈开脚步，就让戆叔一把拖住。他问我："你到什么地方去？"

"去找苏里玛。"

戆叔噙着眼泪说："不必找了。"

"为什么？"

"因为，"他说，"天亮后，我们集合在林外，企图会同保安团做第二次搜寻时，却发现几只老鹰在林上打圈，有的哇哇乱叫，有的俯冲入林，据眼光锐利的年轻人说，那些老鹰从林间飞起来时，嘴上还咬着染血的肉块！"

（刊于一九五九年十月号《南国电影》）

赫尔滋夫妇

新加坡发生暴动那年，我住在惹兰勿刹的 N 旅店。

这是一家古老的旅店，楼高四层，二楼与三楼是旅店，用板壁分成十几个房间；四楼则是某业的俱乐部。俱乐部与旅店并不属于同一个机构。旅店的住客不能随便走上四楼的俱乐部去；俱乐部的会员也不会随便走到旅店来。

旅店的设备不但简陋，而且陈旧。每个房间都有一个吊在天花板的电风扇。风扇年代已久，转动时，会发出扑落扑落的声音，听起来，像一锅放在熊熊柴火上的清水因沸腾而溅起泡沫。

由于所有的房间都以板壁间隔，不必要的纠纷常常发生。单身男子抵受不了某种声音的引诱，半夜爬在板壁上偷窥邻房的动静而被人打得头破血流的事，每个月总有一两次。

N 旅店的设备既然如此简陋，营业当然不会合乎理想。不过，它已开设了几十年，始终没有因亏蚀而关闭。战后，新加坡日趋繁荣，现代化的旅店不少，像"阿达菲酒店"像"东海酒店"

像"大使酒店"像"国泰酒店"像"白沙酒店"……都是第一流的酒店。照说，时代已不同，N旅店这样的古老旅店早该淘汰了，它却没有被淘汰。我是N旅店的长期住客，对于这个问题，当然比别人容易找到解答。依我看来，它的存在有两个理由：（一）有些在歌台做工的艺人，生活极富流动性，从联邦来到星洲，或者从星洲前往联邦，少不了总要住几天旅店。大旅店租金贵，不是一般歌台艺人所能负担；小旅店太脏太杂，也不相宜。只有N旅店，不大不小，而且邻近游艺场，正是歌台艺人最理想的寄宿处。（二）N旅店与别的旅店不同，它欢迎长期住客。贪图茶水以及其他方便的单身汉或小家庭，都可以在这里长住。旅店方面对长期住客特别优待，大房每月房租叻币五十至六十不等；小房每月房租仅叻币三十至四十。

那时候，我在一家报馆工作，经常于深夜或凌晨回家，向别人租一个房间，很不方便，也不受欢迎。当地的同事们知道我是"新客"，就介绍我到N旅店去长住。在旅店作长期住客，起先多少有点不习惯，因为旅店是为旅客而设的，旅客应该像走马灯上的纸人那样，去了又来，来了又去。不过，日子一久，习惯成自然，倒也不觉得什么了。

N旅店的长期住客不算多，二楼有七八个，三楼也有七八个。

我住在三楼，对于二楼的情形，并不清楚。

三楼的长期住客中，有一位是从外地来的体育教员。此人在一家中学教体育，独身单口，与我是同乡，谈得最为投机。

至于其他住客虽然每天见面，却无来往。

在所有的长期住客中，最受我注意的，是一对外籍夫妇。我不知道他们是哪一国人；也不知道那男的干什么营生。见面，有时点一下头，有时假装不见。

这一对外籍夫妇的外形很有趣，男的既瘦且长，像竹竿；女的既矮且胖，像木桶。当他们站在一起时，我常会产生一种感觉：他们在互相讽刺。

我刚搬去 N 旅店居住的时候，旅店的伙计就告诉我：这一对外籍夫妇已经欠了两三个月房租，常常吵架。

他们确是常常吵架的。有时候，当我从报馆做完工作回到旅店，别人睡得正酣，他们就吵起来了。两人的嗓音都提得很高，有如鸡啼一般，各不相让。没有人知道他们在吵些什么；也没有人知道他们讲的是哪一国的语言。不过，从他们的生活情况看来，争吵的原因，多数与贫穷有关。

说他们贫穷，大概不会错。第一，N 旅店的账房先生经常上来向他们追讨积欠的房租；第二，新加坡地处热带，衣着比较随便，他们却连干净的衣服也没有；第三，他们经常不吃早餐，中午与晚上，总是由男的从外边带一只长面包回来，和以滚水，分而食之。

凡是 N 旅店的长期住客都不愿与这对外籍夫妇打交道，见到他们时，总会投以鄙视不屑的目光。

我与这位外籍瘦子第一次交谈，是在一九五六年十月廿六日晚上。我能够清楚记得这个日期，因为这是新加坡发生大暴动的日子。这一天，上午十点一刻，直洛亚逸街"奋建会馆"前边，突然发生了暴乱事件，几个市民纷纷用木凳和石子袭击警察，情况混乱，警察不得不发射催泪弹。到了十一点左右，吉宁街有一个十二岁的华籍孩子被催泪弹击中，急召救护车送院治疗，因为伤在要害，不治毙命。下午一点，一辆停在吉宁街附近的广告车被人纵火焚烧。不久，"老巴刹"的电油站也燃烧了。半小时过后，群众出现在吉宁街，用木棍石子做武器，与警察搏斗。警察开枪，群众散去。下午三点左右，牛车水一带情形更是混乱。暴乱情形如同野火一般，一下子燃遍整个狮城。警方利用直升机低飞，向各街道的群众投掷催泪弹。此时，巴爷礼峇新飞机场也发生暴乱了……

暴乱最激烈的时候，我在"惹兰勿刹"一家理发店理发。刚修过面，就听到"丽的呼声"播出警方的宣布：

"……从今天下午六时半起，至明晨六时半止，全岛实施戒严。各色人等，在戒严期间必须留在户内，不准违令外出。否则，被警方逮捕后，可能被控，并判处三年徒刑；或无限额罚款；或两者兼施。任何人在戒严期间犯有纵火或掠劫之罪行时，可能被开枪射击……"

听了这广播，催请理发师赶紧替我洗头吹风，然后走去邻近士多买了一些罐头食品，捧回旅店。

这天晚上，当然不到报馆去做工了。夜色未合，新加坡已变成死市。吃晚饭的时候，我以罐头食品充饥。就在这时候，那个外籍瘦子走来了。他用英语做了自我介绍：

"晚安，我叫赫尔滋。"

我也顺着他的语气做了类似的自我介绍：晚安，赫尔滋先生，请坐。我姓刘。

他坐下了，脸上呈露抑郁的表情，眼睛里满是疑虑与失望，显示他的内心已陷于极大的困扰。他似乎很疲倦，精神萎靡，脸色苍白，白得像抹过粉似的。

"这是一件非常可怕的事，"他的声调很低，有点发抖，"单是学生集中开会，还不能算是十分严重的事；现在，事情变了质，可能变成种族抵牾！"

其实，所谓"种族抵牾"未免言之过早。赫尔滋是白种人，最怕这种可能性的形成。

"现在，当局已采取断然的措施，"我说，"相信此次骚动事件，不久就会平息。"

对于我的看法，赫尔滋既不表示同意，也不提出相反的意见。

他只是低着头，仿佛一朵枯萎了的蒲公英。经过一番噤默后，期期艾艾说出这么几句：

"我……我听到戒严的广播后，匆匆赶……赶回来，什……什么东西也没有买。现……现在戒严了，不……不能出街。不知道你……你有余剩的食物吗？"

辨出他的来意后，我立刻拿了两罐罐头食品给他。他将罐头食品接了过去，感动得流了眼泪。当他走出房门之前，他一边用衣袖拭干泪眼，一边做了这样的诺言：

"明天紧急戒严解除后，我一定到外边去买两罐罐头食品还给你。"

我笑笑。他疾步回入自己的房间。

第二天，赫尔滋一早就出街。我也走去报馆看看。在报馆里，我听到两个消息：（一）警察当局于凌晨时分逮捕了几百个人；（二）当局的戒严令将于下午四时开始生效。

下午三点，我从报馆回到 N 酒店，看见赫尔滋垂头丧气地坐在会客厅的藤椅上。当他见到我时，他邀我坐下。他对于种族抵牾仍有过分的忧虑，唠唠叨叨讲了一大堆，只是没有提到那两罐罐头食品的事。他的英语讲得很流利，但咬字不准。我断定他不是英国人，也不是美国人。当我称赞他的英语讲得流利时，他脸上立刻浮起自得的笑意。他说他除了英国话外，还会讲法国话、德国话、西班牙与俄国话。

"你是一个人才。"我说。

他叹口气。

我询问他的国籍，他迟疑片刻，说是黎巴嫩人。这种不必要的迟疑，证明他在撒谎。关于这一点，我倒有点困惑不解了。赫尔滋故意隐瞒他的国籍，应该有个解释。

谈到他的职业，他说他曾经在飞机场做过翻译员。这"曾经"两个字，意味着一件事：他目前并无职业。我相信我的猜测不会错，赫尔滋的自尊与傲慢还没有因为贫穷而消除。

由于实施戒严令的关系，闲着无聊，我们曾经做过一次长谈。在谈话中，我发现赫尔滋是一个喜欢回忆的人。他说他曾经在开罗开过小店。他说他曾经在旧金山一家大公司做过联络员。他说他曾经在马德里做过小贩。他说他曾经在柏林一家旅行社里做过秘书。他说他曾经在中东一个小国家做过政府官员。总之，赫尔滋是一个喜欢陶醉在"过去"而又必须用"过去的光荣"维持自尊与傲慢的人。过去的种种，对赫尔滋来说，等于燃料，经常在替他制造生命的推动力。他的苍白的脸色，说明他不是一个健康的人，但是他的生命力仍强，并未因贫穷而失去挣扎的勇气。

我们谈得起劲时，"丽的呼声"又播出当局的决定，说是自即日起实施全日戒严，除上午八时至十时内，市民可以出外购物，其余时间必须留在户内。至于何时解除戒严令，当视情势而定，另行公告。

赫尔滋的脸色更加苍白了，一点血色也没有。我正欲提出问话，他却霍地站起，疾步走入自己的房间。这天晚上，N旅店的房客多数很早就上床，我也不是例外。午夜过后，我被杂乱的吵架声惊醒。吵架声来自赫尔滋房内，声音嘹亮，只是不知道他们在吵些什么。

第二天上午八时，我走出N旅店前往报馆时，在街角遇到赫尔滋。

"早安，赫尔滋先生，到巴刹去买东西？"我问。

他露了一个似笑非笑的表情，然后用低沉的语调反问：

"你去买东西？"

"我到报馆去看看。"

"十点以前必须回旅店。"

"我知道。"

一辆计程车疾驰而来，我挥手截停。抵达报馆，才知道情况仍极严重。梧槽律、阿拉伯街、惹兰苏丹、文达街等处依旧有小规模的骚乱。我当即赶去莱佛士坊，在一家士多买了一些罐头食物，搭车回去。

中午，赫尔滋先生与他的太太又吵架了。吵了一阵，只剩下赫尔滋太太的饮泣声。晚上，那位肥胖的太太忽然像一匹脱羁的马似的，从房内奔出，快步走下楼去。毫无疑问，她已暂时失去理性。这是宵禁期间，任何人出现在街头，必遭警方逮捕。我见到这种情形，忙不迭追下去，在旅店门口一把将她拉住，用英语对她说：

"不能走出去！"

她歇斯底里地大声呐喊：

"我饿！我要吃东西！"

"你上楼去，我拿些东西给你吃。"

她的理性迅即恢复，被赫尔滋拉了上去。我又拿了两罐罐头食物给他们，赫尔滋红着眼圈对我说：

"不知应该怎样感谢你才好。"

我笑笑，走去电话机边，打了一个电话给报馆。据报馆的同事说：情况依旧严重，宵禁可能还要继续几天。搁断电话后，我立刻想起了赫尔滋夫妇。要是宵禁继续实施的话，这一对贫穷的夫妇必将遭遇更多的困难。

这天晚上，我在会客厅休息的时候，赫尔滋又走来跟我聊天。他承认他是个犹太人。

宵禁又继续了五天。在这五天中，赫尔滋夫妇不知道吵过多少次。赫尔滋太太在宵禁解除的前夕突然晕厥。大家以为她患了急病，由旅店账房打电话急召救护车送去中央医院救治。第二天早晨，宵禁解除，赫尔滋从医院走回来，我在电梯口见到他。

"情形怎么样？"我问。

"好得多了。"

"患的是什么病？"

"没有什么，只是饿昏了。"

我取出烟盒，递一支烟给他。我说：

"你必须找一份工作。"

赫尔滋目无所视地望着前面，仿佛完全没有听到我讲的话，沉默片刻，说出这么一句：

"我是犹太人！"

这样的答复，使我百思不解。我不明白：一个赫尔滋这样的犹太人怎会连一份最低贱的工作也找不到。记得暴动刚发生的时候，赫尔滋曾经对"种族抵牾"有过很大的担忧。

宵禁解除后，他还是像过去那样：一清早出街，中午时分带一只长面包回来。每一次带长面包回来时，总是用一张旧报纸紧紧包裹着，蹑足而过，仿佛那面包是用不名誉的手段弄来的。其实，我对他的心情倒是相当了解的。一个自尊心尚未完全消失的人，天天吃长面包，总不是一件体面的事。

不能顾到体面的事，越来越多。除了夫妻吵架外，旅店的账房先生也在加紧向他追讨房租了。赫尔滋连一日三餐都成问题，哪里还有能力缴付积欠的房租？我断定：赫尔滋是迟早要被旅店当局赶出去的。

关于这一点，赫尔滋太太也知道。因此，在一个大雷雨的晚上，赫尔滋夫妇又吵了起来。这一次赫尔滋太太发了很大的脾气，将茶壶茶杯之类的东西摔碎后，有如一支飞箭般从门内冲出，一边哭，一边嚷，脚步搬得很快。使我感到困惑的是：赫尔滋太太离去时，赫尔滋并不追赶。

第二天早晨，在会客厅见到赫尔滋，发现他的眼睛布满红瘀血丝。

"你的太太走了？"我问。

"是的，她走了。"赫尔滋答。

"为什么不将她追回来？"

赫尔滋叹口气，答话时，声调微抖：

"她迟早要离开我的。"

对于赫尔滋的际遇，我相当同情；但是除了送些罐头食物给他充饥外，不能给他更多的帮助。

赫尔滋太太出走后，不到半个月，赫尔滋本人因为积欠房租太多，被旅店当局赶了出去。赫尔滋离开旅店时，我在报馆做工。我回到旅店，从伙计的嘴里获悉这件事。我不知道赫尔滋到什么地方去了，也不知道他在做什么；不过，每一次经过他曾经住过的房间时，心里不免有点惆怅。这天晚上，我做了一个梦，梦见赫尔滋睡在"康乐亭"旁边的石凳上。醒来，脑子里听到的第一个思念便是：赫尔滋的问题，不是单纯的居住问题。

我最后一次见到赫尔滋，是非常偶然的。那一天，我从报馆出来，走去"红灯码头"的邮政总局寄信。信寄出后，需要一些日用品，走去莱佛士坊的罗便臣百货公司选购。

莱佛士坊是银行区，也是新加坡的心脏地带。凡是外地来的游客，想采购货物，莱佛士坊必然是第一站。正因为这样，白昼的莱佛士坊总是熙熙攘攘的挤满行人。

当我买好日用品走出罗便臣公司时，后边忽然有人用英语对我说：

"先生，请你可怜可怜我！我已经两天没有吃东西了！"

回头一看，竟然是赫尔滋。

他瘦了，比在 N 旅店时更瘦，两眼深陷，颧骨高耸。

"还没有找到工作？"我问。

他想答话，却没有发出声音。我掏出一张拾元的钞票塞在他手里，他的眼眶里有晶莹的泪水涌出。他用泪眼向我呆望片刻，费了很大的劲，说出一句"谢谢你"掉转身，仿佛一只受惊的兔子，疾步窜入人群，瞬即不见。

从此，我再也没有见到赫尔滋了。有时候，午夜梦回，因为听不到这对贫贱夫妻的吵架声，反而觉得宁静，有点可怕。

有一天晚上，我到"新世界"邻近的麻将馆去打牌，赢了钱，几个在歌台做工的朋友要我请他们到"三龙街"去吃消夜。在这些朋友中间，有一个常在烟格赌档出入的驼子忽然提议到一家下等客栈去看"隔壁戏"。大家的兴致都很高，就谈呀笑地走去寻找刺激。

那是一家下等客栈，肮脏，黝黯，说是客栈，其实是妓寮。当伙计明白我们的意思后，立刻带我们走进一个没有灯的房间。这个房间的墙壁上有很多小洞，将眼睛凑在小洞上，就可以看到精彩的"隔壁戏"。但是，当我将眼睛凑在小洞上时，我的心就扑通扑通乱跳起来了。那个在邻房出卖肉体的女人正是身形像木桶的赫尔滋太太！

（一九六六年四月九日九龙宵禁解除后写成）

链

1

陈可期是个很讲究衣着的人，皮鞋永远擦得亮晶晶的，仿佛玻璃下面贴着黑纸。当他走入天星码头时，左手提着公文包，右手拿一份日报，用牙齿咬着香烟。这是一九六七年十一月十八日上午，天色晴朗，蔚蓝的天空，像一块洗得干干净净的蓝绸。"真是好天气，"他想，"下午搭乘最后一班水翼船到澳门去，晚上赌狗；明天看赛车。"主意打定，翻开报纸。头条标题：英镑不会贬值。他立刻想到一个问题："英镑万一贬值，港币会有影响吗？"陈可期是个有点积蓄的人，关心许多问题。报纸说：昨日港九新界发现真假炸弹三十六枚。报纸说：秘鲁小姐加冕时流了美丽的眼泪。报纸说：月球可能有钻石。报纸说：食水增加咸味，对健康无碍。报纸说：无线电视明天开播。陈可期不自觉地笑了起来。因为是个胖子，发笑时，眼睛只剩一条缝。早在海运大厦举行电视展览会的时候，他已订购了一架罗兰士的彩色电视机。"明天晚上，从澳门赶回来，"他想，"可以在荧光幕上看到邵氏的彩色杨贵妃了。"生活就是这样的多彩多姿，一若万花筒里的图案。此时，渡轮靠岸，陈可期起座，走出跳板时，被人踩了一脚。那只擦得亮晶晶的皮鞋，变成破碎的镜子。偏过脸去一看，原来是一个穿着彩色迷你裙的年轻女人。这个女人姓朱，有个很长的外国名字：姬莉丝汀娜。

2

姬莉丝汀娜朱在天星码头的行人隧道中行走时，一直在想着昨天晚上看过的电视节目。那个澳洲女丑给她的印象相当深：学玛莉莲·梦露，很像；唱"钻石是女人的好朋友"，也不错。最使姬莉丝汀娜感兴趣的，却是女丑手腕上戴着的那只老英格兰大手表。"穿迷你裙的女人，就该戴这样的手表。"她想。她穿过马路，穿过太子行，疾步向"连卡佛公司"走去。在连卡佛门口，有个胡须刮得很干净的男人跟她打招呼。这个男人叫作欧阳展明。

3

欧阳展明大踏步走进写字楼时，板着扑克脸，两只眼睛像一对探照灯，扫来扫去。他是这家商行的经理，刚从新加坡回来。前些日子，香港的局势很紧张。有钱人特别敏感，不能用应有的冷静去接受这突如其来的情势，像一群失林之鸟，只知道振翅乱飞。欧阳展明也是一个有钱人，唯恐动乱的情形不受控制，将一部分资金携往新加坡，打算在那个位于东西两方之间的钥匙城市另建事业基础。结果，遇到了一些事先未曾考虑到的困难。幸而香港的局势还没有失去控制，他就回来了。香港街头已不大出现石块与藤牌的搏斗；炸弹倒是常常发现的。不过，使欧阳展明担心的却是刚才听来的消息：英镑即将贬值了！尽管当天的报纸仍以"英镑不会贬值"做头条，欧阳展明得到的消息竟是"英镑可能在十二小时以内贬值"。对于欧阳展明，这是"金融的台风"，既然正面吹袭，就得设法防备。商行的资金，冻结在银行里的，有二十万。他有办法使这二十万元不打折扣吗？正因为这样，脸上的表情很难看。当他走进经理室之前，大声对会计主任霍伟俭说："你进来一下，有话跟你讲！"——从他嘴里说出来的话，每一个字都像弓弦上射出来的箭。

4

霍伟俭很瘦，眼睛无神无光，好像一个刚起床的病人。虽然是商行的会计主任，却没有读过经济学。他是一个非常自卑的人，总觉得别人比他强。别人笑，他也赔着笑；别人愁，他也皱紧眉头。别人说这样东西好，他也说这样东西好；别人说那样东西坏，他也说那样东西坏。他就是这样一个人。他走进经理室，欧阳展明要他到银行去一次。他匆匆走出商行。在银行门口遇见史杏佛。

5

史杏佛是个好经纪，也是一个坏青年。喜欢赌钱。喜欢喝酒。喜欢撒谎。喜欢玩女人。当他见到孕妇时，就会联想到交合。他与霍伟俭寒暄几句后，走去太子行与历山大厦兜了一个圈。一点半，走去"金宝"饮茶。在进入"金宝"之前买了一份西报，报上有两则新闻：（一）一个名叫尼哥尔斯的赛车选手在澳门赛车时受伤；（二）玛莲德列治有可能来港表演。史杏佛对尼哥尔斯的受伤毫不感兴趣；不过，他很想看看六十三岁的性感老祖母究竟在脸上要搽多少脂粉。他在"金宝"与纱厂老板陶爱南打招呼。

6

陶爱南虽然也露了笑容，完全记不起这个跟他打招呼的人姓甚名谁。这一类的事情，他是常常遇到的。他不在乎。他用筷子夹了一块乳猪，往嘴里一塞，然后翻开那份夜报。香港有些夜报，与午报出报的时间差不多。那夜报的头条标题是：本港金价突狂涨。陶爱南心中暗忖，"英镑一定要贬值了。"正这样想时，几个孩子吵着要到对街皇后戏院去看《北侠神枪手》。

陶爱南不大喜欢看打斗片，但也不愿使孩子们不高兴，当即吩咐伙计埋单，带着几个孩子去看电影了。看完电影随着人潮出来，还不知皮夹已被扒手偷去。

7

扒手名叫孔林，二十九岁，不务正业，西装穿得笔挺，专门浑水摸鱼。扒到陶爱南的皮夹后，穿过戏院里，在德辅道中搭乘前往管箕湾的电车。"今天晚上，可以到香港会球场去看溜冰团。"他想。……电车驶抵湾仔，停了。电车摆长龙，据售票员从前边听来的消息，说是英京酒家附近有一枚炸弹。孔林不愿意坐在车厢里苦等，下车，穿过马路，向那个摆香烟摊的高佬李买一包"好彩"。

8

高佬李手里拿着一副四边被太多的手指摸得起了毛的扑克牌，正在与擦鞋童大头仔聊天。大头仔说："又要打风了。"高佬李猛烈咳嗽，咳了半天，吐出一口浓痰，痰里有血丝，用鞋底一拖，以免大头仔看到。"发神经！"他放开嗓子说，"今天是十一月十八了，哪里还会打风？"大头仔扁扁嘴，走去报摊拿了一份《华侨晚报》第二版往高佬李面前一摊，用食指在报纸上点了两下。高佬李定睛一瞧，果然看到了这么八个字："飓风洁黛逼近本港。"这是报纸刊出的新闻，当然不会虚假；不过，为了掩饰心情上的狼狈，转过脸去问生果佬单眼鑫："你信不信，十一月打风？"

9

单眼鑫歪着头，将耳朵凑在那只原子粒收音机边，聚精会神，收听东南大战的赛事广播。"南华今年添了龚华杰与黄文伟两员虎将，攻守力俱已增强；但是东方亦非弱者，MG与泰仔要是演出正常，也有可能取胜。"他想。他是一个波迷，有大场波，宁可不做生意。如果这场"东南大战"不在对海举行，他是一定要去看的。现在，只好收听电台广播了。就在黄志强攻门的时候，一个穿花布衫裤的少女走来买金山橙。这个少女名叫何彩珍。

10

何彩珍买了四只金山橙……

（一九六七年十一月）

一个月薪水

"加你一个月薪水，"马太将钞票交给二婆，"你到别处去做吧！"

二婆并不将钞票接过来，只是睁大眼睛望望马太，又望望站在马太旁边的马文滔。她完全没有想到事情会有这样的发展，情绪激动，气得浑身发抖。她今年已六十八，健康情形不能算坏，做粗工，不能与年轻人相比；做细工，仍能做得很好，这些年来，她的自信一直很强。刚才马太说的两句话，虽简短，却使她感到难忍的痛苦。

"照理，我是不应该叫你走的，"马太加上这样的解释，"但是现在，洗衣有洗衣机，洗碗有洗碗机，煮饭有电饭煲，打蜡抹窗有清洁公司……我们实在没有理由再雇女佣了。"

二婆像木头人似的站在那里，望着马文滔，一动也不动。她的眼圈红了，眼眶里噙着抖动的泪水。文滔不开口，故意将视线落在别处。那马太将理由说出后，倒也有点不耐烦了，霍地站起，将钞票硬塞在二婆手里。二婆压不下冒升至喉咙口的怒火，扁扁嘴，愤然将钞票掷在地板上，抖声问文滔：

"阿滔！你今年几岁了？"

"三十一。"马文滔低声答。

"我在你们马家做了多少年？"二婆的语调抖得厉害。"不大清楚。"马文滔说。

"让我告诉你吧，我在你们马家已经做了四十三年！"二婆从来没有这样大声对文滔讲过话，"你出世后，你阿妈患产褥热，身体虚弱到极点，没有我照顾你，你……你今天也不会变成商行经理；更不会加一个月薪水给我，要我到别处去做了！"到这里，泪水夺眶而出。她拉起衣角，拭干泪眼，抽抽噎噎讲下去，"你两岁的时候，出麻疹，我……我三日三夜没有合过眼皮！……你六岁的时候，老爷死了，家境困苦，我不但不要薪水，还将历年的积蓄拿给你阿妈！……你十岁的时候，我送你上学，给电单车撞倒，直到现在，走路时还是一拐一拐的！……你十四岁的时候，你阿妈病死了，我每天出去收衣回来洗熨，维持这个家，供你读书！……你中学毕业后，我去别处做女佣，赚钱来送你进大学！……你在大学寄宿时，我每一次接到你的信，就会放下手里的工作，走去街口找写信佬，叫他一遍又一遍念给我听！……你来信说衣服穿得不够摩登，常被同学们讥笑，我为此不知道流了多少眼泪！……你结婚后，你的太太常常对我乱发脾气，我不想给你添麻烦，总是忍下了。……你升做经理后，我走去黄大仙焚香还愿。……但是现在，你……你居然加我一个月薪水，叫我到别处去做了！阿滔，你……你……"

文滔刚说出"二婆"两个字，就被妻子喝阻："不许讲话！"

马太是商行董事长的女儿，在书院读过书，有个外国名字叫作"葛蕾丝"，性情暴躁，嫁给马文滔才不过五个月，不但变成了"一家之主"而且经常将缺乏个性而感情脆弱的文滔当作出气筒。文滔为了那个"经理"的职位，付出的代价不算小。现在，葛蕾丝要辞掉二婆，文滔心里一百二十个不赞成，嘴上却半个"不"字也不敢说。

睁大眼睛凝视文滔的二婆，视线终被泪水搅模糊了。愤怒给这位六十八岁的老妇人一种奇异的力量，使她在走去用人房的时候，脚步移动得很快。走入用人房，蹲下身子，用抖巍巍的手将床底下的藤箧拉出，放在板床上。她在马家虽然做了四十三年，却与别的女佣一样，经常保有一只藤箧。别的女佣，上工辞工总是提一只藤箧的。二婆在马家做了四十三年，想不到也会有提着藤箧离去的一天。她的内心激动到极点。泪水沿着满布皱纹的脸颊滑落，而愤怒似乎使她脸上的皱纹加深了。她很冲动，只因从小学会了忍耐，即使忍无可忍，依旧没有勇气将心中的愤怒全部宣泄出来。

马文滔走进来了，脸上的笑容比哭还难看。正在收拾东西的二婆知道是文滔，只管忙碌地将属于自己的东西塞入藤箧。二婆在马家虽然做了四十三年，属于她自己的东西却不多。这一点，文滔倒是很清楚的。文滔从口袋里掏出五百元递与二婆。

"香港是个现实的地方，没有钱，过不了日子。"马文滔的声音像蚊叫。

二婆拉起衣角，拭干泪眼，抖声说："你留着自己用吧。"

"我有。"

"我……我知道你有，但是你开销大。"二婆依旧低着头。

"拿去吧。"文滔说。

"我不要。"

马文滔将钞票塞在藤箧里，二婆固执地将钞票从藤箧中拿出来。

"请你无论如何将这一点钱收下吧。"文滔的语气近似哀求。

"我……我不需要。"二婆掉转身，一屁股坐在床沿，拉起衣角掩住嘴巴，不让自己哭出声来。

再一次将怒火压下后，二婆站起身，继续收拾东西，然后拎起藤箧，抖声说了三个字：

"我走了。"

"你无亲无眷，走去什么地方？"

"没有地方去，还是要走的。"

"这……这五百块钱，你收下吧。"文滔再一次将钞票塞在二婆手里，二婆还是不肯收受。

"不要担心。"二婆说，"我绝不会连日子也过不了的。"

文滔手里拿着钞票，呆望二婆，眼皮一合，那原已涌出眼眶的泪水终于沿着脸颊掉落。

"不要哭，文滔。"虽然嘴上这样说，二婆自己也止不住泪水流出了。

提着藤箧，走到房门口，伸手握住门柄时，二婆极力遏止内心的激动：

"文滔，有两个重要的日子，你必须记住。你阿爸的忌日是阴历正月初八，你阿妈的忌日是阴历五月初四。"

文滔低着头，好像没有听到。二婆加重语气重复刚才讲过的话，扭转门柄时，忽然"哦"了一声。

"还有一件事，"她说，"你是很喜欢吃万年青的。过去，上海店常有万年青出售；这几年，没有这东西了。我煮给你吃的万年青都是我自己晾干的。我走后，就没有人弄给你吃了。不过，不要担忧。如果你想吃时，不妨自己动手晾。每年冬天，菜心最好。你可以去街市买几斤回来，用水煮熟后，晾在冲凉房里，晾三天三夜，干了，剪碎，放在玻璃瓶里，要吃时，拿一些出来，炒蛋煮汤都可以。不过，有一点必须记住，千万不要放在阳光底下晒！"

文滔掏出手帕拭泪。

二婆扭转门柄，拉开房门，刚走到门外，又转过身来，无限依依地对文滔看看。

"你的气管不大好，"她抖声说，"初春与秋末要比别人多穿一件衣服！"

语音未完，提着藤箧走进客厅，好像被一个可怕的思念追逐着，走得特别快。那马太依旧坐在客厅里，板着脸孔，好像在生气。二婆走到她面前，将藤箧放在地上，打开，请她检查。马太扁扁嘴，伸手指指地板上的钞票：

"这是你的薪水，拿去吧！"

二婆只装没有听到，要马太检查她的藤箧。马太嗤鼻哼了一声，说是用不着查看。二婆拎着藤箧，一拐一瘸走出大门。

听到关门声，文滔仿佛被人砍了一刀似的叫起来：

"二婆！"

边嚷边奔，拉开大门，匆匆下楼，文滔的脚步疾似雨点。奔出大厦，就见到二婆提着藤箧冲过马路。"二婆，二婆！"他喊。马路上，来来往往的车辆很多，有点像游艺场里的旋转木马，令人看了眼花缭乱。"二婆！等一等！有话跟你讲！"他疾步追赶，差点被一辆汽车撞倒，惊悸的心情使他慌乱无主，睁大眼睛观看时，却听到有人大声呐喊：

"一个老太婆被货车撞倒了！"

文滔看得清清楚楚，二婆是自己撞向货车的。

（一九六九年六月五日）

吵架

墙上有三枚钉。两枚钉上没有挂东西；一枚钉上挂着一个泥制的脸谱。那是闭着眼睛而脸孔搽得通红的关羽，一派凛然不可侵犯的神气，令人想起"过五关""斩六将"的戏剧。另外两个脸谱则掉在地上，破碎的泥块，有红有黑，无法辨认是谁的脸谱了。

天花板上的吊灯，车轮形，轮上装着五盏小灯，两盏已破。

茶几上有一只破碎的玻璃杯。玻璃片与茶叶羼杂在一起。那是上好的"龙井"。

坐地灯倒在沙发上。灯的式样很古老，用红木雕成一条长龙。龙口系着四条红线，吊着六角形的灯罩。灯罩用纱绫扎成，纱绫上画着八仙过海。在插灯的横档上，垂着一条红色的流苏。这座地灯虽已倾倒，依旧完整，灯罩内的灯泡没有破。

杯柜上面的那只花瓶已破碎。这是古瓷，不易多得的窑变。花瓶里的几支剑兰，横七竖八散在杯柜上。杯柜是北欧出品，八英尺长，三英尺高，两边有抽屉，中间是两扇玻璃门。这两扇玻璃门亦已破碎。玻璃碎片散了一地。阳光从窗外射入，照在地板上，使这些玻璃碎片闪闪如夏夜的萤火虫，熠呀耀的。玻璃碎片邻近有一只竹篮。这竹篮竟是孔雀形的，马来西亚的特产。竹篮旁边是一本八月十八日出版的《时代杂志》，封面是插在月球上的美国旗与旗子周围的许多脚印。这些脚印是航天员杭思朗的。月球尘土，像沙。也许这些尘土根本就是沙。月球沙与地球沙有着显著的不同。不过，脚印却没有什么分别。就在这本《时代杂志》旁边，散着一份被撕碎的日报。深水埗发生凶杀案。精工表特约播映足球赛。小型巴士新例明起实施。利舞台公映《女性的秘密》。聘请女佣。楼房出租。"名人"棋赛第二局，高川压倒林海峰。观塘车祸。最后一次政府奖券两周后在大会堂音乐厅搅珠。……撕碎的报纸堆中有一件衬衫，一件剪得稀烂的衬衫。这件稀烂的衬衫衣领有唇膏印。

餐桌上有一个没有玻璃的照相架。照相架里的照片已被取出。那是一张十二英寸的双人照，撕成两半，一半是露齿而笑的男人；一半是露齿而笑的女人。

靠近餐桌的那堵墙上，装着两盏红木壁灯。与那盏坐地灯的式样十分相似：灯罩也是用纱绫扎成的，不过，图案不同，一盏壁灯的纱绫上画着"嫦娥奔月"；一盏壁灯的纱绫上画着"贵妃出浴"。画着"嫦娥奔月"的壁灯已损坏，显然是被热水壶摔坏的。热水壶破碎了，横在餐桌上，瓶口的软木塞在墙角，壶内的水在破碎时大部已流出。壁灯周围的墙上，有水渍。墙是糅着枣红色的，与沙发套的颜色完全一样。有了一摊水渍后，很难看。

除了墙壁上的水渍，铺在餐桌的抽纱台布也湿了。这块抽纱台布依旧四平八稳铺在那里，与这个房间的那份零乱那份不安的气氛，很不调和。

得嘟嘟嘟……

电话铃响了。没有人接听。这电话机没有生命。电话机纵然传过千言万语，依旧没有生命。在这个饭客厅里，它还能发出声响。它原是放在门边小几上的。那小几翻倒后，电话机也跌在地板上。电线没有断。听筒则搁在机上。

电视机依旧放在墙角，没有跌倒。破碎的荧光幕，使它失去原有的神奇。电视机上有一对日本小摆设。这小摆设是泥塑的，缺乏韧力，比玻璃还脆，着地就破碎不堪。电视机的脚架边，有一只日本的玩具钟。钟面是一只猫脸，钟摆滴答滴答摇动时，那一对圆圆的眼睛也会随着声音左右摆动。此刻钟摆已中止摇动，一对猫眼直直地"凝视"着那一列钢窗。这时候，从窗外射入的阳光更加乏力。

得嘟嘟嘟……

电话铃又响。这是象征生命的律动，闯入凝固似的宁静，一若航天员闯入阒寂的月球。

墙上挂着一幅油画。这是一幅根据照片描出来的油画。没有艺术性。像广告画一样，是媚俗的东西。画上的一男一女：男的头发梳得光溜溜，穿着新郎礼服；女的化了个浓妆，穿着新娘礼服，打扮得千娇百媚。与那张被撕成两片的照片一样，男的露齿而笑；女的也露齿而笑。这油画已被刀子割破。

刀子在地板上。

刀子的周围是一大堆麻将牌与一大堆筹码。麻将牌的颜色虽鲜艳，却是通常习见的那一种，胶质，六七十元一副。麻将牌是应该放在麻将台上的，放在地板上，使原极凌乱的场面更加凌乱。这些麻将牌，不论"中""发""白"或"东""南""西""北"都曾教人狂喜过，也怨怼过。当它们放在麻将台上时，它们控制人们的情感，使人们变成它们的奴隶。但是现在，它们已失去应有的骄矜与傲岸，乱七八糟地散在地板上，像一堆垃圾。

饭客厅的家具、装饰与摆设是中西合璧而古今共存的。北欧制的沙发旁边，放一只纯东方色彩的红木坐地灯。捷克出品的水晶烟碟之外，却放一只古瓷的窑变。不和谐的配合，也许正是香港家庭的特征。有些香港家庭在客厅的墙上挂着钉在十字架上而呈露痛苦表情的耶稣像之外，竟会在同一层楼中放一个观音菩萨的神龛。在这个饭客厅里，这种矛盾虽不存在，强烈的对比还是有的。就在那一堆麻将牌旁边，是一轴被撕破了的山水。这幅山水，无疑，有印，不落陈套，但纸色新鲜，不像真迹。与这幅山水相对的那堵墙上，挂着一幅米罗的复制品。这种复制品，花二三十块钱就可以买到。如果这画被刀子割破了，决不会引起惋惜。它却没有被割破。两幅画，像古坟前的石头人似的相对着，也许是屋主人故意的安排。屋主人企图利用这种矛盾来制造一种特殊的气氛，显示香港人在东西文化的冲击中形成的情趣。

除了画，还有一只热带鱼缸与一只白瓷水盂。白瓷水盂栽着一株小盆松，原是放在杯柜上的，作为一种装饰，此刻则跌落在柚木地板上。盂已破，分成两半。小盆松则紧贴着墙脚线，距离破碎了的水盂，五六英尺。那只热带鱼缸的架子是铝质的，充满现代气息，与那只白瓷水盂放在同一个客厅里，极不调和，情形有点像穿元宝领的妇人与穿迷你裙的少女在同一个场合出现。

热带鱼缸原是放在另一只红木茶几上的。那茶几已跌倒，热带鱼缸像一个受伤的士兵，倾斜地靠着沙发前边的搁脚凳。缸架是铝质的，亮晶晶，虽然从茶几掉落在地上，也没有受到损坏。问题是：鱼缸已破，汤汤水水，流了一地。在那一块湿漉漉的地板上，七八条形状不同的热带鱼，有大有小，躺在那里，一动也不动。在死前，它们必然经过一番挣扎。

这饭客厅的凌乱，使原有的高华与雅致全部消失，加上这几条失水之鱼，气氛益发凄楚。所有的东西都没有生命。那七八条热带鱼，有过生命而又失去，纵纵横横地躺在那里。

电话铃声第三次大作。这声音出现在这寂静的地方，具有浓厚的恐怖意味，有如一个跌落水中而不会游泳的女人，正在大声呼救。

与上次一样，这嘹亮的电话铃声，像大声呼救的女人得不到援救，沉入水中，复归宁静。

突然响起的电话铃声固然可怕，宁静则更具恐怖意味。宁静是沉重的，使这个敞开着窗子的房间有了窒息的感觉。一切都已失却重心，连梦也不敢闯入这杂乱而阴沉的现实。

那只长沙发上放着三只沙发垫。沙发垫的套子也是枣红色的，没有图案。除了这三只沙发垫之外，沙发上零零乱乱地堆着一些苹果、葡萄、香蕉、水晶梨。……有些葡萄显然是撞墙而烂的。就在长沙发后边的那堵墙上，葡萄汁的斑痕，紫色的，一条一条地往下淌，像血。

水果盘与烟碟一样，也是水晶的，捷克出品。因撞墙而碎，玻璃碎片溅向四处。长沙发上，玻璃片最多，与那些水果羼杂在一起。

长沙发前有一只长方形的茶几。

茶几上有一张字条，用朗臣打火机压着。字条上潦潦草草写着这样几句：

"我决定走了。你既已另外有了女人，就不必再找我了。阿妈的电话号码你是知道的，如果你要我到律师楼去签离婚书的话，随时打电话给我。电饭煲里有饭菜，只要开了掣，热一热，就可以吃的。"

（一九六九年九月三日）

（一九八〇年八月二十三日改）

龙须糖与热蔗

1

他叫亚滔,一个卖龙须糖的。那天下午,他在油麻地一幢大厦的入口处卖龙须糖。有几个人围着他。这几个人并非全是顾客,除了一个掏钱买糖的,其余几个都将他的工作当作一种表演。他感到骄傲,集中精神去"表演"。就在这时候,有人刺了他几刀。他倒下,手里拿着未卷成的龙须糖。

2

虽然死得凄惨,所谓"前因",却是缺乏曲折与离奇的。

3

亚滔死的时候,只有十九岁。与所有的年轻男人一样,喜欢留长发，喜欢穿苹果牌牛仔裤，喜欢看打斗片，将李小龙当作"神"来崇拜。当他在小学读书的时候，他常看公仔书。现在，被人刺死了，走来调查的警务人员发现他的衣袋里有一本武侠小说。他的父亲是个搭棚工人。十年前，建筑业一枝独秀，搭棚工人的工资提高，每个月可以赚两三千块钱。那时候，亚滔才不过九岁。日子过得不算好，也不算坏。坏的日子是在他的父亲离开人世后开始的。他的父亲在一个有雨的下午从棚架跌下，留下五千块钱与一只金戒指与一只震坏了的腕表。

亚滔十五岁之前，母亲替别人洗熨衣服。亚滔过了十五岁，母亲常常咳嗽，咳出来的痰，带有血丝。为了生活，亚滔做过写字楼的后生，也做过清洁工人。尽管赚的钱不足维持这个家的开支，却不愿拿了刀子走去公厕抢劫。当他在写字楼做后生的时候，曾经将墨水泼翻在文件上，被经理责骂几句，愤而离去。当他做清洁工人时，为了一句不堪入耳的粗话，与一个同事打了起来，打得头破血流。两种工作都不合理想，决定改行做小贩。起先，贩卖生果；后来，贩卖猪肠粉。几个月前，港九忽然多了一些卖龙须糖的，生意都很好，亚滔决定改卖龙须糖。

4

龙须糖不是什么新花样，在别处早已是一种普遍的零食。几年前，海运大厦设立"星光邨"，有一档卖龙须糖的引起许多人的注意。这档龙须糖的生意特别好，卷糖的老师傅只有一个，时间变成他的敌人，顾客想吃龙须糖，必须先缴钱；然后拿了筹码，隔半个钟头或一个钟头才能取到。生意是很好的。不论晴天或雨天；不论夏季或冬季，生意总是很好的。正因为这样，这种在香港原不普遍的零食，忽然像牛杂、猪肠粉与臭豆腐那样普遍了，港九各区都有卖龙须糖的小贩出现，旺盛的地区如皇后道或弥敦道固然有，即使偏僻的地区如九龙塘或半山一样也有。吃龙须糖的人越来越多。贩卖龙须糖的人越来越多。亚滔并不愚蠢，看到这种情形，为了争取较大的利润，也改卖龙须糖了。这一次的"投机"，使亚滔的收入增加一倍。不过，他之所以被人刺毙，并不是因为贩卖龙须糖的收入太好；而是为了珠女。

5

珠女是个卖热蔗的，今年十七岁，圆圆的脸蛋，大大的眼睛，不大开口，也不大露笑容。

6

珠女的热蔗档是一架用杂木钉成的车子，摆在大厦门口，有青皮蔗，也有红皮蔗。

亚滔的龙须糖则装在锌铁箱里，简简单单，下面放一只折凳，就可以做生意了。警察来时，只要右手提铁箱，左手提折凳，拔腿飞奔，多数不会被抓入猪笼车。亚滔年纪虽轻，"走鬼"的经验倒也相当丰富。

7

珠女的热蔗档，摆在大厦门口的左边。

亚滔的龙须档，摆在大厦门口的右边。

当亚滔决定将档口摆在那地方时，他当然会注意到那个热蔗档的。由于贩卖的货物不同，亚滔不会将热蔗档视作竞争的对象。同样的情形，珠女也不会因为多了一个龙须糖档而妒忌。

在最初的两天中，因为生意好，亚滔不断卷龙须糖，连片刻的休息也得不到。第三天，气候骤变，北风呼呼吹，衣服穿得单薄的人就会发抖。买龙须糖的人减少了。看亚滔卷龙须糖的人减少了。亚滔站在北风中，为了御寒，不得不将那双染满糖粉的手插入牛仔裤。

偶然的一瞥，他发现坐在热蔗档旁边的珠女正在看他。当他们的视线接触时，珠女忙不迭低下头去，两颊羞得通红。

热蔗不断有热气冒出。

坐在热蔗旁边是温暖的，亚滔想。

8

尽管每天都见面，亚滔与珠女一直没有交谈过。亚滔喜欢那对大大的眼睛，没有顾客的时候，就会转过脸去看珠女。珠女怕羞，老是将视线落在别处，只有在亚滔忙于卷龙须糖的时候，才敢悄悄偷看他一眼。

9

另一个寒流袭港的日子。很冷。天文台说是新界某些地区已结冰。亚滔起身后，手指麻痹，总觉得身上穿的衣服不够。他对母亲说：

"天气太冷，今天不想出去做生意了。"

母亲点点头。

吃过早饭，手指依旧麻痹。亚滔对母亲说：

"天气虽冷，不做生意就赚不到钱。"

母亲点点头。

亚滔提了锌铁箱与折凳走去老地方卖龙须糖。北风呼呼吹，天气是很冷的。亚滔见到坐在热蔗档边的珠女时，虽然身上穿的衣服相当单薄，也不觉得冷了。

10

这天下午，气候更冷。买龙须糖的人，很少；买热蔗的人，更少。亚滔望望坐在热蔗档边的珠女，想起那些坐在电炉旁边打麻将的女人，觉得珠女很可怜。珠女望望站在龙须糖箱旁边的亚滔，想起那些在暖气房喝酒的男人，觉得亚滔很可怜。

有一个阿飞走来向珠女买热蔗了。这个阿飞的头发比亚滔更长，电成波浪式，像女人。他的右颊有刀伤的疤痕。

他选了一条五毫的热蔗，要珠女削去蔗皮。珠女削蔗皮时，他用油腔滑调的口气说：

"你叫什么名字？"

珠女不答。

"今天晚上有空吗？"

珠女不答。

"要是有空的话，请你去听歌。"

珠女仿佛聋了似的，只管削蔗皮。

"怎么啦？不愿意跟我讲话？"

珠女仍不开口，脸上的表情很难看，怒意显明。

"喂！"阿飞放开嗓子说："别假正经，好不好？"说着，伸出手去，用食指在珠女下颚刮了一下。这一个佻㒓的动作，使珠女恚怒到了极点。珠女将那条未削好的甘蔗掷在地上。

阿飞老羞成怒，肆无忌惮地将珠女搂住，强吻她。亚滔见此情形，再也无法用理智控制自己的行为，三步两脚走过去，一把捉住阿飞的衣领，往后一拖。那阿飞没想到半路上会杀出一个程咬金，心理上全无准备，身子失去平衡，跌倒在地。纵然如此，亚滔的怒气仍未平息，扑过去，将拳头犹如雨点般落在阿飞身上。那阿飞显然不是亚滔的对手，挨了打，不但不回击，反而飞步窜逸。

珠女低声对亚滔说了一句："谢谢你。"

亚滔说："那个阿飞太可恶了！"

珠女走回热蔗档边，坐定。

亚滔走回自己的档口，呆站着。

天气太冷。没有人走来买龙须糖，也没有人走来看亚滔卷龙须糖。亚滔闲着无聊，心情有点局促。为了掩饰这种局促的心情，即使没有顾客，也毫无必要地卷龙须糖了。

卷好三个龙须糖，走去递与珠女，不说一句话。

珠女将龙须糖接了过去，放在一边。

她选了一条红皮热蔗，削去皮，走去递与亚滔，不说一句话。

亚滔接过热蔗，咬了一口。

珠女回到摊边，坐定，开始吃龙须糖。

吃龙须搪的时候，珠女偶尔也会望望亚滔。

吃热蔗的时候，亚滔偶尔也会望望珠女。

偶尔，他们的视线接触了，亚滔对珠女笑笑；珠女也会对亚滔露出一个浅若海鸥点水的笑容。

11

天气回暖。买龙须糖的人,多了,走来看亚滔卷龙须糖的人,也多了。亚滔很忙。当他忙得连回头看珠女的机会也得不到的时候,珠女就睁大眼睛怔怔地凝视他。有一次,一个小孩子走来买热蔗,珠女的注意力给亚滔吸引住了,竟将削去皮的甘蔗又削了一遍。

12

亚滔曾在梦中请珠女看电影,也在梦中请珠女在餐厅的卡位里喝咖啡。但在现实生活中,始终没有勇气开口。不开口,并不是对珠女没有好感;相反,他对珠女的情况却有太多的猜想。他猜想珠女是个独生女。他猜想珠女的父母已不在人世,寄居在亲戚家里。或者,珠女的母亲已不在人世;而她的父亲则是一个性情暴躁的酒鬼。他猜想珠女没有读过什么书,即使读过,也不过是小学程度。他猜想珠女喜欢吃甜的东西。他猜想坐在热蔗档边的珠女在想什么……

卷龙须糖的工作,是一种简单的工作。唯其简单,成天做着这种工作,难免感到乏味。亚滔能够站在大厦入口处久久做这种简单的工作而不觉得乏味,主要靠这些没有根据的猜想支持。这些猜想,虽然缺乏根据,却极具娱乐性。

那天下午，当他一边卷龙须糖一边猜想珠女是否会拒绝他的邀约时，被人刺了几刀。

警察疾步赶来，凶手已逃得无影无踪。警察向一个目击者询问凶手的面貌，目击者的回答是：凶手是个长头发阿飞，右颊有刀伤的疤痕。

警察向珠女提出一连串询问，珠女的喉咙好像给什么东西塞住了，发不出声音。

亚滔的尸体被抬走后，大厦入口处的地面上还有几摊血迹与糖粉。血是红的。糖粉是白的。两种不同的颜色形成强烈的对比。珠女依旧坐在热蔗档边，呆呆地凝视地面上的血迹与糖粉，很久很久，视线才被泪水搅模糊。

（一九七四年三月十七日）

一九九七

一

吃早饭时，吕世强阅读日报。吃过早饭，他将日报掷在餐台上。他是一个喜怒容易形于色的人，高兴时，喜跃抃舞；不高兴时，就会乱发脾气。此刻，他是很不高兴了，脸上的表情转换得很快，好像川剧中的"变脸"，变得很难看，使霜玲吃了一惊。霜玲睁大眼睛望着他朝卧房走去，不知道他为什么生气。当他朝卧房走去时，他踢倒了地板上的积木。这积木是前几天从铜锣湾一家百货公司买来送给大女的生日礼物。大女只有五岁，已懂从积木中寻找乐趣了。昨天晚上，啤仔睡着后，世强和霜玲坐在沙发上看长篇电视剧《家春秋》，大女坐在地板上搭积木。大女小心翼翼将彩色的小木头搭成房屋，沾沾自喜，满足于自己的"成就"，甚至到了上床的时候也不许父母将她搭成的房屋弄倒。但是现在，父亲将她搭的积木踢倒，她找不到可以接受的理由去解释父亲的行为，就像挨了打似的放声哭了起来。世强进入卧房后，以敏捷的动作更换衣服。大女的哭声令他烦懑，虽然衣服还没有穿好，他却拉开房门，走出来，愤然踢开散乱在地板上的积木，然后回入房内，将房门砰地关上。大女的感情受到伤害，哭得更加大声。啤仔见姐姐哭，也哇地放声大哭。霜玲不知道世强为什么发这样大的脾气，猜想与报纸上的新闻有关，伸手将那份日报拿过来，定睛观看，见到这样两行大字标题：

将来香港九龙新界
　一如深圳成为特区

二

车上乘客很多，黑压压的，像铁笼中的田鸡，彼此相轧。世强面前坐着两个妇人，一胖一瘦，在高声谈话。

胖妇："昨夜烧了两套衣服给大伯。大伯去年中风死去后，还是第一次烧衣给他。"

瘦妇："你的心肠真好。"

胖妇："心肠好，有什么用？今年运气很坏，打牌，十场倒有九场是输的。买六合彩，最多中三个字。赌马赌狗，同样输多赢少。几个月前，有个会首走路，我也损失两万多。"

瘦妇："选个日子去拜黄大仙。"

胖妇："拜过了，一点用处也没有，赌钱还是输，做事也不顺遂，前两天还和老公吵了一架。"

瘦妇："教你一个方法：从你老公衣服上剪一粒纽扣下来，然后从你自己的衣服上剪一粒纽扣下来，将两粒纽扣绑在一起，放在枕头底，你们就会和好如初。"

胖妇："我的儿子最近的运气也不好。"

瘦妇："拿一件儿子穿过的衣服出来，我带你到观音庙去找个人替他转运，顺便求支姻缘签。"

瘦妇："一千几百。"

胖妇："什么？一千几百？"

瘦妇："财散人安。你要是想替儿子转运的话，千万不要钱呀钱的讲个不停。讲得太多，菩萨会说你不诚心。"

胖妇："今年不知交了什么运，样样都不如意，一定有什么东西放错了位置！"

瘦妇："放错位置？"

胖妇："我们那层楼已住了五年多，一向没什么事。年初装修后，运气就不好了，我怀疑有什么东西放错了位置！还有，对面那家人家挂的长明灯老是照着我们，也有问题。"

瘦妇："找个风水先生看看。"

胖妇："看一次要多少钱？"

瘦妇："风水先生是以尺计酬的。"

胖妇："以尺计酬？"

瘦妇："你们那层楼的建筑面积有多少？"

胖妇："建筑面积一千五百尺；实用面积只有一千三百多尺。"

瘦妇："风水先生是以建筑面积计算的，每尺三元，一千五百尺的楼宇最少四千五。"

胖妇："这么贵？"

瘦妇："刚才已讲过，财散人安！"

胖妇："我那衰鬼老公一定不肯花这么多的钱请风水先生看风水。"

瘦妇："可以不让他知道的。"

胖妇："讲开又讲，我那衰鬼老公这些日子有点喜怒无常，有时看了报纸愁眉苦脸；有时看了电视兴高采烈，不知道为什么？"

瘦妇："会不会与股票有关？"

胖妇："最近股市忽升忽跌，听说与什么一九九七大限有关。有人劝我买入，也有人劝人卖出。"

瘦妇："这时候最好多拜菩萨，等运气转好后再去炒股、炒金、炒楼。"

胖妇："明天有空吗？"

瘦妇："没有什么事。"

胖妇："明天早晨陪我到观音庙去。"

瘦妇："好的。"

接着，话题转在麻将上面，口沫横飞，越说越大声，越说越起劲。

三

"十几年前，我还没有结婚，即使给鲨鱼吃掉，也不会使别人痛苦。但是现在——"世强想，"我是一个有妻子儿女的人，负担那么重，怎能偷渡到别处去？要走，必须现在就走。否则，香港地位改变后，像越南难民那样在大海中漂来漂去，不葬身鱼腹，也会被海盗杀死。"

"即使有办法移居多米尼加或巴拉圭之类的小国，也不能带秀金和小强一起去，"世强想，"我可以带霜玲、大女和啤仔移居外国，却不能带秀金和小强一起去。霜玲根本不知道我和秀金的关系。秀金只能算是情妇，想申请，必须分开办理。小强在法律上是私生子，也不能与我一同申请。如果我是一个亿万富翁的话，这些困难总有办法克服。问题是：我资力薄弱，根本没有条件这样做。即使有条件，也不能这样做。我认识秀金先于霜玲，秀金肯将我和霜玲的婚姻关系当作事实来接受，霜玲未必肯接受我与秀金的关系。霜玲对我和秀金的关系一无所知，甚至不知道我和秀金已有孩子。如果一同移居外国的话，事情迟早会给她知道的。到那时麻烦就多了。"

"要不要将手上的股票卖出？"世强想，"前几天，大家都对戴卓尔夫人访华寄予很大的希望，恒生指数一下子冲上千壹点，走势强劲。但是现在，谈判还没有开始就传来这样的消息，股市非跌不可。我要是抓住股票不放的话，万一像七三年那样一路狂泻，手上的股票只好留着包豆豉了。此外，工厂的厂房以前只值几十万，现在值两百多万，也该卖掉了。现在不卖，将来香港地位改变，即使减至一二十万也未必找得到买家。问题是：厂房卖出后，日子怎样过？拿着这一点钱，既不能移居外国，也不能坐吃，有什么用？"

"不要自己吓自己，可也不能自己骗自己，"世强想，"那份报纸印得清清楚楚：'解决香港问题政治重于经济。'从这一点来看，收回香港主权已成定案的消息不会是谣言。既然不是谣言，香港的地位一定会改变了。问题是：什么时候变？一九九七年？一九九七年之前？一九九七年之后？如果在一九九七年之后改变的话，还有一大段时间可以维持目前的生活水准，无须过分担忧；反之，如果在一九九七年之前改变的话，那就可怕了。我的情形比一般人复杂。一般人的家庭情况不会像我那样复杂的。别人只要有子女在外国，就可以考虑移居；我是无法考虑移居外国的。我只能希望现状不变。会谈今午开始，不知道会有什么结果。大家都说戴卓尔夫人是铁娘子，但在这一次的谈判中是没有必要摆出'铁'的姿态的。戴卓尔夫人应该知道处理香港问题与处理福克兰群岛不同。处理香港问题时不应该摆出'铁'的姿态。……"

"有了钱，许多问题都可以解决，"世强想，"有了钱，就可以移居外国。有些国家欢迎有钱人走去投资，只要有钱，就可以在那些国家定居。金钱是这个世界上最重要的东西。金钱可以帮助你移居外国。金钱可以帮助你解决许多现实问题。金钱可以买到许多东西，包括权势、地位和爱情。有钱人可以过快乐日子。没有钱的人连日子也过不了。在这个世界上，金钱是最重要的东西。十几年前，我游水来到香港时，身上只有几十元港币和一封信。这几十元港币和信是用一张油纸包着的。没有这几十块港币，我就进不了市区。进不了市区，就领不到身份证。没有身份证，就不能在香港长住。在香港长住，单靠一张身份证是不够的。阿爸看到了这一点，给我几十块港币之外，还写了那封信给我。没有那封信，麦仕敬不会收留我。麦仕敬不收留我，我无法在香港长住。不过，最重要的，还是那包珠宝。没有那包珠宝，我不会也没有资格开工厂。那包珠宝虽然没有太值钱的东西，终究使我有了经济基础。麦仕敬肯将那包珠宝交给我，我是应该感谢他的。但是，我一点也不感谢他。他不能算是坏人，可也不能算是好人。他虽然没有侵吞那包珠宝，却有意将那包珠宝归为己有。那包珠宝是阿爸的。阿爸当年离开香港回广州时交给他代为保管。可是，我来到香港后，阿爸写信给他，要他将珠宝交还给我，他没有交还给我。他的意图十分明显，我不敢跟他争吵，怕他将我赶出去。他虽然收留了我，却不能算是好人。阿爸将他视作好朋友，他并没有将阿爸视作好朋友。阿爸病倒时，写信给他，要他将珠宝交给我，他没有将珠宝交给我。他怎能算是好人呢？那时候，阿爸是很需要钱的，我向麦仕敬拿珠宝，麦仕敬不理睬我。阿爸死后，麦仕敬可以将我赶走的。

"他没有赶走我，因为良心使他不敢这样做。事实上，他要是连那一点善心也没有的话，他就不会在病危时将那包珠宝拿给我了。他将那包珠宝拿给我，只能证明他不是坏人，可不能因此说他是好人。一个好人绝不会意图侵占别人的财物。在这个世界上，金钱是最重要的东西。虽说金钱肮脏，金钱却能买到很多东西。虽说金钱是罪恶之根，金钱却能解决许多问题。我必须设法多赚一些钱。这几个月，工厂的情况很不理想，不能不另想办法。现在，香港前途问题还没有明朗，人心惶惶，许多人担心将来的情势会有变化，宁愿低价将楼宇卖出，移居外国。现阶段的物业市道十分呆滞，手上有资金的人急于将资金外调，谁也不想买楼了。没有人买楼，楼价必跌。这时候买入两三层，到尘埃落定时卖出，赚几十万甚至几百万是轻而易举的事。香港地小人多，炒楼最易赚钱。这些年来，因炒楼而发达的人不知道有多少。前此不久，楼价涨得太高，炒楼实在危险；现在，楼价普遍下降，只要遇到急于脱手的业主，一定可以买到便宜货。问题是：楼价会不会继续下跌？霜玲劝我不要做出仓卒的决定，看来也是这个意思。买楼不同于买蛋糕，必须慎加考虑。在做出决定之前，应该多注意事态的发展，尽管会谈在保密的情况中进行，仔细研究来自各方的消息，多少总可以看出一些端倪……"

四

"还记得吗？"世强问秀金，"那天晚上有雨，雨很大，我们合撑一把伞，好像与这世界完全隔离了！"秀金点点头："那时候你对我讲的话，现在我还记得。"秀金是很喜欢回忆过去的。不止一次，她对世强说："那时候，我们是快乐的。"她喜欢回忆过去，因为她现在过的日子并不快乐。她虽然与世强生活在一起，却是一种偷偷摸摸的关系，见不得阳光。她虽然与世强生了一个儿子，却不是世强的妻子。她愿意将这种关系当作秘密来保守，因为她不愿意给世强增添不必要的麻烦。她从不责怪世强，只怪自己的命运不好。纵然不快乐，她却愿意接受命运的安排。她就是这样一个内向而温婉柔顺的女人，长得不算漂亮，却十分贤惠。十几年前，她很瘦弱。来到香港后，健康情况有了显著的增进，体重也增加了。她与霜玲有相似处，也有不同点。霜玲长得比秀金漂亮，健康情况比秀金好得多，身形略胖，性格与秀金有点近似，也是内向的。两个女人的发型有很大的差别，霜玲留长发；秀金则将头发剪得很短。世强介于两个女人之间，处境虽然有点尴尬，在他的心目中，两个女人的地位是一样的。如果有人对世强说"一个男人不可能同时爱上两个女人"的话，世强必会嗤之以鼻。

五

"请吕世强先生听电话。"

"我就是。你是哪一位。"

"我是老唐。"

"什么事。"

"今天股市狂泻，恒生指数下跌八十三点！"

"这是戴卓尔夫人访港的第一天，市场竟会跌成这个样子，倒是一件意料之外的事。难道香港人对香港的前途已失去信心？"

"戴卓尔夫人在记者招待会上答复记者的询问时，对这种情形有不同的看法。"

"她怎样说？"

"她说：不能从市场一日的表现中看出什么来。"

"你的看法呢？"

"人心虚弱，股市可能继续下泻。"

"但是，这种恐惧性的抛售缺乏有力的支持，不会持续。"

"暂时恐怕还不容易消除蟠结在香港人心头的恐惧。所以……"

"怎么样？"

"我担心股市会继续下跌，七三年的历史可能重演。"

"现在的情形与七三年不同。"

"话虽如此，我还是劝你趁早将手上的股票卖出。"

"我认为这是应该入货的时候。"

"入货？"

"想赚钱，必须趁低吸纳。"

"市场人心已散，眼看千点大关就要跌破了，怎么可以买入？"

"我相信股市不但不会像七三年那样狂泻，而且很快就会反弹。"

六

有一天，世强在秀金处吃中饭。饭后，坐在客厅的沙发上收看电视台的"午间新闻"。他听到一则对香港前途不利的消息，皱紧眉头，忧闷不欢，仿佛心上插着一支长针似的。

小强没有能力辨别容色，走到世强面前，要世强抱他。

"滚开！"世强怒声呵斥。

小强依旧像攀墙藤似的缠着他。他用力将小强推开。小强放声大哭。哭声很响，响得刺耳。这哭声犹如火上加油，使世强更加愤懑了，捉住小强，噼噼啪啪，打他的屁股。小强哭喊，秀金大踏步走过来，用近似"抢"的动作将小强抱去。

"你怎么啦？"秀金问，"为什么将小强打成这个样子？"

世强纵身跃起，一言不发，怀着一肚子的无名火，悻悻然离去。

七

世强变了。

他变成另外一个人。

这种改变使关心他的人忧虑。

朋友们不但不愿接近他,有时还故意避开他,甚至厂里的女工们也觉得"老板面孔"很难看。

别人对世强的改变是不关心的。即使会计主任老唐,因为被世强恶声叱责过一次的关系,心存芥蒂,对世强连假意的关心也没有了。

霜玲不能不关心世强。

秀金不能不关心世强。

霜玲发觉世强脑子里只有一种思想——关于香港前途问题的思想。别人跟他谈其他的事情,他就会心不在焉地望着远处,好像完全没有听到对方在讲什么似的。

秀金发觉世强对香港前途的忧虑已使他的性情有了很大的转变。世强似乎忘记怎样发笑了,那副愀然不乐的表情令人看了心烦。他的肝火特别旺,稍不如意就会大发脾气。

世强不快乐,霜玲当然也不会快乐。

世强不快乐,秀金当然也不会快乐。

霜玲对世强说:"你要是这样忧愁下去,迟早会病倒,不必到一九九七年,你就急死了!"

秀金对世强说："现在，有关香港问题仍在谈判中，你何必担忧成这个样子？"

虽然霜玲和秀金的劝告都是善意的，这些劝告却不能唤醒世强的理智。

世强的心好像上了锁似的，打不开。

股票的走势是大跌小回，使世强在经济上蒙受相当大的损失。

有关香港前途的消息越来越多。这些消息与世强所希望的结果有着很大的距离。

世强忧心忡忡，除了睡着的时候，再也得不到片刻的安宁。事实上，即使在睡梦中也未必能够得到安宁。他常做噩梦。

他瘦了。

他没有条件使自己的心愿成为事实。

经济上，他不能算是一个没有办法的人。纵然下泻的股市使他蚀掉不少钱，工厂还开着。如果他需要钱的话，他可以将工厂卖掉。问题是：他不能带秀金和小强一同移居外地。

他必须留在香港。

为了这个理由，他比别人更加担心香港的政治地位和社会制度会改变。

对于他，这种改变是十分可怕的。

过分的恐惧使他几乎连生之乐趣也失去了，日子过得很不快乐。

与霜玲在一起时，他总是愁容满面，好像天要塌下来了。

与秀金在一起时，他总是愁容满面，好像天要塌下来了。

霜玲担心他的健康会衰退。秀金也担心他的健康会衰退。他却在担心香港的现状会改变。这种忧虑犹如一条无形的绳索，将他紧紧捆绑。

由于得不到片刻的安宁，他开始喝酒。酒液虽不能消除他的忧虑，却能使他暂时忘掉他所担忧的事。

因为喝酒，生活越出轨迹。他常常迟归，回来时总是喝得醉醺醺的，不是呕吐，便是大哭大喊，甚至乱掷东西。霜玲对他的行为非常不满；两个孩子则惊诧于父亲变成怪物。这个家庭原是相当温暖的，世强变成酒鬼后，生活在这个家里的人都失去生的乐趣。

世强清醒时，霜玲曾要求他戒酒。

"你不能再喝酒了！"霜玲粗声粗气对他说，"你知道不知道：自从你变成酒鬼后，我和两个孩子就没有过过快乐的日子！你为香港的前途而担忧，我不怪你；但是，你为什么要喝酒？你想逃避，却让我们来受罪！你究竟还要不要我？你究竟还要不要两个孩子？你究竟还要不要这个家？你要是还要这个家的话，就该戒酒！"

八

走出酒吧时，他已有七分醉意，摇摇晃晃，不能保持身体的平衡。他是应该回家去的，却漫无目的地在街头荡来荡去。他不想回家，因为那个家已不再使他感到温暖。霜玲变了，霜玲常常用严厉的口气跟他讲话。以前，霜玲与秀金一样，也是很温柔的；现在，她脸上少有笑容，除非不开口，否则，总是粗声粗气的，像要跟他吵架。事实上，秀金也变了。秀金虽然不会像霜玲那样用粗暴的声音跟他讲话，脸上的表情却是不大好看的。他依旧爱她们，但是，与她们在一起时，他并不快乐。他宁愿在外边荡来荡去，做一些连他自己也得不到解释的事情。在目前这种情况下，喝酒似乎是一种娱乐了。其实，他并不能从酒液中得到什么乐趣。这样做，无非想麻醉自己，使自己不去想那些令他担忧的事情。他以为酒液可以帮助他做到这一点，事实上却是做不到的。每一次喝了过量的酒之后，脑子里的思想十分混乱。不过，这些混乱的思想中间，有些会使他发笑，有些会使他流泪，更有一些会使他忧闷不欢。他之所以常常喝酒，主要是不愿想到一九九七年的问题；可是喝了酒之后，除非醉得不省人事，他还是会想到那个问题的。想到那个问题时，他就忧闷不欢了。正因为这样，可怕的事情终于在他穿过马路时发生了。当他跌跌撞撞在马路中心行走时，他忽然想到了那个问题：香港的政治地位会不会改变？……一辆汽车疾驰而来，他竟像盲人似的朝车头走去。他被汽车撞倒了，血流如注。救伤车来到时，他已断气。

九

没有人将这件惨事通知秀金。秀金是在第二天上午阅读日报时才知道的。她很悲伤，流了许多眼泪。当她的理智恢复清醒时，她对自己说："现在，他不必为香港的前途担忧了。"

（一九八三年三月六日改作）

崔莺莺与张君瑞

张君瑞用手背掩盖在嘴前，连打两个呵欠。

崔莺莺也用手背掩在嘴前，连打两个呵欠。

"该上床休息了。"张君瑞想。

"该上床休息了。"崔莺莺想。

这是春夜。月光照得芭蕉叶上的露水晶莹发光。

庭院里，雄猫终于找到雌猫，咪咪咪，看得莺莺两颊发烧，心似猫爪乱抓般难受。

崔莺莺想："现在应该上床休息了。"

拨转身，冉冉走去床边，一屁股坐在床沿，将左腿搁在右腿，脱去左脚的绣花鞋；然后将右腿搁在左腿上，脱去右脚的绣花鞋。

张君瑞再一次用手背掩盖在嘴前，连打两个呵欠。

崔莺莺用纤纤玉指脱去衣服，那雪白粉嫩的胴体，立刻发出一种迷人的香味。

她几乎沉迷在自己的体臭中，横在床上，用被窝覆盖胴体。

张君瑞拨转身，三步两脚，走去床边，一屁股坐在床上，脱去鞋子。

鞋子刚脱去，忽然想起一件事没有做妥，重新跂着鞋子，匆匆走去厕所解溲，蹑足回房。

再一次用手背掩着在嘴前，频频打呵欠。然后解开衣钮，将身上的衣服全部脱去。

雄猫在庭园里咪咪叫。

雌猫也在庭园里咪咪叫。

这是"一刻值千金"的春宵，连花朵也因为受了露水的滋润发出浓郁的香味。

夜风拂来，香气扑鼻。

张生上床，用被窝覆盖身体。

夜风转劲，那木窗并未闩上，在风中一开一闭，均匀地发出砰砰的声音。

张生一骨碌翻身下床，跂着鞋子，疾步走去将木窗闩上。

崔莺莺一动不动躺在床上，脑子里充满不可告人的念头。她想着牡丹怎样沾了露水而盛开。

思想就是这样一种东西，不受时间与空间的限制，而且有一个无限大的领域。

她脑子想的种种，别人永远无法知道。

所以，崔莺莺有了许多大胆的想念。

现在，张生赤裸着身体睡在被窝里，崔莺莺也赤裸着身体睡在被窝里。

庭园里的两只猫，咪咪咪咪叫个不休。

是的，这是一刻值千金的春宵，虽然是一座庙宇，也到处是迷离的花影。

张生睡在暖烘烘的被窝里。

崔莺莺睡在暖烘烘的被窝里。

窗有夜风吹竹，簌簌作响。庭园里有几处竹篁，每至深更半夜就会发出这种近似音乐的声音。

但是——

这时候的张君瑞睡在西厢；崔莺莺睡在别院。

两人之间，隔着一道粉墙！

（发表于一九六四年九月四日《快报》）

蛇

1

　　许仙右腿有个疤，酒盅般大。有人问他："生过什么疮？"他摇摇头，不肯将事情讲出。其实，这也不是什么可耻的事情，讲出来，绝不会失面子。不讲，因为事情有点古怪。那时候，年纪刚过十一，在草丛间捉蟋蟀，捉到了，放入竹筒。喜悦似浪潮，飞步奔跑，田路横着一条五尺来长的白蛇，纵身跃过，回到家，右腿发红。起先还不觉得什么；后来痛得难忍。郎中为他搽药，浮肿逐渐消失。痊愈时，伤口结了一个疤，酒盅般大。从此，见到粗麻绳或长布带之类的东西，他就会吓得魂不附体。

2

　　清明。扫墓归来的许仙踏着山径走去湖边。西湖是美丽的。清明时节的西湖更美。对湖有乌云压在山峰。群鸟在空中扑扑乱飞。狂风突作，所有的花花草草都在摇摆中显示慌张。清明似乎是不能没有雨的。雨来了。雨点击打湖面，仿佛投菜入油锅，发出刺耳的沙沙声。他渴望见到船，小船居然一摇一摆地划了过来。登船。船在水中摆荡。当他用衣袖拂去身上的雨珠时，"船家！船家！"呼唤突破雨声的包围。如此清脆。如此动听。岸上有两个女人。许仙斜目偷看，不能不惊诧于对方的妍媚。船老大将船划近岸去。两个女人登船后进入船舱。四目相接。心似鹿撞。垂柳的指尖轻拂舱盖，船在雨的漫漫中划去。于是，简短的谈话开始了。他说："雨很大。"她说："雨很大。"舱外是一幅春雨图，图中色彩正在追逐一个意象。风景的色彩原是浓的，一下子给骤雨冲淡了。树木用蓊郁歌颂生机。保俶塔忽然不见。于是笑声格格，清脆悦耳。风送雨条。雨条在风中跳舞。船老大的兴致忽然高了，放开嗓子唱几句山歌。有人想到一个问题："碎月会在三潭下重圆？"白素贞低着头，默然不语。高围墙里的对酌，是第二天的事。第二天，落日的余晖涂金黄于门墙。许仙的靴子仍染昨日之泥。"你来啦？"花香自门内冲出。许仙进入大厅，坐在瓷凳上。除了用山泉泡的龙井外，白素贞还亲手斟了一杯酒。烛光投在酒液上，酒液有微笑的倒影。喝下这微笑，视线开始模糊。入金的火，遂有神奇的变与化。荒诞起自酒后，所有的一切都很甜。

3

烛火跳跃。花烛是不能吹熄的。欲望在火头寻找另一个定义。帐内的低语，即使贴耳门缝的丫鬟也听不清楚。那是一种快乐的声音。俏皮的丫鬟知道：一向喜欢西湖景致的白素贞也不愿到西湖去捕捉天堂感了。从窗内透出的香味，未必来自古铜香炉。夜风，正在摇动帘子。墙外传来打更人的锣声，他们还没有睡。

4

许仙开药铺，生病的人就多了起来。邻人们都说白素贞有旺夫运，许仙笑得抿不拢嘴。药铺生意兴隆，值得高兴。而最大的喜悦却来自白素贞的耳语。轻轻一句"我已有了"，许仙喜得纵身跃起。

5

药铺后边有个院子。院子草木丛杂，且有盆栽。太多的美丽，反而显得凌乱。"这院子，"许仙常常这样想，"应该减少一些花草与树木。但是，树木与花草偏偏日益深茂。这一天，有人向许仙借医书，医书放在后边的屋子里，必须穿过院子。穿过院子时，一条蛇由院径游入幽深处。许仙眼前出现一阵昏黑，跌倒在地而自己不知。定惊散不一定有效，受了惊吓的许仙还是醒转了。丫鬟扶他入房时,他见到忧容满面的白素贞。"那……那条蛇……"他想讲的是:"那条蛇钻入草堆",但是,说了四个字,就没有气力将余下的半句讲出。他在发抖。一个可怕的印象占领思虑机构。那条蛇虽然没有伤害他,却使他感到极大的不安。那条蛇不再出现。对于他,那条蛇却是无所不在的。白素贞为了帮助他消除可怕的印象,吩咐伙计请捉蛇人来。捉蛇人索取一两银子。白素贞给他二两。捉蛇人在院子里捉到几条枯枝,说了一句"院中没有蛇"之后,大摇大摆走到对街酒楼去喝酒了。白素贞叹口气,吩咐伙计再请一个捉蛇人来。那人索取二两银子,白素贞送他三两。捉蛇人的熟练手法并未收到预期的效果,坚说院中无蛇。白素贞劝许仙不要担忧,许仙说:"亲眼见到的,那条蛇游入乱草堆中。"白素贞吩咐伙计将院中的草木全部拔去。院无蛇。蛇在许仙脑中。白素贞亲自煎了一大碗药茶给他喝下。他眼前有条影不停摇晃。他做了一场梦。梦中,白素贞拿了长剑到昆仑山去盗灵芝草。草是长在仙境的。仙境中有天兵天将。白素贞走到那么遥远的地方去盗草,只为替他医病。他病得半死。没有灵芝草,就会见阎王。白素贞与白鹤比剑。白素贞与黄鹿比剑。不能在比剑时取胜,唯有用眼泪博得南极仙翁的同情与怜悯。她用仙草救活了许仙……许仙从梦中醒转,睁开惺忪的眼,见白素贞依旧坐在床边,疑窦顿起,用痰塞的声调问:"你是谁?"

6

病愈后的许仙仍不能克服盘踞内心的恐惧，每一次踏院径而过，总觉得随时的袭击会来自任何一方。白素贞的体贴引起他的怀疑。他不相信世间会有全美的女人。

7

于是有了这样一个阴霾的日子，白素贞在家裹粽，许仙在街上被手持禅杖的和尚拦住去路。和尚自称法海，有一对发光的眼睛。法海和尚说："白素贞是妖精。"法海和尚说："白素贞是一条蛇。"法海和尚说："在深山苦炼一千年的蛇精，不愿做神仙。"法海和尚说："一千年来，常从清泉的倒影中见到自己而不喜欢自己的身形。"法海和尚说："妖怪抵受不了红尘的引诱，渴望遍尝酸与甜的滋味。"法海和尚说："她以千年道行换取人间欢乐。"法海和尚说："人间的欢乐使她忘记自己是妖精。她不喜欢深山中的清泉与夜风与丛莽。"法海和尚说："明天是端午节，给她喝一杯雄黄酒，她会现原形。"……法海和尚向他化缘。

8

桨因鼓声而划。龙舟与龙舟在火伞下争夺骄傲于水上。白素贞不去凑热闹，只怕过分的疲劳影响胎气。许仙是可以去看看的，却不去。药铺不开门，他比平时更加忙碌。他一向怯懦，有了五毒饼，有了吉祥葫芦，胆子也就壮了起来。大清早，菖蒲与艾子遍插门框，配以符咒，任何毒物都要走避。这一天，他的情绪特别紧张。除了驱毒，还想寻求一个问题的解答。他的妻子，究竟是不是贪图人间欢乐的妖精？他将钟馗捉鬼图贴在门上，以之作为门禁，企图禁锢白素贞于房中。白素贞态度自若，不畏不避。于是，雄黄酒成为唯一有效的镇邪物。相对而坐时许仙斟了一满杯，强要白素贞喝下。白素贞说："为了孩子，我不能喝。"许仙说："为了孩子，你必须喝。"白素贞不肯喝。许仙板着脸孔生气。白素贞最怕许仙生气，只好举杯浅尝。许仙干了一杯之后，要她也干。她说："喝得太多，会醉。"许仙说："醉了，上床休。"白素贞昂起脖子，将杯中酒一口喝尽。头很重。眼前的景物开始旋转。"我有点不舒服，"她说，"我要回房休息。"许仙扶她回房。她说："我要在宁静中睡一觉，你到前边去看伙计们打牌。许仙嗤鼻哼了一声，摇摇摆摆经院子到前边去。过了一个多时辰，摇摇摆摆经院子到后屋来，轻轻推开虚掩着的房门，蹑足走到床边，床上有一条蛇，吓得魂不附体，疾步朝房门走去，门外站着白素贞。"怎么啦？""床上有条蛇。"白素贞拔下插在门框上的艾虎蒲剑，大踏步走进去，以为床上当真有蛇，床上只有一条刚才解下的腰带！

9

　　许仙走去金山寺，找法海和尚。知客僧说："法海方丈已于上月圆寂。"许仙说："前日还在街上遇见他。"知客僧说："你遇到的，一定是另外一个和尚。"

（一九七八年八月十一日）

蜘蛛精

蜘蛛精赤裸着身体，从水中爬出。她的六个妹妹也赤裸着身体，从水中爬出。她们的衣服不见了。她们的衣服被孙悟空偷去了。光着屁股在荒野奔跑，她们是有点狼狈的。她们的脚步快得像旋转中的车轮，惊悸中仍有狂喜。在奔回盘丝洞的途中，凌乱的脚步声羼杂格格的痴笑声。这一天发生的事情都不依照规矩，她们说不出多么的兴奋。奔入洞内，封闭洞门后始获换气的机会。虽然事情出乎意料，既已回洞，心情就不像先前那样慌乱了。一个小妖怪说："那臭猪真坏，变了鱼，仅在我的大腿间游来游去！"另一妖怪说"快把唐僧蒸熟吃！"蜘蛛精说："不要性急。这是十世修行的肉体，蒸熟以前，还有别的用处。六个小妖怪齐声问："什么用处？"蜘蛛精不答。小妖怪们都想长生不老；蜘蛛精却有其他的希望。蜘蛛精婀婀娜娜走进小山洞，看到吊在梁上的唐僧仍在念经。唐僧看到赤裸着身体的蜘蛛精，忙不迭闭上眼睛。**阿弥陀佛阿弥陀佛阿弥陀佛阿弥陀佛阿弥陀佛阿弥陀佛阿弥陀佛阿弥陀佛**……蜘蛛精将唐僧放下。松绑。唐僧以为这是可以离去的时候了，拔腿便奔。蜘蛛精肚子一挺，肚脐吐出丝绳，摘下一段，将唐僧的手反背捆绑。唐僧浑身发抖，额角有汗珠流出。**悟空你在哪里为什么不来救我悟能悟净你们在哪里为什么不来救我**蜘蛛精身上的香味具有特殊的诱惑力，闭着眼睛的唐三藏不能拒绝香气钻入鼻孔。闭着眼睛的唐僧，心很慌，意很乱，只差没有喊叫。**悟空在什么地方**香气扑鼻，像酒坛被突然打破似的。昏黄不明的盘丝洞，妖氛阵阵。唐僧不敢睁开眼睛观看，但觉玉指在他的脸颊上轻轻抚摩。**她是妖怪她不是美女她是妖怪变成的美女**刚才留下的印象仍深：熠耀似宝石的眼睛。白嫩透红像荷瓣的皮肤。她确是很美的。笑时窝现。不要看她绝对不要看她……很香……那是一种奇异的香味……从她身上发散出来的她将嘴巴凑在他的耳边。从她嘴里呵出来的气息，也有兰之芬芳。**阿弥陀佛**"睁开眼来看我。仔细看看。你会喜欢的。一定会。"**不能看她绝对不能阿弥陀佛阿弥陀佛阿弥陀佛**柔唇印在面颊上。面颊痒得需用手搔。**啊哟这是怎么一回事我的心怎会跳得这么快阿弥陀佛阿弥陀佛阿弥陀佛糟糕我的心跳得更快了咚咚咚**……**好像在打鼓阿弥陀佛阿弥陀佛阿弥陀佛**"和尚，睁开眼来，看看我！"**不能看绝对不能看她是妖怪她不是美女她是妖怪变成的美女她不是真正的美女她是妖精她不是女人她不是人**唇唇相印。慌慌忙忙将头偏向一边。反背受缚的手一点用处也没有。心乱如麻。阿弥陀佛阿弥陀佛悟空究竟到什么地方去了为什么还不来救我阿弥陀佛怎么这样香啊阿弥陀佛她是妖怪变成的美女我知道"看看我，仔细看看！"她很美即使闭上眼睛她的笑容仍会出现在我的脑子里阿弥陀佛阿弥陀佛阿弥陀佛玉臂紧若铁箍。唐僧被铁箍箍住了。无法克服恐惧。惊惶使他流汗。不得了啦她的手……"和尚，我喜欢你！"她想吃我的肉吃了我的肉可以长生不老四片嘴唇再一次印在一起。糟糕她的手……阿弥陀佛阿弥陀佛这怎么可以阿弥陀佛阿弥陀佛她的手伸进我的袈裟来了阿弥陀佛阿弥陀佛悟空为什么还不来救我唐僧的手被捆绑了。唐僧的脚未被捆绑。他未必能够逃出盘丝洞，却是可以避开蜘蛛精的纠缠的。他站起，想迈开脚步，立即坐下。这是怎么一回事……我怎么会……她死缠着他，像攀墙藤。阿弥陀佛我动了心了阿弥陀佛她是妖怪阿弥陀佛她想吃我的肉阿弥陀佛我怎会动心的他侧转身子，使她的手无法往下摸。什么事情都可以让她知道唯独这件事不能让她知道曲背弯腰。膝盖顶住胸口。阿弥陀佛那香气使我闻了难熬阿弥陀佛不要看她不要想她阿弥陀佛不要想她不要看她阿弥陀佛手指像十个顽童，在戏弄中获得狂喜。蜘蛛精不是顽童。蜘蛛精是妖怪。妖怪也有希冀。她与六个小妖怪不同。小妖怪们只想长生不老。蜘蛛精希望得到更多。蜘蛛精要长生；更想上天做神仙。吃了唐僧肉可以长生不老；吃了唐僧的精液也许可以变成神仙。蜘蛛精有野心，无论什么时候，总要比六个妹妹多得一些。**阿弥陀佛阿弥陀佛阿弥陀佛**"和尚，你头上的头发削去了，下面呢？有没有削掉？让我摸摸！"啊哟她怎么一点羞耻心也没有这种不堪入耳的话也讲得出来**阿弥陀佛她怎么这样轻佻阿弥陀佛**"和尚，大家都说你是十世修行的真体，吃了你的肉，就会长生不老；吃了你的精，会不会变神仙？"**阿弥陀佛**"就算我上天做了神仙，我也会为你生个小和尚！"**阿弥陀佛阿弥陀佛**"来呀，和尚！我为你传宗接代！"**阿弥陀佛阿弥陀佛阿弥陀佛**竭力控制着自己，唐僧希望进入没有自我观念的境界。虔诚向佛，在这时已无法做到。想抗拒胴体的引诱，唯有紧闭眼睛。眼睛紧闭着，那滑腻的胴体依旧出现在脑子里。这是挣扎。这是搏斗。香气不断钻入鼻孔。玉指在小腹上跳舞。战况剧烈。(到西天去取经的和尚从未有过类似的经验。和尚心似未理的丝。)无形的防堤已失去效用。攻者猛攻。守者慌张。**悟空为什么还不来悟能为什么还不来悟净为什么还不来你们不要师父啦**……烟雾来自石镬。依稀听到微弱的瀑溅声。**糟糕她们在烧水了水为十世修行的真体而沸腾，噗噜噜的水声，刺耳又刺心。悟空不来我就活不下去了水声更响。烟雾更浓。她们烧滚了水之后会将我蒸熟汗珠纷纷滑落。我要死了**越想越慌张，心似刀绞般难受。**真讨厌她的手为什么还在乱摸**厉声怒叱，吓得蜘蛛精缩回那只讨厌的手。**我能克邪**唐僧下了太早的结论。那蜘蛛精已将他的袈裟解开。羞耻失去遮盖。和尚的身体孕育了妖精的野心。**完了完了一切都完了阿弥陀佛罪**

过罪过阿弥陀佛这种事情即使出现在梦中也会有罪悟空你在什么地方悟能悟净你们在什么地方你们不要我了你们为什么不来救我妖精的嘴，像啄木鸟的嘴。和尚的身体，像树干。和尚喊叫。洞壁的回声不能成为阻吓。蜘蛛精的笑声犹如齐发的飞箭。阿弥陀佛阿弥陀佛阿弥陀佛阿弥陀佛阿弥陀佛越轨的动作。唐僧狂叫。完了秘密蓦地失去掩蔽。所有的防卫都被消除。是唐僧背弃了佛抑或佛背弃了唐僧？唐僧心一横，睁开眼来仔细端详这个美丽的妖精。既是最后的一刻何不趁此多看几眼唐僧在慌乱中睁开眼睛，见到了从来未见过的部分。该死！我怎么会……

（一九七八年十二月二十九日）

他的梦和他的梦

　　高鹗进入曹霑的梦境。好像探险者忽然找到珍宝，很兴奋。天有一个洞，光柱插入淡灰，形成奇特的景象，使高鹗在兴奋中感到诧异。女娲笑眯眯地对他说："没有什么不好。"语音未完，天在巨响中忽然塌了一半，高鹗大吃一惊，睁大眼睛对女娲投以询问的凝视。女娲的笑容虽已收敛，再一次开口时语调依旧轻松："不用担心，我有办法。"女娲用二万多块石头补天，留下一块在青埂峰下。高鹗以为这块通灵性的石头带来了动人的故事，其实故事只在曹霑的笔尖跳舞。

　　曹霑常在梦中寻找甜蜜与怪异。高鹗常在梦中寻找甜蜜与怪异。贾宝玉也常在梦中寻找甜蜜与怪异。在现实生活中，贾宝玉讨厌林黛玉身上的衣服。贾宝玉曾在秦可卿的卧房里睡中觉，跟随仙姑进入一个陌生的地方，见到一些陌生的景物，做了从未做过的事情。他以为自己在做梦，因此十分喜爱这场迷离而优美的梦。梦是思想的形象，也是愿望的另一种实现，有时荒唐，有时美得像无字的诗。所以，贾宝玉喜欢做梦。曹霑喜欢做梦。高鹗也喜欢做梦。

一次又一次，高鹗进入曹霑的梦境去认识他需要熟悉的人和事：假的人、假的事、真的人、真的事。在曹霑的梦境里，高鹗不能不惊诧于刘姥姥的眼睛会像车子般满载好奇；也不能不像刘姥姥那样惊诧于大观园的奢靡与华丽。日子一久，高鹗几乎变成曹霑梦中的一分子。高鹗未必能够尝到林黛玉泪水的咸味，却常常听到林黛玉的叹息。至于凤辣子的阴险与狠毒虽已习惯，尤二姐的吞金、晴雯的含冤而死却使他感到意外。使他更感诧异的是：走出曹霑的梦境时，他见到许多曹霑没有梦见的事情。

高鹗也常常做梦。在他的梦中，贾宝玉不是曹霑梦中的贾宝玉；林黛玉不是曹霑梦中的林黛玉；薛宝钗不是曹霑梦中的薛宝钗；贾母不是曹霑梦中的贾母……

有一天，很热，高鹗躺在竹榻上午睡。曹霑的灵魂走入他的梦境，翻开程伟元刊行的一百二十回《红楼梦》，指着后四十回，大发雷霆："不是这样的！不是这样的！"高鹗睁大眼睛望着曹霑，不但不承认他（曹霑）的梦不是他（高鹗）的梦，而且不承认他（高鹗）的梦不是他（曹霑）的梦。

（一九九二年五月三十一日）

（刊于一九九四年七月台湾《散文的创造》）

第三辑　微型小说

移居香港后

玉堂春的腿病又发作了，这病是当年三堂会审时跪出来的。到了王家后，金龙总算有点良心，请了大夫来，打过几针配尼西灵，就没有事了。苏三问医生："我患的什么病？"医生说是关节炎，起因可能是淋病菌侵入关节。苏三虽然妓女出身，自问除王金龙外，从未接过客，这病菌究竟从何而来，值得研究。她苦了半生：坐牢、起解、会审，为来为去无非想赢得这冤家的真情实感。这冤家要是当真变了心，岂不恨死人也？想到这里，泪落似珠。

看看表：十二点整，长短针正在接吻，金龙还没有回来。丽的呼声播放周漩唱的"天涯歌女"，什么"郎呀！咱们俩是一条心"，唱得她心里一阵子发酸，愤然站起，关上丽的呼声，走到梳妆台前，对镜一照，额角上的确多了几条皱纹，怪不得金龙要变心了。这些日子，金龙生意做得不坏，由于美国的物资禁运令，他囤的热门西药，价钱起了几倍。金龙当了几年公务员，从来没有做过生意，移居香港快将三年，坐坐吃吃，几乎把带来的一些黄金美钞全部吃光。现在，总算在西药上捞回一笔，觉得香港赚钱也不像一般人所说的困难。他又到外边去寻花问柳了，许多朋友都在暗中警告苏三，说金龙是大少爷出身，脚头子不稳，手中有钱，就喜欢到舞厅去"磨地板"。苏三不爱听这些话，坚信金龙不至于会做出对不起她的事。可是，医生说她的腿病可能是淋病菌侵入关节，这一个"可能"，使她不得不怀疑金龙有外遇了。

愈疑愈烦，苏三一肚子烦闷无法宣泄，索性放声大哭。门铃响了，苏三慌忙抹去泪痕，启门一看，见是金龙，既惊且喜，惊的是他喝得醉醺醺的；喜的是他终于回来了。

苏三粗声粗气问，"你在外头做些什么：跟迷人骚货厮混？"

金龙脸上一阵红，一阵青，嘴里吐着白沫，腿一软，差点跌倒在地。苏三连忙伸手搀扶，金龙有气无力说："扶我上床！"

苏三恨透这个负心郎，见他如此狼狈，倒也有点心软了，随即将他扶上床去，替他脱鞋，解去西装。

"肚子不舒服！"金龙嚷，"快去煮杯浓咖啡！"

苏三拿着他的上装，站在床边望着他，见他在床上翻来覆去，心似刀绞般难过，走进厨房，扭开煤气炉，把咖啡壶往上一放，倒些 SW 咖啡在壶里，加点水。然后"检查"金龙上装的钱袋，掏出皮夹，发现皮夹内有一张四寸的女人照片和一封写得非常肉麻的情书，气得脸青唇白，眼前一阵昏黑，浑身发抖，像苍蝇吸了DDT似的。

照片上的女人，看来不过二十上下，电烫头发，袒露胸脯，一望而知，不是一个好女人。照片背后还写着"亲爱的龙哥留念""曼丽赠"等字样；而情书的署名竟是："你的爱人曼丽"。

这个名叫"曼丽"的女人是谁？苏三不知道。

苏三不能允许金龙爱上别的女人，却想不出办法可以叫他不变心？离婚？苏三是个旧式女子，不懂这一套；吵架？也没有什么用处。这些日子，报纸天天有自杀的新闻，自杀变成时髦玩意，但是，苏三不想太便宜王金龙。

女人家的心，最难捉摸。除了"爱"，只有"恨"，没有第三种情感。这时候的苏三恨透金龙。

咖啡滚了，苏三取咖啡杯，倒一杯，关上煤气炉，端出来。经过浴室时，站定，头有点刺痛，心一横，咬咬牙，走进浴间，倒去半杯咖啡，拿起一瓶消毒防腐剂拉素，将拉素掺在咖啡里。

然后端了咖啡，蹑手蹑脚走进卧房。

王金龙仍在床上翻来覆去嚷肚痛，嘴里吐着白沫，苏三扶他坐起，将咖啡杯凑在他嘴边："喝吧，喝了就会好的。"

王金龙将"拉素咖啡"喝尽。

苏三刚接过空杯，门铃又响。

大踏步走去应门，门外站着一个女人，另外还有两个警察和两个男护士。

"王金龙在家吗？"警察问。

苏三点点头："他在卧房里。"

警察们走入卧房，吩咐两个男护士用担架床将王金龙抬走。然后向苏三询问身份和姓名，做了这样的解释："这个女人，她叫曾曼丽，是××舞厅的舞女，刚才你的丈夫在她家里吃饭，曾曼丽将拉素倒在咖啡里，意图谋害你的丈夫。后来，她良心发现，到警局来自首，并希望我们通知救护车来急救王先生。"

苏三听得莫名其妙，放拉素在咖啡里的是自己，怎么会是曾曼丽？望望曾曼丽，原来就是照片里的那个女人。

坐在救护车里，苏三问曾曼丽：

"什么时候认识金龙的？"

"一个多月前。"

"为什么要谋害他？"

"因为他对我说：他不愿做对不起妻子的事，要与我一刀子两断，我不肯，他说从此不愿再同我见面。因此，我就将拉素倒在咖啡里。"

这时候，车子抵达医院。男护士们七手八脚地将金龙抬入急救室。

苏三同曾曼丽在警察的监视下，坐在急救室的门外等候。一小时过后，医生从急救室里走出来，对大家说："病人洗过肠胃后，已脱离危险期，没有事了。"

两个警察将曾曼丽抓去警局，留下苏三一个人坐在长椅上等待。苏三暗忖："这世界可真奇怪，当年我没有毒死沈延龄，倒吃了几年官司；现在我亲手下了毒，却连半个罪名都没有。这究竟是什么世道？"

（一九五〇年作）

（一九九六年三月修改）

情侣

夜是寂寞的。

这条宽阔然而并不热闹的街是寂寞的。

九点多了。我在一家旧书铺里买了一册杰出的书，挂着手杖，带着一种不可抵御的寂寞踯躅在街头。月亮很大，银色的流苏幽冷又缥缈。礼拜堂的尖顶浸沉在夜色里，祝福的钟声十分嘹亮。春仍寒，星星似尘。

我感到一点寒冷。

我翻起衣领。

我走进一家俄国餐馆。

餐馆里只有两三个食客，极寥落，极萧条。这里的布置相当幽雅，四壁装饰着十八世纪的宫庭画，靠壁是十几个卡座，每只餐桌上摊着蓝色的台布；每只餐桌上有一盏小小的西纱灯。灯光柔和，情调别具。角隅置着几棵棕榈树，长窗挂着卍纹窗幔，酒柜上的收音机正在播送桃丽丝黛的 *In A Cafe Rendezvous*。我坐下了，向侍女要了一杯咖啡和两只泼洛茨基。翻开刚才买来的那册书，是海明威的小说《没有女人的男人》，我是越发寂寞了。（孤独的人有孤独的渴望，想寻找真情的哀怜吗？）

侍女端咖啡与泼洛茨基来。

"叫什么名字？"我问。

"叶凤。"

"叶凤，请你把咖啡端到那只台子上，我想换个位子，靠窗，可以看看窗外的景色。"

"先生，"叶凤表示歉意地答，"那个座位早已有人预定了。"

"但是还没有来？"

"他们不会来了。"

"既然不会来了，为什么不让我搬过去？"

"这似乎没有同你解释的必要。"

"然而我是一个好奇的人。"

叶凤没有满足我的好奇，径自走进厨房，端了两盆罗宋汤出来，若有其事地端到那只空座位上，扭亮小台灯，还拿起椒粉瓶，在汤里洒了些胡椒粉。

罗宋汤是热气腾腾的。

但两只座位依旧空着。

稍过些时，叶凤将没有喝过的罗宋汤端了进去，然后又端了两盘烤小猪出来，放在空座位上，很有礼貌地在每一只盘子里倾倒一些番茄汁。

"他们还没有来？"我诧异地问叶凤。

"不是已经告诉过你了，"她答，"他们不会来了。"

"既然不会来了，那么这丰富的晚餐是端给谁吃的？"

"餐馆能够叫付了钱的顾客不吃东西吗？"

"我不懂。"

"你不常到这里来？"

"今天是第一次。"

她微微一笑，走到厨房，端了两盘 Chicken A la King，放在空座位上，把两盘没有吃过的烤小猪收去。

我问叶凤："这是两客很丰富的晚餐？"

她答："三年来都是如此。"

"三年？"

"三年前他们时常到这里来进晚餐。"

"他们是谁？"

"两个年轻人：一个男，一个女。""正是热情奔放的年龄？"

"正是热情奔放的年龄。"

"坠入了情网？"

"坠入了情网。"

"后来呢？"

叶凤从厨房里端了两杯咖啡和两盘布丁出来，答道："后来那个女的忽然患了无法治疗的癌症。"她把咖啡和布丁放在空座位的桌子上。

"男的呢？"

"男的就此就不再陪她来了。"

"没有心肝的男人！"

"然而那女人还是每晚独自一个人来进餐，依旧要两客。"

"多情的女孩子。"

"她的确是一个多情的女子，只是比来时要憔悴得多，她依旧每晚必到，从不间断，沮丧地独自进餐，默默无言。"

"那个男的后来就没有再来过？"

"没有。"

"谁付的餐费？"

"是那男的。"叶凤答，"自从他在医生那里证实了她的非人力可以挽救的病症后，立刻一个人跑到餐馆来，一次付清了五年的晚餐费，要求我们不论他们来与不来，或者甚至一个人来，也必须要开两客晚餐，一天也不能间断。"

"我倒有点喜欢这个男人了。"我说。"你应该喜欢他。"

"之后他就没有再来过？"

"没有再来过。"

"这是什么意思？"

"因为，"叶凤凄然地答，"他付清了五年的餐费后，走出餐馆，一个人雇车到海边，跳海自尽了。"

"那女的知道不知道？"

"不知道。她还是每晚到这里来等待。等，等，等，一直等到某一个风雨之夜，她的病灶突发了，她带着无限的惆怅走出大门，两腿一软，倒在石阶上死了！"

"你为什么不告诉她？"

"难道你愿意使一个已经绝望了的女人消失她的生之意志吗？"

"对，我们不应该让一个绝望了的女人消失她的生之意志。"

我感喟地叹息一声，付了账，站起身来，拄着手杖，若有所失地走出餐馆。大街更宁静，春寒料峭，风飚过，两旁人行道上的法国梧桐有枯叶簌簌飘落。夜深了，只有寂寞点缀凄凉。

马场奇遇

新春大赛第二日。

早晨十点钟，我就赶到马场去看搅珠。也许是"缘分福薄"，我所购的一百多条彩票，全部"出"围，八十七个号码，没有一个不陌生。

我又接受了一次意料中的失望。

我走出搅珠房，在公众棚的看台上坐下，翻开手里的《马与波》《新马考》《马彩》和几份日报，仔细研究贴士。

十一点半，首次鸣钟。

第一场，买了二十五元"半月湾"的独赢票，结果跑了个第二。

第二场，买"必得"。"必得"素有短途王之称，外加橡皮路，理应必得，然而却跑了个第三。

第三场，买"木兰"独赢，又以一乘之差，败于大冷门"银狐"。"银狐"温拿分派二百十一元七角，派数之巨，使全部马迷吃惊了。我则呆呆地愣着计算，说是羡慕倒也十分懊悔。翻开《马与波》，上面不是明明写着，"陶柏林骑银狐，档子极配，谨防冷门。"高崇仁先生终于言中了，但我却没有中。点数口袋里的钱，一个月的稿费已输去了一半。回去吗？太早，我有点不服输；不回去，万一将稿费全部输光了，明天的伙食将拿什么去开？我非常踌躇不决。正在踌躇不决时，忽然有人轻拍我的肩胛。

"先生，你的彩票落在地上了。"

回头一看，是一个约莫二十几岁的女人，蓝旗袍，湖色织锦缎短皮袄，身材修长，瓜子脸，柳眉，凤眼，英格丽褒曼式头发，左颊有一颗迷人的酒窝。

我接过彩票，以为是我刚才购买的"木兰"独彩票，然而不是，那竟是一张五元的"银狐"独彩票。

"谢谢你，"我说，"这不是我的。"

她说："这是你的，我亲眼看见你手里落下来的，拿去吧，快去领彩！"

我踟蹰着，她将彩票塞在我手里。

于是我意外地收获了二百十一元七角，计算一下，除去刚才三场输去的一百五十元，还赢五十余元。

我拿余下的五十元买了"基士卓"的独彩票，"基士卓"一路领先，转入直线时，忽然横跑，奈何，奈何。

四场跑毕，中间有一个半钟点休息。我独自一个人走到"园餐馆"去午餐。餐馆里食客很挤，我终于在角隅处找到了一个空位，刚坐下，竟发现"她"坐在我旁边。

"运气好吗？"她问。她微微作笑着，左颊的酒窝很迷人。

"没有输赢。"我答："你呢？"

"赢了一点。"

我向侍者要了两客"马场胜利饭"，然后问她："很喜欢赌赛马吗？"

"这是我的职业。"

"职业？"

"我每次来总赢几个钱，虽然不多，但是总赢。"

"我不相信。赌马全凭运气，说是一定有把握可以赢，是谁也不能置信的谎话。"

"你不相信吗？"

"我不相信。"

"那么回头我同你一起去，只要你肯听我的话，我保险你赢。"

"好的。"

于是我们匆匆吃完了午餐，付了账，一同走进马场。

"第五场，你看应该买什么？'可能'好不好？"我问。

她答："什么都不买。"

马赛开始了，我心里想买"可能"，因为她不主张买，所以没有买，结果"可能"居然跑了第一，我着实有点懊悔，心里不住埋怨她。

第六场，我想买"十七号烟"，她说这是披亚士杯赛，宜看不宜买，所以又没有买。结果"十七号烟"又获冠军，悔极。

第七场，没有买，第八场依旧没有买，我真不知道她葫芦里卖的什么药，不买彩票，如何能赢钱。我实在熬不住了，我推说要到厕所去，偷偷到票柜上去买了五十块钱"恒星"的独彩票和五十块钱"恒星"的位置票，回到看台，她微微对我一笑，没说什么。马赛开始，"恒星"得了个第五，独赢位置全部落空。我输了一百块钱。时已五点敲过，还有两场，我问她："第九场买什么？"她依旧说不买。我实在沉不住气了，径自去买了一百五十块"好警察"的独赢，因为新马实力悬殊，位置派彩数目必定很少，所以没有买位置。而结果呢？恰恰相反，"好警察"只获得了位置。我又输了。

我心里非常纳闷。

她问："又输了？"

"可以赢的，不买；买的不赢，哪有不输之理？"我承认说话时语气太重。

但是她却毫不介意，她问我："你还有多少？"

我说："只剩五十几块了。"

"把钱交给我。"

"交给你？"

"我不是保险你赢钱吗？"

"然而这已经是最后一场了。"

她没有说什么，我把钱交给她，她关照我坐在看台上占位置，她自己到票柜上去买票，十数分钟后，她笑嘻嘻地走上来，我问她买几号，她没有回答我。

马赛开始，她态度非常镇静。

结果是"凌风"第一，骑师是从未获过第一的黄金财。我问她："怎样？"

她慢条斯理地从手提包里取出一张彩票，我仔细一看，居然是十九号，温拿；五十元，这一下，可真把我呆住了。我说："钦佩你的眼力！"

她笑了："快去领彩金。"

"你这里等我，我请你去进晚餐。"

她点点头。我兴高采烈地持了彩票去领钱，一共是四百三十一元，除去输的，还净赢一百多，我收了彩金，高高兴兴地走到看台上，但是她已经走了。我在看台上到处寻找，一直到观众散尽，还是没有找到她。我只好一个人怅惘地走出马场，搭车回家去。

在渡轮上，我想着刚才的种种不觉失笑了。伸手到口袋去掏烟，却掏出了一张字条，字条上是铅笔写的字：

"首先，我应该坦白承认，我在地上拾到的是一张当票，我知道你处境不好，所以换了一张银狐的独彩票给你。赌钱绝对不能稳赢，除非不赌。现在乘你去购票的时候，我写了这张字条，同时将你的当票也一并附奉。在最后一场，我将购买一套独赢票，这样庶几就不会落空。所以你赢了，但是事实上，你赢的仅仅是我的施舍而已。"

秋

　　薄云忽卷忽展，月亮像章回小说里的千金小姐，闪躲在屏风背后，偷看厅上的来客，一会儿露面，一会儿不见。冷街，行人稀少，沥青道上的落叶，在秋风里打旋，宛如一群芭蕾舞女。我面前出现一座旧式的大宅，高高的墙内永远没有笑声。我老早就听说这里的主人身体太坏，长年躺在床上，因为耐不住寂寥的煎熬，买了个年纪很轻很轻的女人。

　　夜已深。大宅第的后门，在风中自开自闭，谅必是故意的疏忽。于是我发现了一对大眼睛，闪呀闪的，像黑暗处的萤火虫。

　　我紧握她的手，她浑身哆嗦，好像风中的树叶。

　　庭园里有株大槐树，坐在树下长椅上，并肩相依，不能忘记旧日的稚气，风掠过，最易想起耳边的诺言。那是我们都不很懂事的时候，两个小孩子，经常潜入这破损的后门，也许是怕给别人发现，总是爬到这株大槐树的顶上，远眺太阳的手指拨弄海水。

回忆有如漏光的相片，给人以含糊的轮廓：不知道从什么时候起，彼此都失去了爬树的兴致。于是渐渐疏远，于是有了陌生感，于是这爬树的伴侣出嫁了，嫁给一个半身不遂的老头子，因为她的父亲在赌台上输了一副牌九。

谁说往事似烟，废园的野草却长青不枯。我顺手采一朵小花给她，她用叹息慰我痴心。

"这些年来，"我说，"想起你就悲伤"。

"这些年来，"她答，"常在悲伤时想起你。"

淡淡的脂粉掩饰不了病态，枯槁的容颜却有点像夹在大辞典中间的牡丹花，压扁了，失去鲜艳，失去醇香，仍旧保有另一种美丽。

这美丽使我杌陧不安，我的欲望永无休止。爱与恨是两种太浓的感情，在无可奈何时，它们教人只想捉住自己揍打。

"你恨我？"她问。

"我恨自己。"我答。

"为了我将你遗忘了？"

"为了忘不了你。"

垂下头，翘起小嘴，捉揉衣角，浸沉在烦恼中，痛苦着自己，把痛苦当作一种享受。我则尽量保持情感的平衡，强自追寻弹性的宽恕，哀愁最浓，惆怅最深，心境之荒凉如同厌世老妇。我问：

"为什么不说话？"

她不说话。

"生气了？"

她不说话。

"到海边去走走？"

她不说话。

"时间已不早，我应该回去了？"

她不说话。我茫然站起，迈开两步，回过头来看她时，她合上眼皮，滚下两滴眼泪。

我有意让她在宁静中想想。如要洗刷难言的辛酸，宁静倒是一剂特效药。

（为什么不跟我私奔？我想。）

（因为我不能。她的思想回答了我的思想。）

人与人之间唯一真实的东西便是精神上的"感通"，所以思想的对话，无疑是传达的最佳方法。骤然浮起一句古诗："此时无声胜有声。"这是生命的秘密。

秋夜很静，夜潮拍岸，似泣似诉。

走出后门，面对大海，景色像一幅画。如果文字无法贯通一阙交响乐的美丽，它也无法表露一幅杰作的素质。造物主的杰作，只有本身。一切美丽的存在就是美丽的本身，不能加，不能减，丝毫借假不得。幸亏时光不会倒流，否则万物一定会朝旧岁月里疾步奔跑。

　　我回过头来，想看看"过去"的履痕，却发现她凭倚在门边，正在谛听我那渐去渐远的脚步声。

　　发霉的情感忽然跳下海去，隔了大半天，才浮起一个淡淡的漩涡，漩涡里有个深秋的月亮。

　　　　　　　（原载一九五八年一月十日香港《文艺新潮》第二期）

风言风语

"老王，告诉你一件事情。"

"什么？"

"温志雄上个月带妻子儿女到澳门去度假，在'澳门皇宫'赌轮盘，竟然赢了五千元。走出来时，因为过度兴奋，不留神，跌了一跤，额角擦破，流了不少血。

2

"老陈，告诉你一件事情。"

"什么？"

"温志雄上个月带他的情妇到澳门去度假，在'澳门皇宫'赌番摊，赢了一万元。"

3

"老冯，告诉你一件事情。"

"什么？"

"温志雄上个月带他的情妇到澳门去度假，在'澳门皇宫'赌大小时赢了三万元，走出海傍街，身上的现款竟被一个扒手全部扒去！"

4

"老周，告诉你一件事情。"

"什么？"

"温志雄带情妇到澳门去，在'新花园'赢了五万元，返回酒店的途中，被三个彪形大汉，打得头破血流。"

5

"老李，告诉你一件事情。"

"什么？"

"温志雄带情妇到曼谷去寻欢作乐，结果被几个黑人物打得头破血流。"

6

"老张，告诉你一件事情。"

"什么？"

"温志雄到新加坡去接洽商号，结识一个马来女人，正在酒店里如胶似漆时，那个马来女人的丈夫忽然走来将他毒打一顿！"

7

"老孙，告诉你一件事情。"

"什么？"

"温志雄在吉隆坡勾引良家妇人，被人打得半死不活，幸而及时送去医院，要不然，真是不堪设想了。"

8

"老钱，告诉你一件事情。"

"什么？"

"温志雄以考察商业的名义，到意大利去玩女人，成天吃吃喝喝，玩得非常高兴。有一天，在酒会结识一个放浪不羁的贵妇，因为想尝异味，施出浑身解数，弄得那位贵妇神魂颠倒。贵妇为了讨他喜欢，送十万元美金给他，要他长居罗马，不再返回香港。温志雄舍不得妻子儿女，怎样也不肯答应。那贵妇实在喜欢志雄，因此又加十万，他依旧摇头拒绝，结果被人揍了一顿，弄得非常狼狈。"

9

"老赵，告诉你一件事情。"

"什么？"

"温志雄在蒙脱卡罗结识一个法国贵妇，一同前去赌场，赢了十万美金。"

"不，不，你弄错了，"老徐说，"事情的主角不是温志雄，而是周志强！地点在美国的拉斯维加斯，并不是蒙脱卡罗！他没有赢到十万美金，他在赌轮盘的时候输了三万五！"

（发表于一九六四年九月二十八日《快报》）

点菜

李氏夫妇请麦氏夫妇在酒楼吃饭。

坐定，伙计拿菜牌给他们。当他们细阅菜牌时，李太问：

"有西芹吗？"

"有。"伙计堆上一脸笑容。

"西芹炒什么？"李太问。

"炒带子。"

"不好。"

"炒生鱼片？"

"不好。"

"炒腰花？"

"不好。"

"西芹炒牛肉。"

"好的，就来一个西芹炒牛肉。"李太接着便问，"有什么煲仔菜？"

"今晚最靓的就是青衣头煲。"

"不好。"

"试试我们的羊腩煲？"

"不好。"

"啫啫鸡？"

"不好。"

"罗汉斋煲？"

"好的，来一个罗汉斋煲。"李太干咳两声，又问："有什么海鲜？"

"石斑、笋壳、青衣。"伙计答。

"石斑有多大？"

"十八两一条。"伙计答。

"太大了。"

"蒸一条十两左右的，好不好？"

"太大。"李太说。

"蒸一条六七两的？"伙计问。

"太小了，除了石斑头，没有鱼肉可吃。"

"不如蒸块鲩腩？"

"不好，不好，"李太说，"煎一块曹白咸鱼吧！"

伙计用铅笔写下李太点的菜之后，再一次堆上一脸笑容：

"要不要汤？"

"有什么汤？"

"我们这里的北菇凤爪很出名。"

"不好。"

"鲍鱼炖鸡？"

"不好。"

"生鱼片连汤？"

"不好。"

"海鲜豆腐汤？"

"不好，"李太加强语气说，"不如来一个例汤！"

（发表于一九六九年三月八日《新晚报》）

十年

一九五九年

司徒植与毕绣英要结婚了，走去北角一幢大厦里租一间梗房。包租婆周太，过的是单身生活，丈夫在婆罗洲做工，每个月寄钱回来。

那是一间 10×10 的梗房，不能算大，也不能算小。司徒植在中环一家商行做事，收入不多，即使这样一间梗房，也占去了薪水的三分之一。

结婚后，一对新人搬入新居，心情都很愉快。司徒植是个白领，过的是朝九晚五的生活。毕绣英是个贤妻良母型的女人，将家务处理得井井有条。

包租婆周太很奋尖，常常为了一些芝麻绿豆点儿的事情与这一对新人吵起来。譬如说：绣英在厨房里起油锅，油沫星子溅开来，周太就会厉声责骂，说她不小心。

绣英对周太非常不满，一再要求司徒植搬到别处去居住，司徒植总说一动不如一静，要她逆来顺受。

有一天，落雨。司徒植公毕回家，经过客厅时，那周太好像被人刺了一针似的叫起来：

"你将我的地板弄脏了！"

司徒植受到这样的责备，说不出多么的不舒服。回入房内对绣英说：

"我们下个月就搬！"

从周太处搬出来，司徒植夫妇在铜锣湾的新住宅区租到一间梗房。

包租人姓孟，实际就是这层楼的业主。孟氏夫妇是一对乱花钱的人，穿得好，吃得好，处处要表现他们的财富。这样一来，与省吃俭用的司徒夫妇形成强烈的对比。

不止一次，绣英对司徒植说："还是搬到别处去居住吧。"司徒植总说一动不如一静，不赞成搬。

有一次，孟太见司徒植下厨帮绣英端饭菜，遂用揶揄的口气对他说："天天吃咸鱼，营养不够。"

司徒植听了这种带刺的话语，决定搬了。

一九六九年

司徒植中马票，多了十几万财富。绣英对他说：

"十年来，为了住的问题，伤透脑筋，现在既已中了马票，第一件事就该买一层楼。"

司徒植不反对。

打开报纸，查阅分类广告。绣英忽然惊叫起来，用手指点点一则小广告：

"这不是孟先生的那层楼！"

司徒植仔细阅读广告内文，不能没有诧异。

"他们为什么要将那层楼卖出来，难道嫌小？"他问。

"其实，"绣英说，"那层楼是不错的，我们不妨走去看看。"

两人雇一辆计程车，前往铜锣湾看楼。当他们见到孟太时，孟太心一酸，流了眼泪。绣英忙问究竟，孟太抽抽噎噎，说孟先生嗜赌成性，在秘密赌档输了十几万，吞下过量的安眠乐自尽。

"现在，"孟太边哭边说，"两个孩子还小，都在求学年龄，我要是不将这层楼卖掉，日子就不能过了。"

司徒夫妇终于将这层楼买下。

买了楼宇，少不免鬃灰水。鬃好灰水，买些新家具，两人搬入新居。

住了一个月，绣英说："我们只有两个人，尾房空关着，没有什么用处，不如将它租给别人。"

司徒植同意这样做，走去报馆刊登分类广告。广告刊出后，有人走来睇房。绣英走去应门，将门拉开，不由猛发一怔，原来那个走来租房的人竟是奄尖的包租婆周太。周太说她的丈夫在婆罗洲爱上一个马来女人，不再寄钱回来！

（一九六九年四月二十七日发表于《恒报》）

六只狗的名字

走出巴士，随着人潮向"天星码头"走去。

有人踩了他一脚。劳勃李怒往上冲，正要跟那人吵嘴，想不到竟是公司的女同事邓玲玲。

邓玲玲穿着一袭彩色迷你裙，打扮得十分花枝招展，看起来，像极时装模特儿。

"对不起。"她用娇滴滴的声音说。

劳勃李立刻接受她的道歉，满面堆笑。

走上渡轮，并排坐在一起。劳勃李取出烟盒，递一支给玲玲，"答"的一声，扭亮打火机，先替玲玲点火，然后点上自己的。接着话盒打开，谈天气，谈电影，谈商行经理的脾气。

邓玲玲进入商行做工，还是几天前的事。他们虽是同事，从未交谈。

渡轮抵达港岛，搭客们纷纷站起。邓玲玲打开手袋，取出太阳眼镜，戴上。

　　这是星期六的上午，写字楼的气氛犹如人造咖啡，完全不是这个滋味。表面上，大家都在忙碌工作；实际上，魔鬼已在内心的交战过程大获全胜。大家都在研究马经与狗经。

　　劳勃李喜欢赌马，也喜欢赌狗。他计划下午到"快活谷"去赌马，赢了钱，第二天搭乘水翼船到澳门去赌狗。作为一个白领，劳勃李必须为自己安排丰富的娱乐节目。

　　望望正在打字的邓玲玲，心似觅食的麻雀，扑通扑通一阵子乱跳，暗忖："如果能够与邓玲玲在一起的话，就可以有个愉快的周末了。"

　　他写了一张字条，请杂工交给邓玲玲。在字条上，他这样写："中午请你到'皇都'去饮茶？"

　　邓玲玲看了字条，笑得很媚。

　　中午。他们在"皇都"饮茶。邓玲玲很美，美得像画报的封面女郎。

　　饮过茶，雇一辆计程车，前往"快活谷"。劳勃李手里有一份报纸。第一场，根据马经版贴士，下注冷选"猎神"，赢了钱。然后根据老八提供的心水马，买中冷门"好时光"。当他们走出马场时，劳勃李赢两千多元。

　　赢了钱，心情愉快。两人走去渡海小轮码头，过海，到"新声"去看《玉楼春晓》。这部电影的故事是陈旧的，演出却相当不错。邓玲玲喜欢这部电影。

散场，到"帝国夜总会"去吃晚饭。他们已厮混得相当熟习。劳勃李有了喝酒的兴，邓玲玲却怎样也不肯喝。这样一来，企图以酒作为武器的劳勃李，依旧无法征服千娇百媚的邓玲玲。他必须改采别的方法。

从夜总会出来，已是深夜十二点。劳勃李送邓玲玲回家。邓玲玲住在尖沙咀区。

分手时，劳勃李对邓玲玲说："明天到澳门去赌狗，我有可靠的贴士。"邓玲玲点点头。

第二天下午，他们在港澳码头搭乘水翼船前往澳门。坐在水翼船上，邓玲玲问：

"有些什么可靠的贴士？我也想赌几场。"

劳勃李掏出记事簿，有如念经似的将几只狗名念出来：

"第一场笑口常开，第二场势如破竹，第四场雌虎，第六场铁汉，第七场最迷人，第十场冇得顶。"

邓玲玲听了，格格笑了起来。劳勃李问她为何发笑。她说："将这六只狗的名字重新排一下，就变成这样两句：（一）雌虎笑口常开最迷人；（二）铁汉势如破竹冇得顶！"

（发表于一九六九年五月一日《恒报》）

意想不到的事

那时候，赵氏夫妇与他们的孩子啤仔向林家租一间梗房。

有一天，啤仔与林家的两个孩子打架，额角打破了。赵太对老赵说：

"这里住不下去了，还是搬吧。"

"搬去什么地方？"老赵说，"过去，我们向钱家租房住的时候，还不是因为啤仔与钱家的孩子打架，才搬到这里来的？"

"依我看来，向别人租房住总不是办法。现在到处是新楼，不如租一层楼，自己包租，免得受别人的气。"赵太说。

老赵同意妻子的看法，马上拿起日报，查阅分类广告。

在尖沙咀区租了一层新楼，面积四百尺，两房一厅。赵氏夫妇决定将那间较大的梗房分租出去。

老赵走去报馆刊登分类广告。

广告刊出后，有一对姓欧阳的夫妇走来租房。他们有一个儿子，名叫亚森。

"这样就好了，"赵太对老赵说，"我们这层楼的大租是三百六，现在将那间梗房租给欧阳夫妇，每个月可收一百八十元租金，我们的负担比过去向别人租房时更轻！这个算盘打得不错。"

老赵点点头："是的，这个算盘打得不错。"

过了一个月左右，啤仔与亚森为了争夺一只洋娃娃，打得头破血流。

由于两个孩子的吵架，使赵氏夫妇与欧阳夫妇也吵了起来。结果，欧阳夫妇决定搬走了。

欧阳夫妇搬走后，赵太对老赵说：

"这一次，我们刊登广告时必须注明'欢迎无孩夫妇！'"

老赵同意妻子的建议，走去报馆刊登广告时，注明"欢迎无孩夫妇"。

广告刊出后，走来看房的人不少，都是有孩子的。赵氏夫妇立定主意：除非无孩夫妇，否则，宁愿将那间梗房空置。

好不容易来了一对无孩夫妇，姓徐，对那间梗房相当满意，只是嫌租金贵些。赵氏夫妇当即将租金减少二十元。

徐氏夫妇的感情并不好，搬进来之后，三日一小吵，五日一大吵，将吵架当作吃饭，仿佛不吵就无法生存似的。

他们常在半夜三更吵架。赵氏夫妇常在半夜三更被他们吵醒。日子一久，老赵忍无可忍，对妻子说：

"这样下去，总不是一个办法，还是叫他们搬吧。"

赵太点点头，事情就这样决定。

徐氏夫妇搬走后，赵太对老赵说：

"这一次，我们应该在招租广告中注明'欢迎单身士女'。"

老赵同意妻子的建议，走去报馆刊登广告时，注明"欢迎单身士女"。

广告刊出后，有个姓杨的单身男子走来租房。他的经济情形似乎相当不错，赵氏夫妇索取一百八十元的租金，他就付了一百八十元。

"这样就好了，"赵太对老赵说，"从此不再为那间梗房的事伤脑筋了。"

但是，事情并不如赵太想象中那样单纯。那姓杨的单身男子搬来后，几乎每晚都带着不三不四的女人回来。

没有办法，只好叫他搬走。

"这一次，"赵太对老赵说，"我们必须将那间梗房租给单身女子！"

广告刊出后，有一个浓妆艳服的单身女子走来租房。赵氏夫妇认定这是理想的房客，宁愿减低租金，将那间梗房租给她。

一个月过后，赵太终于叫那个单身女子搬走了。理由是：她在无意中发现老赵与那个女房客在乐宫戏院看电影！

（发表于一九六九年六月三日《恒报》）

商人

老周不是一个有钱人。

结了婚，在绸缎公司做工。绸缎公司是他岳父开设的。

岳父患急病死去，老周成为绸缎公司的老板。

老周做了绸缎公司的老板后，生意越来越淡。

周太焦急异常，对老周说："阿爸在世时，公司一直是赚钱的；现在，你当了老板，公司的生意越来越淡，不但没有钱赚，而且还要蚀本，这样下去，总不是一个办法。"

老周耸耸肩："我的做法，与你父亲在世时的做法完全一样。他能赚钱，我不能赚钱，什么道理，我不明白。"

"时代不同了，用旧方法做生意，不可能赚钱。"周太说。

"你有什么新办法？"老周问。

"我没有什么办法，不过，别家绸缎公司都赚钱，只有我们蚀本，这就证明我们的做法不对。"

老周拿不出新方法，绸缎公司继续蚀本。情形一天比一天差，使周太忧心如焚。

"这样下去，总不是一个办法，"她对老周说，"不如将绸缎公司顶给别人吧！"

老周既然不善经营，将绸缎公司顶给别人，不但可以不再亏本，而且还有一笔整数可收。老周需要这笔钱用。

于是将绸缎公司顶给一个姓唐的。

老唐将这家绸缎公司顶下后，立刻找出老周失败原因：老周将价格定得太高，使顾客们都走到别家绸缎公司去买货了。

因此，为争取顾客，老唐将所有货品的定价全部减低，打七折。

刚减价的时候，生意颇有起色，不但不再蚀本，而且还有钱赚。老唐沾沾自喜，常常对伙计说：

"那老周不善经营，蚀去不少钱；由我接办，情形马上不同。"

过些时日，绸缎公司的生意又不好了。老唐这才认真焦急起来，只好再来一次大削价。

由于同行竞争太烈，老唐虽然采取"薄利多卖"的方针，刺激了一个短期，结果还是蚀本。

没有办法，只好将绸缎公司顶给一个姓马的。

老马将这家绸缎公司顶下后，情形果然不同，生意一天比一天好，凡是想买绸缎的人，十个倒有七个会走到老马的绸缎公司选购。

不足一年，老马赚了几十万。

为了扩充营业，老马在港九各地一连开设三家绸缎公司。

有一天，老周在皇后大道中遇见老唐，谈起老马的情形，两人好奇心起，决定走去绸缎公司找老马！

"我们两个人开设这家绸缎公司都弄得焦头烂额，你怎么会做得这样发达。"老周问。

老马笑嘻嘻地说："我的做法很简单，把每尺五块买进来的货品，用每尺五块钱的价钱卖出去。"

"这样，你怎么能够赚钱？"老唐说。

老马笑嘻嘻地答："也许你们还不知道，我这里的缝工特别贵！"

（发表于一九六九年六月十三日《恒报》）

到香港仔去看扒龙舟

这是一件完全意想不到的事。那天下午，商行因为周转不灵，宣告结业。老杜收到薪水袋后，见到那封油印的信时，心烦意乱，差点流泪。

没有办法，只好提着公文包走出商行。

这是农历五月初四，中环比平时更加挤迫。人们都在赶办节货，提着大包小包，走来走去，显得很忙碌的样子。

坐在电车上，老杜心里乱糟糟，精神很不安。今天早晨，他允诺三个孩子买些粽子回去的，现在连吃粽子的兴趣也没有了。

"但是，"他想，"这样做法是不对的。我失业了，心情不好，是必然的事，却不能教三个孩子也陪我不高兴。三个孩子失去母亲后，很可怜。明天是端午节，应该让他们过一个愉快的节日才对。"

想到这里，电车驶抵湾仔，老杜在修顿球场那一站下车，穿过马路，到龙门茶楼去买了四只裹蒸粽与八只枧水粽回去。孩子们是喜欢吃粽子的。

买好粽子，又走去电车站搭车。回到家里，故意堆上一脸笑容，借以掩饰心事。

孩子们见到粽子，兴高采烈，要将粽子当晚饭吃。老杜说：

"今晚还是吃饭，明天早晨每人吃一只枧水粽，中午每人吃一只枧水粽与裹蒸粽。"

孩子们点点头，接受父亲的安排。不过，大宝却趁此提出要求：

"爸爸，明天是端午节，带我们到香港仔去看扒龙舟！"

"今年中区也有赛龙舟，要看，可以到中区去看，何必走去香港仔？"

"我们从来没有在海鲜艇上吃过东西，听同学们说：海鲜艇上的海鲜很好味。"大宝说。

老杜倒也有点踌躇不决了。他并非不想让三个孩子过一个愉快的端午节，但是，到香港仔去吃一顿海鲜，花费相当大，商行不结束，还不成问题；商行既已结束，在找到新工作之前，不能随便浪费金钱。

可是，二宝与三女却同时嚷了起来：

"爸爸，明天是端午节，带我们到香港仔看扒龙舟，吃海鲜！"

老杜乜斜着眼珠子对那帧挂在墙上的亡妻遗像一瞟，觉得失去母爱的孩子太可怜，咬咬牙，答应带他们到香港仔去看扒龙舟。

三个孩子听了父亲的话，高兴得手舞足蹈。老杜拿了干毛巾与内衣裤走去冲凉了。当他冲凉时，想起商行的事，心里说不出多么的难过。

"怎么办？"他想，"我不是一个有钱人，要是不能在短期内找到工作的话，日子就无法过了。我自己吃苦，不要紧，但是这三个失去母亲的孩子，总不能教他们跟着我吃苦。明天是端午节，后天必须马上出去找工作。"

冲过凉，觉得很疲倦，躺在床上，合上眼皮，养神。虽然心事重重，却一下子就睡着了。

半个钟头过后，醒了。三个孩子站在床边，脸上的表情都很严肃。

"做什么？"他问。

"明天，我们不到香港仔去看扒龙舟了！"大宝说。

老杜直起身子，坐在床沿，加强语气问：

"为什么？"

二宝与三女扑倒在父亲大腿上，抽抽噎噎哭了起来。老杜睁大眼睛对大宝投以询问的凝视。

大宝抖声说："你睡着的时候，三妹替你挂衣服，见到了商行给你的那封信！"

（一九六九年六月十九日发表于《恒报》）

多云有雨

二〇〇〇年十一月七日，多云，有雨，天文台悬挂一号风球。下午两点钟，亚花与男友吵架后冒雨奔回家中，打电话给森仔，约他四点钟到"皇室"去看《花样年华》。

二〇〇〇年十一月七日，多云，有雨，天文台悬挂一号风球。下午两点一刻，森仔接到亚花的电话，约他到"皇室"去看《花样年华》，欢欣若狂。收线后，走去牌桌边，好声好气向正在打牌的母亲拿钱，母亲手风不顺，恶声恶气说："不给！"森仔不能拒绝亚花的约会，只好冒雨出街。当他见到一个肥婆撑着雨伞在小巷中行走时，立即拾起石块，用力猛扑肥婆脑袋，抢走她的银包。

二〇〇〇年十一月七日，多云，有雨，天文台悬挂一号风球。下午两点半，肥婆撑着雨伞到街市去买菜，在小巷中行走，被森仔用石头打破脑袋，晕倒在地，流出很多很多的血。

二〇〇〇年十一月七日，多云，有雨，天文台悬挂一号风球。下午两点三刻，老黄冒雨出街，经过小巷，见晕倒在地的肥婆，虽然感到惊讶，却不报警。他未吃中饭，肚饿，要赶去酒楼吃平价点心。

二〇〇〇年十一月七日，多云，有雨，天文台悬挂一号风球。下午三点十分，疾风迅雨，一名警察经过巷口时并没有注意到巷内的肥婆，只是自言自语："天文台的一号风球已经挂了几十个小时！"

（二〇〇〇年十一月八日作）

（发表于二〇〇〇年十一月二十九日《大公报·文学》）

译名对照表 [1]

勃罗斯　　　　　　布鲁斯（Blues）

考尔夫　　　　　　高尔夫（Golf）

马推尔　　　　　　马提尼（Martini）

麦格风　　　　　　麦克风（Microphone）

李滋　　　　　　　李斯特（Franz Liszt）

史卓文斯基　　　　斯特拉文斯基（Igor Fedorovitch Stravinsky）

波多黎谷　　　　　波多黎各（Puerto Rico）

雪梨　　　　　　　悉尼（Sydney）

沙达　　　　　　　苏打（Soda）

葛列佛　　　　　　格列佛（Gulliver）

戴卓尔夫人　　　　撒切尔夫人（Margaret Hilda Thatcher）

蒙脱卡罗　　　　　蒙特卡洛（Monte Carlo）

1　刘以鬯先生小说中出现的译名，有其时代与地域特征，书中予以保留。为方便读者理解，在此列出现今内地的相应标准译法。——编者

刘以鬯主要作品年表

一 小说集

1948 年 10 月　《失去的爱情》（中篇，上海桐业书屋）

1951 年 9 月　　《天堂与地狱》（短篇，香港海滨书屋）

1963 年 10 月　《酒徒》（长篇，香港海滨图书公司）

1964 年 4 月　　《围墙》（长篇，香港海滨图书公司）

1977 年 1 月　　《寺内》（中、短篇，台湾幼狮文化公司期刊部）

1979 年 12 月　《陶瓷》（长篇，香港文学研究社）

1984 年 8 月　　《一九九七》（中、短篇，台湾远景出版事业公司）

1985 年 5 月　　《春雨》（中、短篇，香港华汉文化事业公句）

1993 年 7 月　　《岛与半岛》（长篇，香港获益＊）

1993 年 12 月　《对倒》（长篇，北京中国文联出版公司）

1994 年 5 月　　《黑色里的白色　白色里的黑色》（中、短篇，
　　　　　　　　香港获益）

1995 年 5 月　　《蟑螂》（英译本，中、短篇，香港中文大
18 日　　　　　学翻译中心）

1995 年 5 月　　《他有一把锋利的小刀》（长篇，香港获益）

＊ 即香港获益出版事业有限公司。

2000 年 12 月　《对倒》（长篇、短篇合集，香港获益）

2001 年 4 月　《打错了》（微型，香港获益）

2003 年 4 月　《对倒》（法译本，长篇，法国 Editions Philippe Picquier）

2005 年 3 月　《异地·异景·异情》（短篇，香港文汇出版社有限公司）

2005 年 5 月　《模型·邮票·陶瓷》（长、中、短、微型，香港获益）

2010 年 6 月　《甘榜》（短篇，香港获益）

2010 年 11 月　《热带风雨》（短篇，香港获益）

2011 年 7 月　《吧女》（长篇，香港获益）

2014 年 10 月　《酒徒》（韩译本，长篇，韩国京畿道坡州市创评出版社）

2016 年 7 月　《香港居》（长篇，香港获益）

二　散文集

2003 年 6 月　《他的梦和他的梦》（散文集，明报月刊，明报出版社）

三　评论、杂文集

1977 年 9 月　《端木蕻良论》（文学评论，香港世界出版社）

1982 年 4 月　《看树看林》（文学评论，香港书画屋图书公司）

1985 年 2 月　《短绠集》（文学评论，北京中国友谊出版公司）

1997 年 8 月　　《见虾集》（评论、杂文，辽宁教育出版社）

2002 年 7 月　　《畅谈香港文学》（评论、随笔，香港获益）

2007 年 12 月　《旧文新编》（杂文，香港天地图书有限公司）

四　译作

1974 年 5 月　　《人间乐园》（乔·卡洛儿·奥茨原著，香港今日
　　　　　　　　世界出版社）

1980 年　　　　《娃娃谷》（积琦莲·苏珊原著，香港青岛出版社）

1982 年 5 月　　《庄园》（艾萨克·辛格原著，台湾远景出版公司）

（本表基本上不收异地中文重版本。资料由刘以鬯夫人罗佩云女士
提供并修正，编者作了补充和新的分类。——2016 年 5 月 20 日注）

图书在版编目（CIP）数据

迷楼／刘以鬯著；梅子编 . -- 成都：四川人民出
版社，2017.7（2019.1 重印）
ISBN 978-7-220-10182-3

Ⅰ.①迷… Ⅱ.①刘… ②梅… Ⅲ.①中篇小说—小
说集—中国—当代②短篇小说—小说集—中国—当代
Ⅳ.① I247.7

中国版本图书馆 CIP 数据核字 (2017) 第 133361 号

本书中文简体版权归属于银杏树下（北京）图书有限责任公司。

迷楼

著　　者	刘以鬯
编　　者	梅　子
选题策划	后浪出版公司
出版统筹	吴兴元
编辑统筹	梅天明
特约编辑	朱　岳
责任编辑	唐　婧
装帧制造	墨白空间·韩凝
营销推广	ONEBOOK
出版发行	四川人民出版社（成都槐树街 2 号）
网　　址	http://www.scpph.com
E-mail	scrmcbs@sina.com
印　　刷	北京画中画印刷有限公司
成品尺寸	143 毫米 × 210 毫米
印　　张	10.5
字　　数	150 千
版　　次	2017 年 9 月第 1 版
印　　次	2019 年 1 月第 4 次
书　　号	978-7-220-10182-3
定　　价	45.00 元